Gerald Messadié

Ein Freund namens Judas

Roman

Aus dem Französischen von
Antoinette Gittinger

Langen*Müller*

Titel der Originalausgabe:
Judas le Bien-aimé

Besuchen Sie uns im Internet unter:
www.langen-mueller-verlag.de

© 2007 by éditions Jean-Claude Lattès, Paris
© der deutschen Ausgabe 2007 by Langen*Müller*
in der F. A. Herbig Verlagsbuchhandlung, München
Alle Rechte vorbehalten
Umschlaggestaltung: Wolfgang Heinzel
Umschlagbild: akg-images, Berlin
Lektorat: Sabine Wünsch, München
Herstellung und Satz: VerlagsService Dr. Helmut Neuberger
& Karl Schaumann GmbH, Heimstetten
Gesetzt aus der 12/14,5 Punkt Adobe Garamond
Druck und Binden: GGP Media GmbH, Pößneck
Printed in Germany
ISBN 978-3-7844-3107-9

Inhalt

Prolog
9

1 Die Provokation
11

2 Ein verkannter Vers des Deuteronomiums
20

3 Das Zaudern eines Statthalters und die Ängste eines Hohepriesters
30

4 Eine Unterhaltung um Mitternacht …
38

5 … und die Gespräche im Morgengrauen und danach
49

6 Die seltsame Unruhe des Rechtsgelehrten Gamaliel
59

7 Die Spuren einer schlaflosen Nacht
von einst
67

8 Der Alarm
77

9 »Für alle Dinge auf Erden kommt
die Zeit des Abschieds«
86

10 Die Entrückung des Wächters
93

11 Die Prüfung
102

12 Der Judaskuss
114

13 »Das Urteil, das du ihm eingeflüstert hast,
wird jahrhundertelang nachhallen!«
122

14 »Mein Vater ist der Heilige Geist«
131

15 Das Königsspiel
141

16 Die Machtprobe
150

17 Elaouia, elaouia, limash baganta
160

18 Blutsonne
170

19 Die Mahlzeit am Grab
178

20 »Aber meine Geschichte ist eine andere«
188

21 Der Unbekannte von Bet-Basi
200

22 Unruhen in Jerusalem
208

23 Die Entrückung
219

24 »Er ist der Messias, der uns vom Herrn gesandt wurde!«
227

25 Judith und die Reinigung
235

26 Die Falle
248

27 Der Schakal des Himmels
254

28 Die Rache des Allmächtigen
264

Nachwort
269

Prolog

Der Morgenwind strich über die noch nicht voll erblühten Mandelbäume. Morgen oder übermorgen würde er ihre Blütenblätter herunterfegen und den Boden wie von Schnee bedeckt erscheinen lassen.

Auf dem Hügel von Bethanien betrachteten zwei Männer die Mauern von Jerusalem, die das frühe Morgenlicht in Gold tauchte. Jerusalem, Stätte vergangenen Glanzes, aus Leid und Hoffnung entstanden, nun jedoch vom römischen Besatzer gedemütigt und vom Bösen gequält. Von den falschen Priestern.

Wie der erste Josua, dessen Namen er trug, hatte Jesus seit drei Jahren die Zitadelle umkreist, die Macht und Güte des Heiligen Geistes, des einzigen wahren Gottes, verkündet und den Irrglauben der falschen Priester angeprangert. Sie hatten nicht begriffen, dass er sie belagerte. Jetzt ging er zum Angriff über.

»Die Zeit ist gekommen«, sagte er und legte dem Mann an seiner Seite die Hand auf die Schulter.

Judas der Iskariot warf ihm einen ängstlichen Blick zu. Im Schatten des Obstgartens wirkten sie wie Brüder. Sie waren beide siebenunddreißig Jahre alt. Doch war der eine Galiläer, der andere Jude, und seit ihrer ersten Begegnung vor siebzehn Jahren war der Galiläer der Herr und Meister.

Judas, mit dichtem Bart und kurzen Haaren, fröstelte, doch von der Hand auf seiner Schulter strömte wohltuende Wärme in seinen Körper. Sein kantiges Kinn bebte.

»Der Zorn des Heiligen Geistes wächst, das weißt du«, sagte Jesus. »Wir können nicht länger zulassen, dass gleichgültige Mächte ihm diese Welt streitig machen. Bald wären wir nicht mehr als eine Hand voll, die sich seiner erinnerte, und dann würden die anderen verschlungen werden wie die Schafe von den Wölfen und den Schakalen.«

Judas bemühte sich zu erraten, was diese Worte bedeuten mochten. »Was wirst du tun?«

»Ich sage es dir, wenn die Zeit gekommen ist. Und du wirst tun, was ich dir befehle.« Die Hand des Herrn lag schwer auf der Schulter des Jüngers. »Du wirst dich an die Lektionen in der Wüste erinnern. Du bist der Einzige, den ich eingeweiht habe.«

Judas nahm die Hand, die auf seiner Schulter lag, küsste sie und drückte sie an seine Brust.

»Wir haben den Wein der Erlösung gekostet«, fuhr Jesus fort. »Jetzt müssen wir Galle trinken. Aber ich weiß, dass deine Seele stark ist. Du wirst sie zum Geist führen.«

»Und die anderen?«

»Jeder nach seinen Möglichkeiten«, erwiderte Jesus, seufzte leise und ließ Judas in dem zarten Blütenmeer zurück.

In der Ferne zeichneten sich weiß wie Gebeine die vagen Umrisse des Tempels ab.

1

Die Provokation

Ein Silberstreifen funkelte zwischen Himmel und Erde, ein messerscharfes Schwert, das die dunklen Wolken aus dem Norden, von den Toparchien von Gophna, Thamna, Joppa, vom Meer, von der Unendlichkeit, trennte. Wolken? Eher Legionen von Geistern, aufgebläht von Zorn und bereit, Eiter zu spucken. Man meinte gar, ihre üppigen Massen zu erkennen, ihre Wänste, ihre Geschlechtsteile, ihre von Hass zerrissenen Gesichter ... Aber, Dämonen am Himmel? Und warum Zorn, o Erhabener, an diesem Vierzehnten des Monats Nisan, am Vorabend des Passahfests, der doppelten Feier des Frühlings: Feier des Lebens und der List, mit dem einst der Todesengel getäuscht wurde, weil die Häuser der Juden mit Blut beschmiert waren, damit er glaubte, seine düstere Mission sei bereits erfüllt?

Ja, weshalb so viel Zorn? Niemand hätte es erklären können. Wie um die Feierlichkeit des Zorns zu verkünden, grollte der Donner und breitete seine unverständlichen Verwünschungen über die Hügel aus. Das Echo antwortete ihm. Jegliche menschliche Stimme ging darin unter. Ein Platzregen verstärkte das Getöse, prasselte auf die Landschaft nieder und durchnässte gleichermaßen die Pilger, die auf der Straße des Tyropoeion unterhalb der Mauern von Jerusalem dahinzogen, als auch die römischen Wachen, die auf der Terrasse der Festung Antonia oberhalb des Tempels ihre Runde machten.

Die Wäscherinnen klagten über ihre zum Trocknen ausgelegte Wäsche. Die Frauen, die das besondere Geschirr für die Heilige Woche vorbereiteten, unterbrachen besorgt und nachdenklich ihre Arbeit. Die Rabbiner, die das »Lied der Lieder« lasen, das die Wonnen des Frühlings pries, blinzelten und zündeten Kerzen an.

Noch wusste es niemand, aber das diesjährige Passahfest, das am nächsten Tag beginnen sollte, würde die Welt verändern.

Nichts würde mehr sein, wie es war.

»Da sind sie«, riefen die Lehrlinge, sprangen von ihrer Werkbank hoch und eilten ins Freie. Ihre Stimmen zitterten vor banger Erwartung.

Einige Augen wandten sich dem unteren Abschnitt der Herodeschaussee zu, der großen Straße unter Arkaden, die Jerusalem dem Verlauf des Tyropoeion-Tals folgend von Nord nach Süd durchschnitt, und suchten die Menschen, die anscheinend erwartet wurden.

»Von wem redest du?«, fragte ein Gerber, der damit beschäftigt war, das grobe Leder zu glätten, aus dem er Riemen für Sandalen schneiden würde, einen etwa fünfzehnjährigen Jungen.

»Von Jesus, dem Herrn! Jesus, dem Propheten! Kennst du ihn nicht? Der Messias. Und seine Jünger.«

Der Messias?, überlegte der Gerber. Ja, er hatte von diesem Mann gehört, der von der Güte des Herrn sprach. Ein Messias? Jemand, der die doppelte Salbung als König und Hohepriester empfangen hatte? Das war doch nicht möglich. Und wie hatte dieser Knabe von seinem Kommen erfahren? Nun, er unterhielt sich oft mit Fremden und wusste manchmal mehr als sein Meister.

Am Essenertor im Süden bildete sich zu beiden Seiten der Herodeschaussee ein kleiner Menschenauflauf. Man wusste nicht, wohin man blicken sollte: Wie jedes Jahr um diese Zeit kamen die Pilger zu Zigtausenden nach Jerusalem. Und wie jedes Jahr fragte man sich, wo all diese Menschen eine Unterkunft finden sollten. Dabei wusste man es nur zu gut: in den Scheunen der umliegenden Bauernhöfe. Kein Winkel, der in dieser Woche nicht als Schlafplatz gefragt war.

Endlich erkannte der Gerber in all dem Tumult ein seltsames Gefolge. Rufe erklangen.

»Hosanna.«

Gaffer versammelten sich, die keine Ahnung von dem Ereignis hatten, geschweige denn von Jesus und dem Begriff »Messias«. Jesus, der Mann, der seit drei Jahren dem Klerus – hauptsächlich Sadduzäer und einige Pharisäer – schwer zu schaffen machte. Er war ein Galiläer, der ungewöhnliche Dinge verkündete, der von der Güte des Herrn und von kommenden schrecklichen Ereignissen sprach und dessen Worte sich durch ihre prophetische Leidenschaft von den heuchlerischen Reden der Rabbiner abhoben.

Man erzählte sich Geschichten über Wunder, Krankenheilungen, die Genesung von Blinden und sogar von einer Auferstehung, was wirklich unglaublich war. Manche schienen alles über die Ankunft Jesu in Jerusalem zu wissen; und sie waren am meisten aufgeregt.

Plötzlich zogen einige ihre Mäntel aus und breiteten sie auf der Erde aus, auf dem Weg des Propheten. Eine ungewöhnliche Geste. Dann riefen sie weitere Hosannas, was die Verblüffung der Menge noch weiter steigerte und hie und da Begeisterung entfachte.

»Gott rette den Messias aus Israel. Gott schütze den Nachfahren Davids.«

Den Nachfahren Davids? Des ersten Königs von Jerusalem? Nun liefen sogar Händler und Handwerker auf die Straße, um den zu sehen, dem dieser unbeschreibliche Empfang galt. Ihre Kunden folgten ihnen. Fenster wurden aufgerissen, und Menschen, aufgeschreckt durch den Lärm, beugten sich über die Brüstung.

Ein Mann ritt auf einem Esel einher. Er mochte an die vierzig sein, mit ernstem Gesicht und undeutbarer Miene. Unwillkürlich musste man ihn anschauen. Und er schien dies zu wissen.

Drei bis vier Dutzend Männer und ein paar Frauen folgten ihm zu Fuß, mühelos, da der Esel gemächlich dahinschritt. In kurzer Zeit schwoll die Gruppe an. Bald waren es zwei-, dann dreitausend Menschen, und die Zahl nahm immer weiter zu. Nicht nur warfen weitere begeisterte Anhänger ihre Mäntel auf den Weg, manch andere legten auch Palmwedel aus. Erinnerungen stiegen in den Köpfen auf. Hatte man nicht einst König David so empfangen? War er nicht ebenfalls auf einem Esel in die Stadt eingezogen, die man den Jebusitern weggenommen hatte? Kehrte ein König nach Israel zurück? In der Passahwoche? Es musste etwas bedeuten, dass er in dieser Woche zurückkehrte. Die Menschen fielen sich in die Arme, von trügerischer Hoffnung erfüllt.

Ein König! Dieser Prophet! Die Zeiten waren feierlich. Ein König! Ein König, der endlich die Demütigung der Verbannung und der Zerstörung des ersten Tempels rächen würde. Und die Schmach der Besatzung durch die römischen Götzenanbeter. Ein König zog in Jerusalem ein. O Herr, hat sich Dein Erbarmen endlich so verdichtet, um wie Himmelstau auf uns herabzufallen?

Erregung verbreitete sich wie ein Lauffeuer. Sie erfasste Menschen, die sich noch vor einer Stunde nur um ihr Geschäft gekümmert hatten, Frauen, die ihre Wäsche wrangen, Apotheker, die Heilpflanzen wogen und ihre Salben mischten, Spinnerinnen, die ihre Spindeln ölten. Sie ließen alles stehen und liegen, um an diesem göttlichen Ereignis teilzunehmen.

»Hosanna! Gott rette den Nachfahren Davids.«

Der von Jesus geführte Zug hatte den halben Weg zum Tempel zurückgelegt, und wenig Platz blieb ihm voranzukommen. Wie viele Menschen waren es jetzt? Zehntausend? Zwanzigtausend? Jene, die sie kannten, und jene, die sie nicht kannten, betrachteten aufmerksam die Männer, die Jesus folgten. Andreas und sein Bruder Simon, die Gebrüder Johannes und Jakobus, Philipp, Bartholomäus, Thomas, Judas der Jakobussohn und Judas der Iskariot. Aber nur wenige kannten ihre Namen. Und hinter ihnen kamen die Frauen.

»Schaut nur! Da ist die Frau von Herodes' Verwalter.«

Arme wurden hochgerissen.

»Hosanna!«

Als Jesus vor den goldenen Toren des Tempels anlangte, drohte die Menschenansammlung in ein Chaos auszuarten. Da bemerkten auch die römischen Legionäre auf der römischen Zitadelle Antonia, die keck die Vorplätze überragte, voller Verblüffung diese unerwartete Bekundung der Inbrunst. Sie beobachteten, wie der Held langsam die Stufen erklomm und in den Hof der Heiden schritt.

»Was ist da los?«, fragte einer von ihnen seinen Kameraden. »Hast du eine Ahnung?«

»Nein«, brummte der andere. »Vielleicht ein Fest, das wir nicht kennen.«

»Aber sie haben doch nur ein Fest, nämlich das Passahfest am kommenden Samstag. Und warum folgen so viele Menschen diesem Mann?«

Sein Kamerad zuckte nur mit den Schultern.

»Wir müssen Pilatus benachrichtigen. Ich gehe zu ihm.«

»Nein, warte. Schau!«

Der Schatten der Zeiger auf den Sonnenuhren des Hofs der Heiden und der Festung Antonia näherte sich einem dunklen Einschnitt auf dem weißen Marmor und zeigte den Beginn der zehnten Stunde seit Mitternacht an. Der Wind frischte auf. Unten auf der Straße hatten die Menschen ihre Mäntel aufgehoben, ausgeschüttelt und wieder angezogen.

In den Häusern der Ober- und der Unterstadt brachen die Frauen, die zu Hause geblieben waren und denen man nun von dem Ereignis berichtete, in Tränen aus.

»Ein König! Wir warten schon so lange auf ihn.«

Der künftige König bereitete sein Königreich ganz entschieden mit Gewalt vor. Im Hof der Heiden wandte er sich nach rechts, zu der Stelle, an der sich die Händler von Opfertieren und anderen Opfergaben aufhielten. Tauben in Käfigen, Weihrauch, Wein und Milch für die Trankopfer sowie Honigbrote waren auf Auslagen gestapelt.

»Wisst ihr nicht, was geschrieben steht?« Seine Stimme rollte wie Donner über die Steinplatten. »Der Herr hat gesagt: Mein Haus ist ein Ort des Gebets!«

Die Pilger und die Gläubigen, die sich um die Händler drängten, waren bestürzt. Wer war dieser Mann?

»Ihr habt daraus eine Räuberhöhle gemacht«, brüllte er.

Und mit wutverzerrtem Gesicht begann er die Stände umzuwerfen, fegte die Opfergaben vom Tisch, zerhieb mit der Faust einen Käfig. Tauben flatterten hoch. Münzen klirrten auf den Steinplatten. Brote fielen zu Boden, und etliche Öl-, Wein- und Parfümflaschen zerbrachen. Die Händler rollten entsetzt die Augen. Hinter dem tobenden Mann versammelte sich eine Menge und überschüttete die Männer, die ihr Geschäft in das Haus des Herrn verlagert hatten, mit Schimpfworten. Die Händler duckten sich unter den Schmähungen und rafften eilig ihre Ware und ihre Münzen zusammen, um sich aus dem Staub zu machen. Im Nu herrschte Tumult. Es hagelte Schreie und heftige Schläge.

Der Mann hatte sich unterdessen nach links gewandt, wo die Geldwechsler ihre Geschäfte betrieben. Auch hier warf er die Tische um. Beschimpfungen, Proteste hallten wider.

»Diebe!«

Ein Kind hob eine Münze auf und reichte sie seinem Vater. Ein Geldwechsler brummte Verwünschungen und stürzte sich mit geballter Faust auf Jesus. Doch ein Jünger fiel ihm in den Arm und warf ihn gnadenlos zu Boden, vor die Füße der Gläubigen.

Ein anderer Jünger, Matthäus, eilte herbei: »Judas, bist du verletzt?«

»Nein. Ich musste nur diesen Hitzkopf beruhigen.«

Rufe ertönten: »Gott schütze den Sohn Davids!«

Der Verursacher der Unruhen bahnte sich in Begleitung seiner Jünger einen Weg in den Hof der Frauen, stieg die Rundstufen zur Nicanorpforte hinauf und gelangte in den Hof der Israeliten. Ab hier folgten ihm nur noch die Männer. Er betrat den Hof der Priester und blieb vor dem Hochaltar zu seiner Linken stehen, um seine Gebete zu sprechen.

Als Judas, der mit wachsamem Auge die Nachhut bildete, die Tür zum Hof der Frauen durchschreiten wollte, erklang direkt hinter ihm ein Aufschrei. Ein junges Mädchen war in dem Gedränge, das beim Auftauchen der Tempelwächter entstanden war, hingefallen. Die Leute liefen einfach über sie hinweg. Judas riss sie hoch und stützte sie. Sie war in Tränen aufgelöst und keuchte, ihre Kleider waren zerrissen. Er schaffte es, ihnen einen Weg aus der Menge heraus zu bahnen.

Er setzte sie auf die Stufen eines Tors, und sie fing an zu schluchzen.

»Hast du dir etwas gebrochen?«, fragte er.

Sie schüttelte den Kopf. Er hatte das Gefühl, sie zu kennen. Aber woher? Da fiel es ihm ein, sie war eine Dienerin im

Haus des Nikodemus, eines Anhängers Jesu. Knapp sechzehn.

»Du hast mich gerettet«, stieß sie hervor. »Ohne dich …«

»Geh nach Hause«, riet er ihr.

Doch das Mädchen konnte sich kaum noch auf den Beinen halten. Judas umfasste ihre Taille, wurde sich plötzlich ihres weichen Körpers bewusst. Seine Empfindungen verwirrten ihn. Aber er konnte sie nicht sich selbst überlassen. Und so stützte er sie auf dem ganzen Weg bis zum Haus des Nikodemus.

»Wie heißt du?«

»Judith. Und du, ich kenne dich doch … Du bist Judas … Judas der Iskariot.«

Sie umarmte ihn. Eine erneute Prüfung. Schließlich löste er sich von ihr, um zum Tempel zurückzukehren.

Die Tempelwächter hatten sich unterdessen im geräumigen Hof der Frauen verteilt und suchten den von jammernden Zeugen angeprangerten Schuldigen. Dann drangen sie in den Hof der Heiden vor, bahnten sich hie und da mit Brutalität ihren Weg. Dort war nur noch ein aufgelöster Händler, der seine Waren einsammelte und einen stockenden Bericht über sein Unglück abgab.

»Kennst du diesen Mann?«

»Nein … Man sagte mir, er sei unser künftiger König … Jesus.«

Die Tempelwächter warfen sich finstere Blicke zu. Ein alter Bekannter.

In ihrer Nähe stand ein kleiner Mann auf krummen Beinen, dessen Augenbrauen einen durchgehenden schwarzen Balken bildeten, und beobachtete die Szene. Saul war sein Name.

Als die Tempelwächter schließlich in den Hof der Israeliten gelangten, war auch dieser beinahe leer, fanden sie lediglich ein paar verstreute Gläubige vor, die einen aufgeregt, die anderen wie erstarrt. Jesus? Ja, er war gekommen, um dem Tempel seine Ehrerbietung zu erweisen, dann war er wieder gegangen. Was wollte man von diesem heiligen Mann?

Judas beobachtete die Verstimmung der Tempelwächter mit spöttischem Blick. »Verdammte Brut!«

Dann sann er über Judith nach, ohne genau zu wissen, was er dachte. Ein verwundeter Vogel, den er dem Tod entrissen hatte. Ein Vorzeichen?

2

Ein verkannter Vers des Deuteronomiums

Schwere Wolken verdeckten die Sonne, kurz nachdem der Zeiger der Sonnenuhr im Hof des Palasts des Hohepriesters die zweite Nachmittagsstunde angezeigt hatte. Die Diener des Kaiphas, die seinen Lauf insbesondere in den sieben Tagen des Passah beobachteten, hatten ihn richtig postiert.

In der elften Stunde des Vormittags hatte sich Saul, der Anführer einer Söldnertruppe, bei seinem Herrn, dem Hohepriester Kaiphas, gemeldet, um ihm Bericht zu erstatten. Er wusste auch nichts anderes zu sagen als das, was Priester und aufgeregte Händler bereits von sich gegeben hatten. Darüber hinaus informierte er seinen Herrn, dass Jesu engstes Gefolge aus etwa dreihundert Personen bestand, seine Anhänger insgesamt jedoch ungefähr dreitausend ausmachen dürften.

Und wie es aussah, waren sie alle ziemlich aufgeregt: Als eine Gruppe Händler versucht hatte, den Anhängern Jesu, von denen sie weiterhin unaufhörlich beschimpft worden waren, Einhalt zu gebieten, war der Wortwechsel bald mit Fäusten fortgesetzt worden, und die Leviten, die für die Sicherheit des Tempelinnern zuständig waren, waren ebenfalls angegriffen worden und hatten sich wohl oder übel zurückziehen müssen. Gläubige, die die Leviten angriffen? Wo sollte das noch hinführen?

»Dreitausend«, brummte Kaiphas ungläubig. »Wirklich dreitausend?«

»Die vielen Pilger erschweren eine genaue Schätzung. Dreihundert Anhänger folgen ihm überallhin, und dreitausend lassen sich vielleicht von ihm beeinflussen ...«

»Hast du die Aufrührer identifiziert?«

Saul schüttelte den Kopf, meinte dann: »Leute vom Land, Galiläer, auch ein paar aus der Dekapolis.«

»Aus der Dekapolis?«, fragte Kaiphas irritiert.

Jeder wusste, dass die Juden dieses Verbunds der zehn romanisierten Städte viel zu sehr von den Heiden beeinflusst worden waren, um religiösen oder gar subversiven Eifer zu bezeugen. Das war beunruhigend.

»Man erkennt sie an ihrem Akzent«, erklärte Saul.

»Und deine Männer sind nicht eingeschritten?«

»Doch, Hohepriester. Wir haben einige der allzu Aufsässigen zurechtgewiesen. Aber jeder Versuch, sie festzunehmen, wäre uns schlecht bekommen.«

Er hütete sich zu berichten, dass mehrere seiner Schergen ausgiebig mit Fäusten und Stockschlägen traktiert worden waren. Diese Bauern waren nicht von der Art, sich von Städtern unterdrücken zu lassen. Saul wirkte genauso besorgt wie sein Herr. In einer solchen Situation war seine Wache lächerlich, und er fürchtete, der Hohepriester könne sie auflösen.

Er machte sich Gedanken über die Macht dieses Jesus. War er ein Wundermacher? Es gab andere dieser Art, wie Dositheus und Simon den Magier, aber sie hatten sich nie getraut, den Klerus von Jerusalem herauszufordern. Was schwebte diesem Mann namens Jesus vor?

»Halt mich auf dem Laufenden«, bat Kaiphas und entließ Saul.

Kaum hatte dieser den Raum verlassen, als Pilatus' Sekretär Kratylos eintrat und dem Hohepriester ankündigte, dass sein Herr, der durch die Beobachtungsposten der Festung Antonia über den Vorfall Bescheid wisse, umgehend ein Gespräch mit ihm wünsche.

»Sag dem Statthalter, dass ich vorher alle Zeugenaussagen prüfen und alle Meinungen sammeln möchte. Ich werde ihn dann in der fünften Stunde empfangen.«

Auf diese Art gab er dem Römer zu verstehen, dass er nicht daran denke, sich in das Haus eines Heiden zu begeben. Ein frommer Jude überschritt die Schwelle eines heidnischen Hauses nicht, noch weniger ein Hohepriester in der Heiligen Woche. Im Übrigen war Pilatus bereits seit Langem geächtet.

In aller Eile wurde der Hohe Rat einberufen. Einundsiebzig Männer, darunter der Hauptmann der Tempelwächter und Rechtsgelehrte. Kaiphas hatte nämlich entschieden, dass kein Beschluss – und schon gar kein radikaler, wie die augenblickliche Situation ihn erforderte – von ihm allein verantwortet werden sollte. Er wollte sich keinen späteren Vorwürfen aussetzen. Alle Mitglieder der Versammlung waren inzwischen über die Ereignisse im Tempel unterrichtet worden.

»Ich möchte euren Rat hören«, sagte Kaiphas. »Hauptmann?«, wandte er sich an diesen, der sofort die Hand gehoben hatte.

»Mein Rat ist einfach. Es handelt sich um eine Provokation. Das absurde Gejohle, das wir vernommen haben, zeigt es deutlich.«

»Was für ein Gejohle?«, wollte der angesehene Rabbiner Gamaliel wissen. »Man hat mir nichts darüber berichtet.«

»*Gott schütze den Sohn Davids*«, präzisierte der Hauptmann des Tempels. »Das ist unsinnig.« Gamaliels Lider flatterten.

»Wir ertragen schon viel zu lange derartige Brüskierungen«, mischte sich Annas, Kaiphas' Schwiegervater, ein. »Unsere Zaghaftigkeit musste diesen Jesus ja ermutigen. Diese Hochrufe bedeuten, dass er vorhat, sich am Passahfest zum König krönen zu lassen.«

Dieser ungehörige Gedanke veranlasste einige, ungläubig den Kopf zu schütteln.

Ein Rabbiner bemerkte ungeduldig: »Aber was glaubt er denn? Was glauben die Dummköpfe, die sich ihm anschließen? Wer sollte ihm die Salbung verabreichen und ihn krönen? Kaiphas ist der Einzige, der es tun könnte, und bestimmt wird er nicht während der Passahwoche seinen eigenen Nachfolger benennen. Wenn erwiesen ist, dass dieser Mann plant, sich krönen zu lassen, bedeutet das, dass er außerdem vorhat, den Klerus des Tempels seines Amtes zu entheben. Könnt ihr euch das vorstellen? Das ist unmöglich. Das beweist ohne den geringsten Zweifel, dass dieser Mann verrückt ist.«

»Da es ihm gelungen ist, das Volk um sich zu scharen, ist es nicht so unmöglich, wie du denkst, Rabbi«, wandte der Hauptmann des Tempels ein.

Auf diese wenig erfreuliche Einschätzung der Lage folgte ein Moment des Schweigens. Donner grollte, und kurz danach platschte der Regen auf die Steinfliesen des Vorhofs. Dunkelheit brach herein. Kaiphas' Sekretär zündete die Fackeln an.

»Er hat wirklich vor, sich zum König ausrufen zu lassen«, erklärte Kaiphas. »Meine Spione haben mir berichtet, dass er zwei seiner Jünger nach Bethanien gesandt hat, um dort eine Eselin mit ihrem Jungen zu suchen, damit er wie einst David seinen Einzug in die Stadt halten könne. Pilatus macht sich Sorgen, und das mit Recht. Denn die Krönung könnte nur infolge eines Volksaufstands stattfinden.«

»In diesem Fall würden die Römer einschreiten«, bemerkte der Hauptmann.

»Inzwischen wäre das Unheil aber geschehen, und ich mag mir das Blutbad nicht vorstellen, das die Folge wäre.«

»Einst hatten wir beschlossen, ihn zum Tode zu verurteilen«, erklärte Annas mit gereizter Stimme. »Wir haben zu lange gezögert. Das Verbrechen der Gotteslästerung ist offensichtlich.«

»Vater«, wandte Kaiphas ein, »bitte, erinnere dich: Wir konnten das Urteil nicht vollstrecken, weil die Römer uns das Recht auf eine eigene Gerichtsbarkeit verweigern.«

»Wir hatten Angst vor einer Volkserhebung«, rief Annas. »Nun, diese Gefahr ist mit der Zeit nur noch gewachsen. Da du ja gleich Pilatus sehen wirst, fordere die Festnahme und den Tod dieses Galiläers. Oder der Römer wird höchstpersönlich darunter leiden.«

Kaiphas verzog das Gesicht.

»Ich möchte an zwei Punkte erinnern«, erklärte Gamaliel mit ruhiger Stimme, die in krassem Gegensatz zu Annas' Geschrei stand. »Der erste besteht darin, dass unser heiliger Talmud es verbietet, in der Heiligen Passahwoche Beschlüsse zu fassen, und erst recht, ein Urteil zu fällen. Der zweite Punkt ist: Wir können kein Todesurteil über den Galiläer fällen, denn seine Lehre ist, nach allem, was ich höre, nicht gotteslästerlich.«

Die anderen Männer wandten sich ihm neugierig zu. Der Hohepriester hielt sich zurück: Er kannte Gamaliels Meinung, weil er lange genug mit ihm diskutiert hatte, allerdings im Geheimen, denn der angesprochene Punkt war skandalträchtig. Und dieser Rabbiner war viel zu bedeutend, als dass jemand gewagt hätte, ihn zu kritisieren. Der berühmte Gamaliel war unbestritten der einflussreichste Rechtsgelehrte der Welt, und man nahm lange Reisen auf sich, um ihn zu konsultieren.

»Bei Gefahr ist es uns nicht verboten, Beschlüsse zu fassen«, bemerkte Annas mit seiner schrillen Stimme.

»Wie lautete noch mal der zweite Punkt unseres Meisters Gamaliel?«, fragte ein Würdenträger aus Jericho.

»Dieser Jesus predigt gemäß dem Deuteronomium, was wir nicht tun«, erwiderte Gamaliel.

»Unterscheidet sich das Deuteronomium folglich von unseren übrigen Heiligen Büchern?«, erkundigte sich ein Rabbiner stirnrunzelnd.

»Es unterscheidet sich in vielerlei Hinsicht, mein Bruder.«

»Und in welcher zum Beispiel?«

»Es gebietet Mitleid und Vergebung. Es steht sogar im Widerspruch zu anderen Büchern. So steht in seinem vierundzwanzigsten Kapitel, dass die Väter nicht für ihre Söhne und die Söhne nicht für ihre Väter mit dem Tod bestraft werden; jeder stirbt für seine eigene Sünde. Das steht in förmlichem Widerspruch zum fünften Vers des zwanzigsten Kapitels des Exodus und zum siebten Vers des vierunddreißigsten Kapitels desselben Heiligen Buches.«

Betroffenheit machte sich unter den Anwesenden breit.

»Das ist nicht unbedingt ein Widerspruch«, sagte ein Rabbiner, der bisher noch nicht das Wort ergriffen hatte. »Man kann die reale und die rein geistige Strafe ins Feld führen. Der Sohn verliert nicht die Erinnerung an die Schuld des Vaters, und das ist dann seine Strafe.«

»Es gibt noch viele weitere Widersprüche, mein Bruder, die aus dem Weg zu räumen unserer Wissenschaft schwerfallen dürfte. Aber ich fürchte, der Kern der Angelegenheit ist viel komplexer«, erwiderte Gamaliel. »Gewisse Informationen, die mir im Lauf der letzten Monate zu Ohren kamen, lassen mich vermuten, dass Jesus im Namen des Deuteronomiums eine Lehre verkündet, die unserer fremd ist.«

»Was meinst du damit?«

»Im zweiunddreißigsten Kapitel des Deuteronomiums steht im achten Vers: *Als der Erhabene die Ländereien der Völker aufgeteilt hat, als Er die Menschen unterschieden hat, hat Er die Grenzen der Völker aufgrund der Zahl der Kinder Jahwes festgelegt. Aber das Los Jahwes war Sein Volk.* Das bedeutet, dass der höchste Schöpfergott sich von Jahwe unterscheidet. Es ist das einzige Mal in der Thora, dass dieser Unterschied so klar hervorgehoben wird.«

Die zahlreichen Rabbiner der Versammlung und noch mehr jene, die nicht die Thora studierten, reckten den Hals, furchten die Stirn und tauschten beunruhigte Blicke. Gamaliel wusste: Die Auslegung des Rechts, die das Wesen der Lehre und der Arbeit seiner Kollegen ausmachte, handelte fast immer von Fragen ritueller Vorschriften, Erbaufteilungen, ritueller Reinheit, eventuell vom göttlichen Geist oder von der *shekinah*, aber nicht von der Theologie. Und diese Lehre leitete sich aus den vier ersten Büchern des Pentateuch ab, den ältesten, da ihnen das fünfte wie ein schwacher Aufguss erschien, der sogar verdächtig war. Hatte man es nicht nach der Rückkehr aus dem Exil entdeckt?

»Und weiter?«, fragte der Hauptmann mit leichter Ungeduld.

»Nun, verehrter Hauptmann«, erwiderte Gamaliel, »auch Jesus unterscheidet zwischen dem Schöpfer und Jahwe ...«

»Das ist der Beweis für seine Gotteslästerung!«, donnerte ein Rabbiner, der zum Tempelklerus gehörte. »Dieser Vers ist falsch ausgelegt. Dieser Jesus ist nicht nur ein Häretiker, sondern ein Ungläubiger. Er muss ...«

»Rabbi, bitte lass Gamaliel aussprechen«, gebot ihm Kaiphas Einhalt.

»Dieser Vers ist nicht falsch ausgelegt, verehrter Bruder«, fuhr Gamaliel in scharfem Ton fort. »Er wird von zwei weiteren Versen des Deuteronomiums untermauert. Im achtzehnten Vers des zweiunddreißigsten Kapitels steht: *... du vergaßest den Eloha, der dich geboren hat.* Dieser Singular wird in der Thora lediglich zwei Mal benutzt und ist beide Male im Deuteronomium zu finden. Im zwölften Vers heißt es: *Der Herr (Jahwe) allein hat Jakob gelei-*

tet, kein fremder Gott (Elohim) stand ihm zur Seite. Muss ich darauf hinweisen, dass *elohim* der Plural von *eloha* ist? Diese beiden Verse beinhalten – ganz abgesehen von dem vorhin erwähnten – einen inneren Widerspruch zu den vorangegangenen vier Heiligen Büchern.«

Betretenes Schweigen folgte auf diese Lektion.

»Es gibt eine Sekte«, fuhr Gamaliel fort, »die dieselbe Unterscheidung trifft und die verkündet, dass wir traditionellen Juden im Irrtum sind, da wir nicht in der Person des Schöpfers den wahren Gott des Guten verehren, der Jahwe ist. Da diese Unterscheidung aber in einem Buch der heiligen Thora aufgeführt ist, kann ich nicht auf Gotteslästerung schließen. Deshalb halte ich die Situation für kompliziert.« Nach einer kurzen Pause fügte er hinzu: »Das ist der Grund, aus dem die Entdeckung der Rollen des Deuteronomiums in den Ruinen für so viel Aufruhr sorgte, als König Josias den Tempel wieder aufbauen ließ.«

Hatte sich irgendwo ein Abgrund aufgetan? Niemand gab einen Laut von sich. Ein Luftzug strich über die Flammen der Fackeln. Kaiphas fuhr sich wieder und wieder durch den Bart.

»Und das ermächtigt diesen Mann, sich zum König ernennen zu lassen?«, fragte ein Händler der Dekapolis.

»Nein, aber es rechtfertigt auch keine Anklage wegen Gotteslästerung«, erwiderte Gamaliel.

»Wie?«, brauste der Rabbiner auf, der Gamaliel kurz zuvor unterbrochen hatte, »dieser Übeltäter behandelt uns seit Jahren wie eine Vipernbrut, und wir sind ihm und seiner Bande von Halunken gegenüber machtlos?«

»Gegen menschliche Personen gerichtete Schmähungen sind Verfehlungen, aber keine Gotteslästerung«, erwiderte Gamaliel in aller Seelenruhe.

Und jeder wusste, dass es keinen Sinn hatte, ihm zu widersprechen. Der Mann war ganz gewiss nicht rachsüchtig, aber wenn man sich seiner Meinung widersetzte, war man am Ende der Dumme.

»Wir sind nicht hier, um die Mischna zu bereichern«, rief Annas. »Wir haben uns hier aufgrund einer Krisensituation versammelt. Dieser Jesus scheut nicht davor zurück, einen Bürgerkrieg zu entfachen. Ich verlange, dass man ihn festnimmt und außer Gefecht setzt. Wir sind verantwortlich für die Sicherheit des Tempels und der Juden. Die Zeit drängt.«

Mehrere Mitglieder nickten.

»Schreiber«, befahl Kaiphas, »notiere die Stimmen, die für die Festnahme eines Mannes sind, der in Jerusalem für Aufruhr sorgt, sodass die römische Miliz sich gezwungen sieht einzugreifen.«

Der Regen verstärkte sich, und der Wind fegte durch den Saal aus behauenem Stein. Die Älteren vergruben sich in ihren Mänteln. Die Abstimmung erfolgte mit hoch erhobener Hand. Wie abzusehen war, enthielt sich Gamaliel der Stimme, ebenfalls Josef von Arimathäa, ein reicher Händler, der angeblich mit Jesus sympathisierte. Und noch ein paar andere. Doch neunundfünfzig Mitglieder des Hohen Rats sprachen sich für die Festnahme des Propheten aus.

»Welchen Vorwand wollt ihr vorbringen?«, erkundigte sich Josef von Arimathäa.

»Gottlosigkeit«, rief Annas und bedachte Gamaliel mit einem vernichtenden Blick. »Er hat verkündet, er sei der Messias. In diesem Fall muss er über das Gesetz belehrt werden, dass er die Robe des Hohepriesters tragen muss, um das Zepter der Königswürde zu ergreifen. Er ist offensichtlich nicht über das Recht informiert. Er hat zudem wiederholt betont, dass er der Sohn Gottes sei, der Allmächtige möge mir verzeihen, dass ich diese gottlosen Worte wiederhole. Der Sohn des Herrn? Heißt das seinesgleichen? Seht ihr denn den schändlichen Schwindel nicht? Und da fragt man uns, welchen Vorwand wir vorbringen wollen? Wir brauchen keinen. Dieser Mann hat sich, wenn ich das so sagen darf, selbst ans Kreuz genagelt.«

Josef von Arimathäa rieb sich mit skeptischem Blick die Nasenspitze. Gamaliel wirkte mürrisch. Etliche Männer rutschten unruhig auf ihren Plätzen hin und her.

»Weiß man, wo er sich im Augenblick aufhält?«, wollte Annas wissen.

»Nein«, erwiderte sein Schwiegersohn.

»Und wie sollen wir ihn dann festnehmen?«

»Wir warten, bis er wieder auftaucht. Nach seinen Provokationen von heute Morgen wird das nicht lange dauern.«

Daraufhin erklärte der Hohepriester die Versammlung für beendet und machte sich bereit für den Nachhauseweg. Die siebzig übrigen Männer erhoben sich sorgenvoll. Für viele von ihnen war die Unterscheidung zwischen dem Schöpfergott und Jahwe besorgniserregend. Eine ärgerliche Enthüllung.

Sehr ärgerlich.

Auf der Schwelle des Saals blieb Kaiphas stehen. Ein Bote war gerade eingetroffen, außer Atem. Seit etwa einer Stunde herrsche in der Stadt ein ungeheurer Aufruhr. Die meisten Händler hätten ihre Läden geschlossen, um sich zum Tempel zu begeben und dem Herrn zu danken, dass er ihnen einen König gesandt hätte.

Kaiphas rief entnervt nach dem Hauptmann des Tempels. Sobald dieser neben ihm stand, wies er den Boten an, dem Anführer der Wache folgenden Befehl zu übermitteln: Die Händler hätten so schnell wie möglich in ihre Läden zurückzukehren und die Wächter für ihre Sicherheit zu sorgen.

Diese Menschen brachten Geld, viel Geld, und es stand außer Frage, dass dieser Unruhestifter aus Galiläa daran gehindert werden musste, die Verwaltung des Tempels an sich zu reißen.

3

Das Zaudern eines Statthalters und die Ängste eines Hohepriesters

Pontius Pilatus, der Statthalter von Judäa und Vertreter der Macht Roms in den sogenannten senatorischen Provinzen von Palästina, vom Schild seines Sekretärs nur unzureichend vor dem Platzregen geschützt, watete fluchend durch die Pfützen und gelangte schließlich zum linken Flügel des ehemaligen hasmonäischen Palasts, dessen rechten Flügel er bewohnte. Hier, auf dieser Seite des riesigen, an eine Esplanade erinnernden Hofes wohnte Kaiphas. Ein Wächter sah Pilatus kommen und benachrichtigte die Hausdiener durch einen Spion. Nur eine Hälfte der Doppelflügeltür öffnete sich für den Statthalter. Pilatus hatte einen Sinn für Nuancen, und dieser Affront besserte seine Stimmung keinesfalls. Im Innern erwartete ihn der Hohepriester drei Schritte von der Schwelle entfernt. Pilatus neigte würdevoll den Kopf, die Augen halb geschlossen, aber wachsam. Er sah, wie der Blick des Hohepriesters auf dem Schwert ruhte, das er an der Hüfte trug, das Symbol jener Macht, die den Juden unter Androhung der Todesstrafe verweigert wurde.

»Der Friede des Herrn sei mit dir«, sagte Kaiphas auf Griechisch.

Dann ging er seinem Besucher voraus und steuerte auf das für die Unterhaltung vorgesehene Zimmer zu – ein karger Raum, vier Stühle, ein Tisch, nicht einmal ein Teppich auf dem Boden.

Hier herrschte Grabeskälte. Pilatus nahm Platz. Sein Sekretär stellte sich draußen vor die Tür. Kaiphas studierte im fahlen Licht die seltsame Narbe auf der Stirn des Römers. Offensichtlich ein Brandmal. Der Buchstabe L. Was bedeutete er? Er wusste es nicht.

»Was ist los?«, fragte der Statthalter. »Was soll dieser Tumult in der Stadt?«

»Der Jesus bar Josef genannte Mann hat seine Provokationen noch weiter getrieben«, erwiderte Kaiphas. »Dieses Mal will er sich offensichtlich zum König ernennen lassen.«

»Zum König?«

»Genau das ist der Sinn seines Einzugs auf einer Eselin wie einst König David.«

Pilatus nahm die Information auf. Jüdische Könige ritten also auf Eselinnen, nicht auf Pferden. Noch ein Mysterium dieses unbegreiflichen Volkes. Auf jeden Fall fehlte es diesem Jesus nicht an Illusionen. Sich von diesem unregierbaren Volk zum König wählen zu lassen!

»Und durch wen will er sich ernennen lassen?«

Der Hohepriester zuckte die Schultern. »Ich weiß nicht. Er könnte nur durch mich gesalbt werden. Und das wird nicht geschehen. Vermutlich heckt er einen Gewaltstreich aus. Er hat ein paar Tausend Jünger. Die Lage ist gefährlich, Prokurator. In einem solchen Fall solltest du deine Legionäre aufmarschieren lassen, um die Ordnung wiederherzustellen.«

»Seit einiger Zeit schon führt er einen Feldzug gegen euch«, bemerkte der Römer. »Warum habt ihr nicht früher reagiert?«

»Dann wäre es zu einem Aufstand gekommen. Ich habe es also vorgezogen, dir nicht noch mehr Sorgen zu bereiten. Aber ab jetzt gibt es nur eine Möglichkeit, die Ordnung zu garantieren, nämlich, den Mann so bald wie möglich zu verhaften und zum Tode zu verurteilen. Doch ihr habt uns das Schwertrecht entzogen. Um Unruhen zu vermeiden, musst du das Urteil unterschreiben, das wir fällen, wenn wir ihn festgenommen haben.«

Pilatus ließ sich Zeit mit seiner Erwiderung. Der Hohepriester verlangte einen Freibrief von ihm, um einen Streit zu beenden, der sicherlich die öffentliche Ordnung bedrohte, Rom aber nichts anging. Das Römische Reich hätte viel zu tun gehabt, wenn es sich in die religiösen Streitereien eingemischt hätte, die die Juden seit Jahrzehnten in Unruhe versetzten. In Gedanken wog Pilatus die Risiken ab: ein unvermeidbarer Aufstand, wenn Jesus und seine Anhänger einen Gewaltstreich gegen den Tempel versuchten, eine wahrscheinliche Revolte, wenn er festgenommen und zum Tode verurteilt wurde. Der Statthalter hatte keinerlei Verlangen nach einem Aufruhr. Er wusste, dass man ihn in Rom anklagen würde, ihn durch Ungeschicklichkeit oder Brutalität verursacht zu haben. Und all das wegen einer rätselhaften Feindseligkeit zwischen einem Erleuchteten und dem Klerus des Tempels!

Dann erinnerte er sich an die Ehrerbietung, die seine Frau Procula diesem Mann entgegenbrachte, da er auf wunderbare Weise Kranke heilte, und er vermutete, dass sie mehr als einmal diesem Jesus zugehört hatte.

»Was garantiert mir, dass seine Verhaftung nicht ebenfalls Unruhen auslösen wird?«, brummte er.

»Wenn wir ihn nachts festnehmen, sind die Risiken geringer.«

»Ist bekannt, wo er sich im Augenblick aufhält?«

»Nein.«

Die Lage war in der Tat kritisch. Um sie zu entschärfen, musste man zuerst diesen Jesus finden, ihn dann heimlich verhaften und schließlich so bald als möglich steinigen oder ans Kreuz schlagen. Drei Vorgänge, die vollen Einsatz erforderten.

»Ich kann dem Ausgang eurer Unternehmungen nicht vorgreifen«, sagte Pilatus in kühlem Ton. »Ich werde mich zu gegebener Zeit entscheiden. Versucht erst einmal, seiner habhaft zu werden, dann werde ich ja sehen, wie das Volk reagiert.«

Er erhob sich.

Kaiphas war unverkennbar enttäuscht. Als er den Statthalter zur Tür begleitete, warf er einen Blick zum Himmel. Es hatte aufgehört zu regnen. Aber ob Regen oder nicht, er musste zu Gamaliel und ihn um Rat fragen.

Zu dieser Tageszeit wanderten Jesus und die Zwölf nach Bethanien, wo Maria Magdalena und ihre Geschwister Martha und Lazarus ein Gut besaßen, geerbt vom Vater, dessen große Ländereien über ganz Palästina verstreut waren. Seit ihrer Ankunft in Jerusalem war es ihr Heim und ihr Versammlungsort. Der Tag war hart gewesen, sie waren erschöpft von dem handgreiflichen Streit mit den Leviten und den Händlern.

Jesus ging voran, Judas zu seiner Rechten, Johannes zu seiner Linken. Thomas gesellte sich zu ihnen.

»Herr, ich habe eine Frage.«

Jesus warf ihm einen Blick zu: Er kannte seinen Thomas gut. Erfüllt von heidnischer Philosophie, unehrerbietig und leidenschaftlich, doch tiefschürfender, als es manchmal den Anschein hatte. Deshalb gewährte ihm Jesus einige Freiheiten, die er bei den anderen Jüngern als Frechheiten empfunden hätte.

»Herr«, fuhr Thomas fort, ermutigt durch seinen Blick, »du hast eines Tages gesagt, dass man keine Perlen vor die Säue werfen soll.«

Johannes und Judas spitzten die Ohren.

»Aber wenn das Schwein, dem man eine Perle vor die Füße wirft, sich in einen treuen Hund verwandelt?«

Jesus bedachte ihn erneut mit einem Blick und war sichtlich amüsiert von der Vorstellung.

»Herr, hast du gesehen, wie Kaiphas läuft?«

Johannes und Judas rissen bei dieser merkwürdigen Frage die Augen auf und wunderten sich über das leichte Lächeln, das über das Gesicht ihres Anführers huschte.

»Die Beine etwas auseinander stehend«, sagte Jesus.

»Genau«, rief Thomas, dessen Bart vor lauter Aufregung abstand. »Er leidet an Hämorrhoiden.«

War es das Bedürfnis nach Entspannung nach den turbulenten Stunden, die sie hinter sich hatten? Judas prustete los. Er stolperte, schwankte und klammerte sich an Jesu Arm.

»Herr, wenn es dir gelänge, Kaiphas zu berühren, würdest du ihn von seinen Hämorrhoiden heilen, wie die Frau, die dein Gewand berührt hat«, erläuterte Thomas seinen Gedankengang.

Johannes und Judas bogen sich vor Lachen, und sogar Jesus stimmte ein. Die anderen wunderten sich über den Grund der Heiterkeit und kamen näher. Thomas' Vorschlag machte die Runde, und Maria und Lazarus, Andreas und Matthäus brachen in schallendes Gelächter aus.

»Thomas«, erwiderte Jesus schließlich und wurde wieder ernst, »um gesund zu werden, müsste er an mich glauben; und selbst wenn es mir gelänge, ihn trotzdem zu heilen, so wäre nur einem einzigen Menschen geholfen. Und du weißt, damit ist es nicht getan. Ein ganzes Volk muss gerettet werden.«

Gedankenverloren gelangten sie nach Bethanien und zerstreuten sich. Die einen, um etwas zu trinken, die anderen, um ihre Notdurft zu verrichten oder den Mantel flicken zu lassen, der bei dem Handgemenge zerrissen worden war. Judas blieb allein bei Jesus.

»Herr«, sagte Judas, »ich weiß nicht, weshalb ich niedergeschlagen bin. Ich habe Angst ...«

Jesus betrachtete ihn wortlos. Judas umarmte ihn und legte den Kopf an seine Schulter. Ein langer Seufzer entschlüpfte seiner Kehle.

»Du nährst meine Seele«, murmelte er. »Du bist mein Vater und meine Mutter.«
»Den Geist muss man nähren«, sagte Jesus. »Er allein erspart dir das Versagen. Ich habe es dir gesagt: Es ist die Zeit der Prüfung. Sei stark.«
Judas löste sich von ihm und nickte.

Kaiphas zog die Kapuze tiefer in die Stirn und begab sich in Begleitung seines Sekretärs und einer Wache zehn Straßen weiter in die Oberstadt, zu dem Mann, dessen moralische Autorität mit der seinen wetteiferte und der jetzt ein mindestens genauso heikles Problem für ihn darstellte wie der galiläische Rebell. Denn man konnte nicht auf den Rat des berühmtesten Rechtsgelehrten Israels verzichten.

Nach dem Austausch von Höflichkeiten und dem Kosten eines Weins aus Galiläa, den der Gastgeber kredenzte, kam Kaiphas zur Sache.

»Rabbi, du hast vorhin bei der Versammlung eine Sekte erwähnt, die verkündet – der Herr möge mir verzeihen –, dass wir im Irrtum seien. Welche Sekte hast du gemeint? Und was weißt du über sie?«

Gamaliel kaute nachdenklich die Rosine, die er aus der Schale auf dem Tisch genommen hatte. Seine Augen unter den weißen Augenbrauen waren dunkel. Er erwiderte: »Die Jünger von Kain.«

Der Hohepriester blickte überrascht drein. In Palästina gab es genug Irre. Aber Jünger von Kain? Dem abscheulichen Mörder Abels?

»Juden?«, fragte er fassungslos.

Gamaliel unterdrückte ein Lächeln und nickte. Der Begriff *yahoudi* erweckte immer einen gewissen Vorbehalt in ihm. War man Jude vom Kopf her? Warum gehörten dann die Samariter nicht zu den Juden? Oder war man Jude von Geburt an? Warum

überhäuften die Essener, die sich nach Qumran, in die ausgedörrte Ödnis des Toten Meeres geflüchtet hatten, dann seit fast drei Jahrhunderten den Klerus von Jerusalem mit Schmähungen, und zwar heftiger, als es die Heiden je getan hatten?
»Erklär es mir.«
»Ihrer Meinung nach hat Kain Abel getötet, weil er dem Schöpfer, der nicht der Gute Gott ist, Opfer anbot. Die Opfer waren also gottlos.«
»Diese Leute sind doch krank!«, rief Kaiphas. »Ihre Unwissenheit hat sie schwachsinnig werden lassen.«
Dann erinnerte er sich an den Vers des Deuteronomiums, und der Zweifel verstärkte seinen Ärger.
»Hohepriester, du hast mich gefragt, um wen es sich bei dieser Sekte handelte, und ich habe dir geantwortet.«
»Gehört Jesus bar Josef dazu?«, erkundigte sich Kaiphas in aggressivem Ton.
»Ich weiß es nicht. Aber er hat sich bei den Essenern aufgehalten. Vielleicht gehört er immer noch zu ihnen.«
»Sind die Essener Anhänger Kains?«
»Auch das weiß ich nicht. Ich habe jedoch Gründe anzunehmen, dass sie nicht sehr weit davon entfernt sind.«
»Welche Gründe?«
Gamaliel runzelte die Stirn. Der Ton des Hohepriesters war gebieterisch, am Rande der Höflichkeit.
»Die Unterscheidung, die sie zwischen den sogenannten Söhnen des Lichts und den Söhnen der Finsternis machen. Die Ersteren sind die Söhne des guten Gottes, die anderen die Diener des Schöpfers.«
»Soll man daraus schließen, dass diese Leute den Schöpfer für ein Idol halten?«
»Nein. Sondern für einen gleichgültigen Gott, der auch Satan geschaffen hat.«

Eine schöne Zeit, um über Theologie zu reden! Annas hatte recht, Handeln war angesagt.

»Ist dieser Jesus ein Anhänger Kains?«, hakte Kaiphas nach.

»Wie gesagt, ich weiß es nicht, aber ich bezweifle es. Mehrere besorgte Rabbiner haben mir seine Worte hintertragen, insbesondere über die Vorschriften ritueller Reinheit. Ich habe dieser Lehre nichts entnommen, was dem Deuteronomium widerspräche.«

»Und die Anmaßung, König zu sein?«

Gamaliel richtete einen ernsten Blick auf seinen Besucher: »Im Deuteronomium heißt es: *Ein König wird in Jeschurun geboren, wenn die Anführer der Völker sich zur gleichen Zeit wie die Stämme Israels versammeln werden.*«

»Aber er kann nicht dieser König sein«, erklärte Kaiphas in schneidendem Ton. Und auf den erstaunten Blick Gamaliels sagte er: »Nicht nur, dass ich ihm die Salbung verweigern werde, er ist zudem kein Rechtsgelehrter.«

Gamaliel wog im Geiste diese Erklärung ab.

»Weder Saul noch David waren Rechtsgelehrte der Thora, Kaiphas. Und was deinen Willen angeht, du allein richtest über ihn.«

Der Ton war ernst, fast streng. Sympathisierte Gamaliel etwa mit Jesus? Auf jeden Fall war er dem Mann gegenüber nicht feindlich eingestellt, das hatte die Abstimmung hinreichend bewiesen. Kaiphas erhob sich mit düsterem Blick. Er war sich seiner einsamen Stellung bewusst. Er war verantwortlich für den Tempel, für den Glauben Israels und für die moralische Ordnung in Jerusalem, doch weder der größte Rechtsgelehrte noch der Befehlshaber der römischen Macht waren ihm eine Hilfe. Und er musste schnell handeln.

4

Eine Unterhaltung um Mitternacht ...

Nach ihrer Ankunft zogen sich Martha, Maria und Lazarus zurück, um sich um das Abendessen zu kümmern und Strohsäcke für ihre Gäste bereitzulegen.

Nachdem Jesus und die Zwölf ihre abendlichen Waschungen vollzogen hatten, nahmen sie im größten Raum des Hauses Platz, vor der Feuerstelle, an der in großen, an Eisenhaken aufgehängten Kesseln die Mahlzeit köchelte.

Jesus setzte sich in die Nähe des Feuers. Alle Blicke richteten sich auf ihn. Die Heiterkeit, die Thomas' witzige Bemerkung hervorgerufen hatte, war längst verflogen. Jesus betrachtete sie einen nach dem anderen. Alle waren nachdenklich und mehrere besorgt. Er erriet, was sie grübeln ließ: Der Angriff auf die Macht des Klerus hatte begonnen; der erste Schritt war der königliche Einzug in Jerusalem gewesen, der zweite die Anprangerung der Händler. Und sie hatten Angst. Ihr Herr hatte das Raubtier in seiner Höhle gereizt: Kaiphas. Solange Jesus in Galiläa und Judäa gepredigt hatte, waren die Lehrer der lokalen Synagogen und ein paar aufgebrachte Pharisäer die einzigen Feinde gewesen, die es gewagt hatten, sie anzugreifen. Doch die Herausforderung der Tempelherren an diesem Morgen war die höchste Prüfung gewesen. Nun gab es kein Zurück mehr.

Lazarus betrat den Raum und erfasste mit einem Blick die Situation. Jesus gab ihm ein Zeichen, in seiner Nähe Platz zu nehmen.

»Und jetzt, Herr, was wird geschehen?«, fragte Simon.
»Der bedrohte Schakal wird seine Artgenossen um sich versammeln, und sie werden sich auf den Jäger stürzen.«
»Was bedeutet, dass du noch vor dem Passahfest zum König ausgerufen werden musst. Uns bleiben also nur sechs Tage.«
Erneut wandten sich die Blicke Jesus zu. Doch er schwieg. Sie kannten ihn gut genug, um sein Schweigen nicht zu durchbrechen. Dennoch: Das Eisen musste geschmiedet werden, solange es heiß war. Das Volk von Jerusalem, das durch den Zustrom der Pilger gewachsen war, hatte bei seinem Empfang bewiesen, dass es darauf brannte, diesen Propheten, der ihm die Augen über die unendliche Güte des Herrn und den Glanz des Himmelreichs geöffnet hatte, zum König zu ernennen.

All diese Juden hatten jahrhundertelang nur den rachsüchtigen, kleinlichen Gott gekannt, den ihnen die Priester vorführten. Einen grollenden Gott, bereit, die geringste Übertretung der Rituale streng zu bestrafen. Und er, den der göttliche Segen einhüllte, hatte ihnen einen Gott voller Mitgefühl für ihre menschliche Unvollkommenheit enthüllt, der nur denen gegenüber erbarmungslos war, die das Wort und den Geist verwechselten. Einen Gott der Vergebung. Einen Gott, der die Schwachen auffing, sobald er Seinen Namen auf den Lippen des gestrauchelten Geschöpfs erriet.

Dieses Volk erwartete also ein weiteres aufsehenerregendes Ereignis. Und zwar bald. Und Jesus hatte die Zwölf gehört. Sie besaßen mindestens fünftausend Anhänger in Jerusalem, dreißig- oder vierzigtausend, schätzten sie, mit den Pilgern, unter die sich die zweite Gruppe von Jüngern gemischt hatte, die Zweiundsiebzig. Mit diesem Gefolge im Hintergrund würden sie sich des Tempels bemächtigen, mühelos dessen Wächter überwältigen und den Hohepriester absetzen.

Doch die Angst quälte sie. Sie fürchteten sich vor dem unvermeidlichen Konflikt mit den Wächtern und den Anhängern des Tempels und mehr noch den römischen Legionären, die zu Hilfe gerufen werden würden. Nicht nur das Volk wartete, auch sie warteten, allerdings auf einen Schlachtplan. Außerdem waren sie davon überzeugt, dass ihr Herr die doppelte Salbung als Hohepriester und als König anstrebte, was ihn zum Gesalbten schlechthin, zum Messias von Israel machen würde.

Ja, all das wusste er.

Der Mensch sieht selten viel weiter als bis zum Horizont. Wenn er sich über sein Menschsein erhebt, verliert er ihn aus dem Auge und entdeckt die Unermesslichkeit der Zeit, die sich zu Jahwes Füßen erstreckt wie ein beweglicher Teppich. Dann hat er das Übergangsstadium der menschlichen Kreatur überwunden und nimmt an der göttlichen Klarheit teil, die irdische Welt löst sich auf und verschwindet wie Nebel.

»Der Menschensohn kann kein Thronanwärter sein wie ein hergelaufener Herodes«, sagte er, nachdem er eine Olive gekaut und einen Schluck Wein getrunken hatte, den ihm ein Diener gereicht hatte.

Hatten sie richtig verstanden? Er trachtete nicht nach der Königswürde?

»Aber Herr!«, rief Johannes.

»Täuscht euch nicht, meine Stunde ist gekommen. Aber auch eure wird kommen. Die Söhne der Finsternis werden euch verfolgen, und euer einziges Heil ruht in der Kraft des Lichts, das ich in euch entzündet habe.«

Offensichtlich hatten sie nicht begriffen. Sie versuchten in seinem Gesicht zu lesen, das sie in den fast drei Jahren, in denen sie diesem Mann folgten, kennengelernt zu haben glaubten. Doch sie sahen nur einen undurchdringlichen Blick über einem gelassenen Mund, der zur Ermahnung genauso bereit war wie zum Spott. Er nahm all die stillschweigenden Fragen auf, die von ihnen ausgingen. Lediglich ihre Zuneigung hielt sie davon ab, mutlos zu werden, ein Anker, der den Menschen vor dem Abgrund bewahrt.

Wenn der Mensch sein Schicksal erfüllt, ist er allein. Er wusste es bereits, er erinnerte sich lediglich daran.

Er spürte Marias Blick in seinem Rücken und wandte sich um. Sie stand an der Tür, schweigsam, in die Nacht gehüllt. Ihr Blick brannte. Sie hatte begriffen.

»Wenn der Herr es wünscht, kann das Essen serviert werden«, sagte sie mit einer brüchigen Stimme, die er an ihr nicht kannte.

»Nähren wir die Körper, damit die Seelen stark bleiben«, erwiderte er mit leichtem Lächeln.

Martha, die hinter ihrer Schwester stand, erteilte den Bediensteten Anordnungen, und der lange Tisch, der soeben noch leer gewesen war, füllte sich mit Gerichten. Salate, Lauch, Linsen, Gurken, in Zwiebel eingelegter Fisch, ein riesiger Topf mit in Rinderfett gekochtem Getreide, aus dem es noch dampfte, eine große Silberplatte mit einem zerlegten Auerhahn, eine andere mit gebratenem Lamm. Dazu gab es Sesambrot.

»Jetzt schon Lamm?«, bemerkte Jesus.

»Ist es nicht die Woche des Lamms, Herr?«, erwiderte Lazarus.

Sie tauschten einen bedeutungsvollen Blick, den die anderen kaum bemerkten. Hatte er gelächelt? Niemand hätte es beschwören können. Manches Mal wurde Jesu dunkler Honigblick derart sanft, dass man hätte meinen können, ein Lächeln umspiele seine Mundwinkel, andere Male so düster, dass er Funken sprühte.

Jesus nahm in der Mitte des langen Tisches Platz, der von den großen Leuchten, die an der Decke hingen, erhellt wurde. Die Bediensteten stellten vier Krüge mit Wein aus Galiläa auf den Tisch und Becher aus blauem Glas aus Syrien. Josef, der Verwalter des Guts, ein kleiner Mann mit dem flinken Blick eines jagenden Sperbers, küsste Jesus die Hand, und dieser forderte ihn auf, sich zu ihnen zu gesellen.

Sie setzten sich nacheinander zu Tisch. Simon zur Rechten des Herrn, da er der Älteste war, Lazarus zur Linken, da er ihr Gastgeber und zudem ein Jünger Jesu war, und Judas, genannt der Iskariot, da er aus Kariot Yearim stammte, seinem Herrn gegenüber. Simon, Anfang vierzig, Stirnglatze, struppiger Bart, wirkte ein wenig verstört. Lazarus dagegen, zwanzig, mit zartem Gesicht und sprießendem, weichem Bart strahlte Heiterkeit und Gelassenheit aus. Er und der Iskariot schienen als Einzige nicht von der allgemeinen Erregung gepackt zu sein.

Thomas durchbohrte Jesus mit Blicken.

»Deine Augen sprechen Bände. Was willst du sagen?«, fragte Jesus.

»Ich denke an das Mahl bei Kaiphas, Herr.«

Wieder musste Jesus lachen, und Thomas stimmte ein, mit seinem Lachen eines Spaßvogels, das ihm manchmal die Missbilligung der anderen eintrug.

»Verlangst du etwa, dass ich Mitleid mit ihm habe?«

Bei dieser Vorstellung fingen auch die anderen an zu lachen.

»Vielleicht verdient er es«, fuhr Jesus fort. »Er trägt die Last der Sünden, die die Väter seiner Väter begangen haben. Aber der Unterschied zwischen ihm und dem Lamm besteht darin, dass er die Rolle des Opferpriesters übernommen hat.« Das Lachen verebbte. »Wenn er seine Meute nicht verteidigt, wird er getötet. Er ist kein erbarmungswürdigeres Opfer als jener, der den Fürst der Finsternis verrät, den Herrn, dem er sein Leben geweiht hat. Das Beste, was man ihm wünschen kann, ist, dass er sich seiner Schandtat nicht bewusst ist.«

»Welche Erlösung kann man sich für einen solchen Mann vorstellen?«, fragte der Iskariot, seinen eckigen Schädel reckend.

Es war eine seltsame, ja skandalöse Frage: Erlösung für den Hohepriester? Allerdings war Iskariot, der einzige Judäer der Gruppe, genau wie Thomas für seltsame Gedankengänge bekannt.

»Wenn er den Pakt nicht bricht, der ihn an die Finsternis bindet«, erwiderte Jesus, »hat er sein Schicksal gewählt: in der ewigen Finsternis zu schmoren.«

»Weiß er das?«

»Judas, denk nach: Wenn der Mensch nicht mit Vernunft gesegnet wäre, wäre er mit den wilden Tieren in der Wüste vergleichbar. Vernunft ist die Fähigkeit, die es ihm ermöglicht, zwischen Licht und Finsternis zu unterscheiden. Gäbe es den Menschen nicht, wäre die Sache eindeutig: Der Fürst der Finsternis würde uneingeschränkt über die Erde herrschen. Der Mensch ist das einzige Geschöpf, das dem Licht des Vaters zu triumphieren ermöglicht.«

»Also«, folgerte Thomas, »spielt sich der Konflikt zwischen dem Licht und der Finsternis hier unten ab?«

»Genau so ist es, Thomas.«

Bis zum Ende der Mahlzeit schwieg er, lauschte den Berichten des Verwalters über den Zustrom der Pilger in diesem Jahr und darüber, dass es in Bethfage keine Scheune mehr gab, in der das Vieh sich nicht den Platz mit Pilgern aus Jericho, Betlepa, Hebron, Herodion und anderswo teilte.

Währenddessen bemühten sich die Jünger insgeheim, die letzten Worte zu deuten: War es denkbar, dass das Schicksal des Herrn vom Schöpfer abhing?

Sie erhoben sich, als er sich erhob. Doch dann kamen aus den Nachbarhäusern einige Pilger, die Jesus nach Bethanien gefolgt waren. Sie wollten ihn sehen, einfach nur sehen, bevor sie sich schlafen legten. Und sie wollten seinen Segen.

Dieser Mann, der von der himmlischen Güte sprach, würde sie von dem schrecklichen Einfluss der Priester befreien, von einem Recht, das nie den Vorschriften gemäß befolgt wurde, und vom Schatten eines ewig erzürnten Gottes. Würde er ganz Israel befreien?

Er war erschöpft, aber er empfing und segnete sie. Doch es kamen immer mehr, und bald ging es auf Mitternacht zu. Schließlich mussten Maria, Martha und Lazarus sie auffordern, den Herrn seiner wohlverdienten Ruhe zu überlassen.

Als Jesus sich anschickte, den Raum zu verlassen, äußerte Lazarus eine seltsame Bitte. Er nahm Jesu Glas und bat: »Herr, darf ich aus deinem Glas trinken?«

»Ja.«

Lazarus goss Wein in das Glas und reichte es Jesus. Dieser nahm einen Schluck und gab es dann zurück an den, den er aus dem Grab gerettet hatte und der es in einem Zug leerte. Jesus verharrte einen Augenblick lang nachdenklich.

»Der Friede des Herrn möge euch in die Nacht begleiten«, sagte er, bevor er sich zurückzog.

Dies war jedoch nicht der Fall.

Als Erster ging Johannes hinaus, Tränen in den Augen. Die anderen folgten, einer nach dem anderen. Der Letzte, Judas, trug einen Wasserkrug.

Sie betraten den Garten mit den Mandelbäumen hinter dem Haus. Durch das Küchenfenster sahen sie, wie die Frauen Töpfe auf ein Regal stellten, in der Backstube Brotteig kneteten und unter Marthas Aufsicht die Kessel mit Sand scheuerten. Maria war oben. Judas hob den Blick. Jesus bewohnte das Zimmer, das einst dem Vater von Maria gehört hatte.

Nach ungefähr hundert Schritten erreichten sie eine Lichtung, die die Mandelbäume von einem kleinen Gehölz aus Walnussbäumen trennte, das den Hügel hinunterwuchs, mit Bänken und einem Tisch, die von den Unbilden der Witterung gezeichnet waren. Durch eine Schneise hatte man freien Blick auf Jerusalem. Ein Halbmond stand über der Stadt und hüllte die vertrauten Formen des Tempels in kalten Glanz, tauchte die Bäume und die gewundene Straße zur Stadt in silbernes Licht und verweilte auf einigen Schädeln mit Stirnglatze. Rechts erhob sich in der Dunkelheit der Ölberg.

Simon ließ sich auf eine Bank fallen und seufzte: »Nur noch fünf Tage bis zum Ende der Heiligen Woche, und wir wissen nicht einmal, was wir machen werden.«

Sein Bruder Andreas setzte sich neben ihn. Matthäus und Thomas ließen sich auf dem Gras nieder, Simon der Zelot und Judas der Jakobussohn folgten ihrem Beispiel. Die Jüngeren, Johannes und Jakobus aus Zebedäus, Nathanael, Jakobus von Alphäus und Bartholomäus, lehnten sich an die Bäume oder setzten sich auf die restlichen Bänke. Lazarus suchte einen Platz für sich. Er holte zwei Schemel aus dem Haus, setzte sich auf den einen, reichte Thomas den anderen.

»Wir wissen nichts«, stöhnte Simon. »Wir zogen ein wie eine siegessichere Armee, und nach den ersten Schlachten stehen wir hier in der Nacht wie verirrte Schafe.«

»Die Ereignisse erscheinen mir recht vorhersehbar«, sagte Judas der Jakobussohn. »An einem von ihm gewählten Tag wird er im Tempel predigen und mehrere Tausend Gläubige entflammen, die Priester werden einschreiten, aber überwältigt werden.«

»Und dann?«, wollte Andreas wissen.

»Ich vermute, dass eine Delegation den Hohepriester aufsuchen wird, und der Volkswille wird ihn zwingen, die Krönungszeremonie zu organisieren.«

»Und die Römer lassen das ohne Murren zu?«

»Die Römer«, erwiderte Judas der Jakobussohn, »interessieren sich keinen Deut dafür, ob wir einen König haben oder nicht. Sie wollen einzig und allein ihre Garnisonen behalten und den Weizen ihrer Provinzen zu einem günstigen Preis kaufen.«

»Und du glaubst, wenn Jesus König ist, findet er sich mit der Anwesenheit der Römer ab?«, bemerkte Jakobus von Zebedäus spöttisch.

»Warum nicht? Wenn er die religiöse Macht ausübt, ist seine Aufgabe erfüllt.«

Judas der Iskariot zog eine getrocknete Dattel aus der Tasche seines Gewands, biss hinein und zerrte den Kern heraus. Die Dunkelheit verbarg seine mitleidige Miene. Es bedeutete den Herrn zu verkennen, wenn man sich Jesus, den König der Juden, unter römischer Vorherrschaft vorstellte.

Sein Schweigen wurde bemerkt.

»Was meint der Iskariot dazu?«, fragte Thomas.

»Dass ihr ungereimtes Zeug redet.«

»Wir reden ungereimtes Zeug?«, wiederholte Simon überrascht.

»Habt ihr nicht mit eigenen Ohren gehört, was er gesagt hat? *Der Menschensohn kann kein Thronanwärter sein wie ein hergelaufener Herodes.*«

Es folgte ein kurzes Schweigen.

»Das bedeutet, dass er kein König sein wird, sondern unser Hohepriester, was kein Herodianer je war, nicht einmal deren Ahn, Herodes der Große«, behauptete Jakobus von Zebedäus.

»Was soll es sonst bedeuten?«

»Dass er unser neuer David ist«, scherzte Nathanael.

Alle hörten in der Dunkelheit das Gluckern des Wassers, das der Iskariot aus der Flasche trank. Dieses Geräusch hatte etwas Dreistes, und Thomas unterdrückte ein Lachen.

Judas fuhr sich mit dem Ärmel über den Mund und unterließ

es zu antworten. Seit drei Jahren folgten sie Jesus, saugten seine Worte ein und hatten doch nichts begriffen.

»Iskariot, warum sagst du nichts?«, fragte Simon ungeduldig.

»Man vergleicht nicht, was nicht vergleichbar ist. David hat nie die Weihe zum Hohepriester erhalten«, konterte dieser. »Keiner unserer Könige hat das.«

»Moses«, bemerkte Andreas.

»Moses war kein König, und nicht er, sondern sein Bruder Aaron war Hohepriester. Saul war der erste unserer Könige.«

Dieser kurze Ausflug in die Geschichte zerstörte die Fantasiegebilde, denen die meisten der Zwölf in letzter Zeit nachgegangen hatten.

»Und was wird deiner Meinung nach geschehen, nachdem du ja so viel darüber weißt?«, fragte Jakobus aus Zebedäus.

»Ich kenne die Pläne des Herrn nicht«, erwiderte Judas und erhob sich, die Wasserflasche in der Hand. »Aber ich hüte mich vor Hypothesen.«

Nach diesen Worten zog er sich zurück, um schlafen zu gehen. Dabei dachte er über die Erklärung Jesu nach: »*Der Mensch ist das einzige Geschöpf, das dem Licht des Vaters zu triumphieren ermöglicht.*«

Er wusste: Er war der einzige der Zwölf, der diese Enthüllung verstehen konnte.

Als Judas fort war, wandten sich die Blicke Lazarus zu. Er war Marias Bruder, den Jesus aus dem Grab geholt und ihm damit ein zweites Leben geschenkt hatte. Sie waren durch eine ungewöhnliche Zuneigung miteinander verbunden, vielleicht wusste er mehr darüber. Zerbrechlich und blass, hatte er bisher geschwiegen.

Er erriet die Blicke im fahlen Mondlicht und schüttelte den Kopf: »Der Herr hat mir nichts gesagt, aber ich teile Judas' Ansicht. Ich zweifle, dass er nach dem Titel des Hohepriesters strebt. Ich kann nicht glauben, dass er die Salbung annehmen würde. Aus wessen Händen? Habt ihr mal darüber nachgedacht? Es müsste eine Autorität sein, die er als seiner übergeordnet anerkennen könnte. Welche sollte das sein? Kaiphas? Kaiphas?«, wiederholte er mit einer Stimme, die immer schriller wurde. »Nein, das kann ich nicht glauben. Und ihr auch nicht.«

5

... und die Gespräche im Morgengrauen und danach

Er erwachte aus einem Traum. Der Herr hatte seinen Arm genommen und sich zu ihm gebeugt. Wieder sah er sein Gesicht ganz nah vor sich, spürte seinen Atem ... Der Herr hatte gesprochen. Doch Judas erinnerte sich nicht an seine Worte. Er bewahrte nur die Erinnerung an das Entsetzen, das ihm durch Mark und Bein gefahren war. Er wusste noch, dass er gerufen hatte: »Nein!«

Unter den Zwölf war er der Lieblingsjünger. Der Geliebte. Er kannte Jesus am längsten, er hatte ihn in der Wüste kennengelernt, in der Nähe des Toten Meers. Seit ihrer ersten Begegnung zog es ihn zu ihm hin wie die Motten zum Licht. Jesus war das Feuer. Und von jenem Moment an hatte er seine eigenen Schritte denen des Herrn angepasst. Er liebte ihn. Er liebte diesen Mann wie sich selbst. Wusste Jesus, dass er, wenn er vom Vater sprach, für Judas dieser Vater war, mehr als dessen wirklicher Vater, Simon Iskariot? Seit den ersten Worten, die der Herr mit ihm gewechselt hatte, hatte er ihn geformt, wie der Schöpfer den ersten Menschen aus Lehm.

»Woher kommst du?«
»Aus Kariot Yearim.«
»Was führt dich her?«

Da Judas sich überrumpelt gefühlt hatte, hatte er nicht antworten können.

»Du weißt es, ohne es zu wissen. Die Flamme des Torfs ist niedrig, rot und übel riechend, die des trockenen Holzes ist hoch, hell und aromatisch. Du hast nur ein Torffeuer entfacht.«

Judas hatte schwer geschluckt.

»Du warst trunken vor Genuss, nicht wahr?«

Judas erinnerte sich, dass er mit hochrotem Kopf genickt hatte.

»Du musst von Kopf bis Fuß alle möglichen Funken aus deinem Körper entfernen. Du bist dem Laster verfallen. Und der üble Geruch des Torfs haftet an dir.«

Dieser Mann konnte Gedanken lesen.

»Du bist hergekommen, um den Torf in würziges Holz zu verwandeln.« Judas' Augen hatten sich mit Tränen gefüllt. »Jetzt weißt du es. Der Weg ist vorgezeichnet. Aber er ist lang und dornig.«

»Wie heißt du?«

»Jesus.«

Josua. Es war, als hätte er um ihn herum Trompete gespielt: Geräuschlos waren seine Mauern auf einen Schlag eingestürzt.

»Nimm mich mit in dein Haus.«

Jesus hatte genickt und Elias, ihren Herrn hier auf Erden, um Erlaubnis gebeten. Judas hatte einen Raum mit ihm geteilt. Und kurz darauf gehört, wie einer der Wüstenbewohner murmelte: »Er ist der, den wir erwartet haben. Johannes hat es vorausgesagt.«

Johannes der Täufer.

Seine Lider flatterten.

Er lag ausgestreckt auf dem Strohsack, in einer Kammer des Guts in Bethanien. Das erste Vogelgezwitscher des Tages vermischte sich mit dem Schnarchen von Bartholomäus und Jakobus von Alphäus, die sein Quartier teilten. Fahles Morgenlicht fiel durch die Dachluke, durch die der Schlaf zweifellos entwichen war.

Judas ging hinaus, um sich zu erleichtern und mit dem klaren Brunnenwasser zu reinigen. Er fröstelte, schüttelte sich, kämmte sich Haare und Bart. Er war in seine Sandalen und sein Gewand geschlüpft, wollte gerade seinen Mantel anziehen, als Jesus auftauchte.

»Du bist ja so früh auf wie die Wächter«, bemerkte Jesus lächelnd.

Die Wächter. Seit Jahren hatte Judas dieses Wort nicht mehr gehört. Jene, die nie im Frieden mit dem Universum sind, da im geringsten Augenblick der Unaufmerksamkeit das Böse über den Unvorsichtigen hereinbricht.

»Du hast mich wachen gelehrt, bevor ich das Wort kannte«, erwiderte Judas. »Wie könnte ich das vergessen?«

Das war vor langer Zeit.

»Ich habe euch gestern Abend im Garten reden hören, aber nur das ein oder andere lauter gesprochene Wort verstanden.«

»Besorgnis quält sie. Sie fragen sich, ob du dich mit den Römern abfindest, wenn du König sein wirst.«

»Habe ich ihnen nicht gestern Abend geantwortet?«

Judas hob die Hände als Zeichen der Ohnmacht. »Ich kann nicht in ihrem Namen reden. Aber sie haben die Worte sicher gehört.«

»Und nicht begriffen.« Es war keine Überraschung, kaum eine Enttäuschung. Jesus wandte den Blick nach Jerusalem. Der Tag reinigte den Himmel von nächtlichen Ängsten. Hähne krähten. »Und du?«

»Ich glaube, ich habe dich verstanden, Herr. Der Geist kann nicht auf einem Thron sitzen. Und nicht einmal David war Hohepriester.«

Jesus nickte. »Hohepriester?«, wiederholte er dann in verächtlichem Ton. »Nur der Vater erteilt die einzig echte Salbung.«

Judas suchte die Augen seines Herrn, die Blicke versanken ineinander, und die gleiche panische Angst, die der Jünger im Schlaf erlebt hatte, erdrückte ihn. Er wagte nicht einmal daran zu denken, dass er die Antwort auf seine Frage bereits kannte.

Doch er fürchtete den Augenblick, wenn sie ihn später fragen würden: »Was hat er dir gesagt? Du musst wissen, was er vorhat, du kennst ihn besser als wir. Ihr wart zusammen in der Wüste.«

Er nahm all seinen Mut zusammen: »Herr, es sind deine Jünger. Sie verstehen nicht, dass du, der du gekommen bist, diese Stadt zu erobern, die Zitadelle der falschen Priester, jetzt, da sie sich dir ergeben hat, zu zögern scheinst und darauf zu verzichten, dich ihrer zu bemächtigen.«

»Ich weiß. Aber warum verstehen sie nicht«, bemerkte Jesus entrüstet, »dass die Eroberung der Mauern, des Tempels und der Macht vergänglich ist? Nichts ist schneller vergessen als ein toter König. Die Juden würden schnell wieder unter die Fuchtel der falschen Priester geraten. Aber einen künftigen König vergisst man nie. Sie müssen einen Messias *erwarten*, ... aber sie dürfen ihn nicht *haben*.«

Einen Augenblick lang blieb er in Gedanken versunken, sein Blick düsterer denn je. »Ich mache jetzt meine Reinigungen«, sagte er und unterbrach damit unvermittelt ihre Unterhaltung. »Aber wir werden dieses Gespräch ein anderes Mal fortführen.«

Judas kehrte stillschweigend ins Haus zurück. Einige seiner Gefährten waren inzwischen aufgewacht, saßen in der Küche und tranken heiße Milch. Die Dienerin reichte ihm ebenfalls eine Schale. Er griff nach einem Stück trockenem Brot und zog sich damit zurück. Vielleicht würde ihm nach ein paar Bissen leichter ums Herz werden.

Am östlichen Ende des Obstgartens mit seinen blühenden Orangenbäumen hoffte er allein zu sein. Doch als er das Brot in die Milch tauchte, kam Maria auf ihn zu.

»Judas«, sagte sie, »ich bin froh, dass ich dich allein treffe.« Er ahnte, was sie zu ihm führte. Ihre Augen waren umschattet.

»Judas, ich halte es nicht mehr aus. Sprich mit mir.«

Er schüttelte den Kopf.

»Du kennst ihn besser als die anderen«, fuhr sie fort. »Ihr wart zusammen in der Wüste. Was wird er tun? Was, glaubst du, wird er unternehmen?«

»Ich weiß es nicht«, stieß er hervor.

»Ich habe ihn gehört. Er möchte nicht die Königswürde, auch nicht den Thron des Kaiphas, nicht wahr?«

Er bemühte sich, sein Frühstück zu verzehren.

»Nein«, gab er zu.

»Was dann?«

Er seufzte.

»Das ist eine lange Geschichte, Maria. Und mit welchem Recht könnte ich etwas erklären, das ich selbst nicht genau weiß?«

»Das ist mir einerlei. Rede mit mir«, forderte sie ihn auf.

Er hatte sein Brot aufgegessen, trank seine Milch.

»Maria, hör gut zu. Am Anfang gab es einen Schöpfer. Er schuf alles. Jahwe und Satan. Das Gute und das Böse, das Licht und die Finsternis.«

Sie setzte sich neben ihn und suchte die Verbindung zwischen dem Verhalten Jesu und dieser Erwähnung der Schöpfung.

»Jahwe ist nicht der Schöpfer?«, fragte sie.

Der Iskariot schüttelte den Kopf. »Die Juden verehren den Schöpfer. Das ist ein Irrtum.«

»Ein Irrtum?«

»Man muss Jahwe anbeten. Jesus versucht uns das seit drei

Jahren klarzumachen. Weshalb hast du, die du jedes seiner Worte kennst, jeden seiner Schritte, es nicht begriffen?«

Sie wirkte verstört.

»Der Schöpfer ist ein gleichgültiger Gott. Er ist nicht der unsere. Allein Jahwe ist der gute Gott. Maria, hast du dich noch nie gefragt, warum die Priester und die Leute aus dem Norden Gott mit einem Pluralbegriff, Elohim, bezeichnen? Es liegt daran, dass sie alle Götter anbeten, den Schöpfer, Jahwe und Satan oder Belial, wie auch immer sein verdammter Name lauten mag.«

Erst war sie entsetzt, dann fing sie an nachzudenken.

»Wir«, fuhr er fort, »nennen den guten Gott Jahwe und nicht anders. Oder Jahwe, unser Eloha.«

Er stellte die Schale auf die Bank.

»Doch all das sagt nichts über das, was er vorhat«, bemerkte sie mit leichter Ungeduld.

»Doch, in gewisser Weise schon. Er wird nie der König der Juden und der Anhänger der Elohim sein«, schloss er. »Weißt du es denn nicht? Immerhin bist du seine Frau.«

Sie fröstelte. Nur Lazarus und Judas wussten, dass sie die Frau des Unfassbaren war.

»Judas, was wird geschehen, was wird er tun?«, fragte sie mit belegter Stimme.

»Ich habe dir bereits gesagt, dass ich es nicht weiß. Aber die Stätte des Konflikts, den er heraufbeschworen hat, liegt nicht in Jerusalem, nicht einmal in Palästina. Jesus ist der Herold von Jahwe, dem Gott der Söhne des Lichts.«

Die Söhne des Lichts. Sie kannte den Ausdruck. Die Essener nannten sich untereinander so und bezeichneten alle anderen als Söhne der Finsternis.

Lazarus tauchte zwischen den Orangenbäumen auf und kam zögerlich auf sie zu. Er hatte das Thema ihrer Unterhaltung erraten. Worüber sonst als über die Absichten Jesu hätten sie reden können? Er kannte die Angst Marias und wusste auch, dass nur Judas, der Gefährte Jesu in Qumran, die Absichten seines Herrn erraten konnte.

»Judas«, sagte er, »du weißt es in deinem Herzen: Wir gehen dem Opfer entgegen, nicht wahr?«

»Welchem Opfer?«, rief Maria voller Angst. »Wovon redet ihr?« Die beiden Männer vermieden es, sich anzusehen.

»Von der Erfüllung der Schriften«, stieß Lazarus schließlich hervor. Die Worte taten ihm in der Seele weh. »Die Opferung des Lamms, um die Schuld von Jahwes Volk zu sühnen«, fuhr er kaum hörbar fort.

»Du willst sagen, … willst du damit sagen, dass er sich von Kaiphas festnehmen lassen wird?«

»Ich glaube, ja. Ich fürchte es. Ich bin mir eigentlich sicher«, erwiderte er fast herausfordernd.

Marias Brust entrang sich ein Seufzer.

»Das ist nicht möglich. Ihr redet irre.« Die Miene der beiden Männer sprach für sich. »Aber die anderen?«, fuhr sie fort. »Wissen sie es denn nicht? Sie können ihn davon abhalten, ihn schützen …«

»Die anderen wissen nichts«, antwortete Judas. »Wenn Jesus spricht, verstehen sie nur die Hälfte.«

»Auch Johannes?«

»Johannes hört die Worte wie die anderen Männer. Vielleicht haben lediglich die Pharisäer Jesus verstanden. Sie haben den Feind von Weitem gewittert.«

»Judas«, sagte Maria, »weißt du, was du gerade gesagt hast? Wenn sie Jesus festnehmen, verurteilen sie ihn zum Tode.« Er wandte ihr sein bekümmertes Gesicht zu. Sie schüttelte den Kopf. »Nein, das wird nicht geschehen«, sagte sie mit Bestimmtheit. »Ihr seid alle beide verrückt, und mich macht ihr auch noch verrückt.«

Judas zuckte die Schultern.

Die Sonne stand jetzt hoch am Horizont. Die Morgenbrise legte sich. Bienen und Wespen überboten sich an Eifer.

»Und ihr beide könnt nichts tun, um ihn daran zu hindern?«, fragte Maria schließlich.

»Maria«, sagte Lazarus, »wir sind diesem Mann gefolgt, weil das, was er sagte, richtig war. Willst du, dass wir uns davon distanzieren? Welch andere Wirkung hätte das als unsere Zurückweisung? Und unsere Demütigung? Kennst du ihn nicht? Glaubst du, dass sich Jesus von so nichtigen Gründen wie unseren Ängsten aufhalten ließe?«

Lazarus' deutliche Worte erschütterten Maria. Ja, sie kannte Jesus. Er war stärker als der Sturm. Das Opferlamm. Sie brach in Tränen aus. Dieser Mann war mehr als Fleisch von ihrem Fleisch. Er war ihr Leben. Ihr irdisches und ihr jenseitiges. Die Sanftmut und die unerbittliche Gewalt. Seit Moses hatte sicher kein Mensch mehr mit so viel Kraft das Gebot des Vaters formuliert.

Und die Hinrichtung? Eine Steinigung? Das schändliche Kreuz?

Stimmengewirr ließ Maria aufschauen. Durch den Schleier ihrer tränenfeuchten Augen erkannte sie Josef von Arimathäa, der sich wie ein Patriarch bewegte, dann Nikodemus, gemessenen Schrittes wie immer, gefolgt von Bediensteten Marias.

»Der Friede des Herrn sei mit dir, Maria«, grüßte Josef von Arimathäa.

»Der Friede des Herrn sei mit dir, Josef«, erwiderte sie.

»Wo ist Jesus?«, fragte er mit dem Gesichtsausdruck eines Mannes, der eine dringliche Angelegenheit hat.

In dem Moment tauchte der Verwalter auf und erklärte: »Der Herr ist mit einigen Gefährten nach Jerusalem aufgebrochen.«

»Gut«, sagte Maria. »Das ist die Antwort auf deine Frage, Josef. Was führt dich her?«

Er warf einen Blick auf die Umstehenden, konzentrierte sich dann auf Maria, Lazarus und Judas und sagte leise: »Wir möchten uns gern ungestört mit euch unterhalten.«

Maria entließ die Bediensteten.

»Wir sind in Gefahr«, begann Josef von Arimathäa und bedachte Maria, Lazarus und Judas mit einem düsteren Blick. »Annas und Kaiphas haben beschlossen, Jesus wegen Gotteslästerung festnehmen zu lassen. Bei der Versammlung des Hohen Rats, den sie eilig zusammengerufen hatten, haben sie keinen Hehl daraus gemacht. Ich war dabei.«

Diese Mitteilung wurde zu seiner Überraschung schweigend aufgenommen.

»Sie können es nicht bei Tageslicht wagen«, fuhr er fort, »das gäbe zu großen Aufruhr. Also werden sie es heimlich bei Nacht tun. Und es muss vor dem Passahfest geschehen, denn aufgrund des Zustroms von Pilgern wäre ein Aufstand dann noch heftiger. Es sind noch vier Tage bis zum Passahfest. Wir müssen Jesus warnen, damit er sich nach Sonnenuntergang nirgendwo allein aufhält. Annas und Kaiphas haben sicher ihre Spione.«

Alle schweigen. Josef von Arimathäa und Nikodemus ließen den Blick über die Anwesenden schweifen.

»Glaubt ihr mir etwa nicht?«, erkundigte sich Josef von Arimathäa erstaunt.

»Doch, doch«, versicherte ihm Judas. »Wir glauben dir nur allzu sehr.«

»Was soll das heißen: allzu sehr?«

»Es war vorauszusehen, dass Kaiphas die Kränkungen, die er seit drei Jahren erleidet, nicht länger hinnehmen würde.«

»Aber wir müssen Jesus warnen«, rief Josef von Arimathäa. »Was habt ihr denn?«

Marias verzerrtes Gesicht erregte seine Aufmerksamkeit, und er wandte sich ihr mit fragendem Blick zu.

»Josef, Jesus hat beschlossen, sich verhaften zu lassen. Judas und Lazarus werden es dir erklären«, stieß sie hervor, dann zog sie sich zurück.

Als sie kurze Zeit später zurückkehrte, brauchte sie nur in die Gesichter der beiden Besucher zu sehen, um zu begreifen, dass sie die Wahrheit erkannt hatten. Die Sorgenfalten Josefs von Arimathäa hatten sich vertieft, Nikodemus wirkte angespannt.

»Wenn er nach Jerusalem gegangen ist, muss ich ihm nach«, verkündete Judas.

»Warte auf mich«, bat ihn Lazarus.

Maria blieb allein mit ihren Besuchern.

»Maria, sprich heute Abend mit ihm«, sagte Nikodemus. »Wenn er sich festnehmen lässt, wird das einen unbeschreiblichen Aufstand entfachen. Dann müssten die Römer eingreifen ...«

»Josef«, unterbrach ihn Maria unwirsch, »wir müssen uns auf das Schlimmste gefasst machen.«

6

Die seltsame Unruhe
des Rechtsgelehrten Gamaliel

Ben Sifli, der Nabatäer, beobachtete vom Hof der Heiden aus den Mann, der im Hof der Frauen predigte. Er sah nur den oberen Teil seines Kopfes. Er hörte nicht, was er sagte, aber er konnte sich aufgrund der Menschenmenge ein Bild seines Einflusses machen. Um die tausend Personen waren bereits zugegen, und immer mehr strömten herbei.

Ein Regenschauer prasselte auf die Höfe nieder, doch der Redner ließ sich nicht beirren, und seine Zuhörer zogen nur ihre Kapuzen tiefer in die Stirn. Sie waren völlig gebannt. Aber was sagte dieser Jesus bar Josef Neues? Ben Sifli wäre, selbst wenn die Worte bis zu ihm gedrungen wären, nicht in der Lage gewesen, das zu beurteilen, weil er kein Jude war, sondern Baal verehrte. Deshalb überschritt er die Schwelle zum Hof der Heiden nicht. Aber er war deshalb nicht weniger fasziniert: Was konnte man in der Religion Neues anbieten?

Niemand in seiner Truppe hätte es ihm erklären können: Atar Ben Sifli gehörte der halbamtlichen Miliz aus Söldnern an, die Saul der Herodianer anführte und der Hohepriester Kaiphas finanzierte. Sie waren dreißig Burschen, die für einen Schekel pro Woche die Straßen und die Gegend um Jerusalem überwachten. Fast alles keine Juden, damit sie auch am Sabbat Dienst taten. Ihre Arbeit erforderte Fingerspitzengefühl und Kraft, denn sie bestand darin, illegalen Handel aufzudecken, Glücksspielhöllen auszuräumen, die Menschen zu bestrafen, die sich in der Öffentlichkeit oder am Sabbat betranken, Hurerei und andere Verfehlungen zu unterbinden. Manchmal genügte eine lautstarke Ermahnung, damit die Übeltäter die Flucht ergriffen. Manchmal mussten sie die Fäuste einsetzen, und ab und an, wenn die Gesetzesbrecher zahlreich und streitlustig waren, blieb ihnen nichts anderes übrig, als eine Anzeige – von allerdings zweifelhafter Wirkung – zu erstatten. Wenn nämlich die Betroffenen nur etwas Einfluss oder Dreistigkeit besaßen, konterten sie damit, dass ein Irrtum vorläge.

Ben Sifli war selbst einmal von einem reichen Kaufmann, der eine Vorliebe für zarte junge Brüste besaß und den er dabei ertappt hatte, wie er die Ware befühlte, wegen angeblicher Falschaussage vor ein römisches Gericht gezerrt worden. Schlimmer noch: Der Richter, ein romanisierter Syrer, verkündete, dass er nicht über ein römisches Gesetz gegen den Handel mit fleischlicher Lust unterrichtet sei, und stellte das Verfahren ein.

Diese Art von Strafverfolgung missfiel den Römern. Zu Beginn ihrer Besatzung und auch mehrere Male danach hatten sie dem Hauptmann der Tempelwächter daher erklärt, dass ihre Aufgabe in der senatorisch verwalteten Provinz nicht darin bestand, Huren und Zuhälter zu verfolgen, und dass sie es keineswegs verwerflich fanden, mit Knochen und Würfeln um Geld zu spielen, egal an welchem Wochentag. Da die Tempelwächter außerhalb des Tempelbezirks im Prinzip keine Macht besaßen, hatte Kaiphas daraufhin Saul beauftragt, eine Söldnertruppe aufzustellen, die befugt war, Missetäter anzuzeigen und jene zu verprügeln, die sich flegelhaft benahmen.

Seit Beginn der Woche erforderten die Umtriebe dieses Jesus, der auch der Nazarener genannt wurde, die volle Aufmerksamkeit dieser Söldner. Dieser Nazarener war für einen Mann im

Dienste des Herrn ein wahrer Unruhestifter: Am Tag zuvor hatte er sich erdreistet, die Geschäfte der Geldwechsler und der Opfergabenhändler zu verwüsten. Deshalb standen Ben Sifli und seine Kameraden heute in deren Nähe – mit grimmigem Gesicht und ihre Schlagstöcke fest umklammernd.

Ben Sifli spitzte die Ohren. Der Wind trug ihm plötzlich die Worte Jesu zu: »…Wisset, dass man nur mit dem Geist sündigt und einen reinen Körper und einen unreinen Geist haben kann. Nicht der Kontakt mit einer unreinen Frau macht euch unrein, sondern die Lüsternheit, die ihr bei diesem Kontakt empfindet. Nicht wenn ihr mit beschmutzter Hand ein Brot zum Mund führt, werdet ihr unrein, sondern durch die Ruchlosigkeit, die ihr mit einer frisch gewaschenen Hand in euch nährt …«

Schau an, überlegte Ben Sifli amüsiert, das entspricht gar nicht den Vorschriften der Priester. Aber dennoch zeugt es von gesundem Menschenverstand.

»… Ihr könnt Jahwe nicht durch den Vollzug heuchlerischer Riten täuschen, durch kostspielige Opfergaben und gemurmelte Worte. Nur durch die Güte eurer Gedanken und Taten erfüllt ihr ihn mit Liebe zu euch …«

Die Menge wuchs unaufhörlich an, und sogar der Hof der Heiden war jetzt übervoll. Die Händler und Geldwechsler mussten ihre Stände immer weiter nach hinten verlagern, einige klappten sie sogar zusammen und zogen sich ganz zurück. Wenn dieser Jesus zu Gange war, machten sie praktisch keine Geschäfte.

Eine Hand griff nach Ben Siflis Arm. Er wandte den Kopf: Es war Ben Wafek, ein Kamerad.

»Sei gegrüßt. Irgendwas Besonderes?«

»Nichts. Er spricht. Ich verstehe, dass seine Worte die Juden verärgern. Hör ihm mal zu …«

Doch in diesem Augenblick kamen zwei Leviten aus dem Hof

der Frauen und schoben sich mühsam durch die Menge. Mit verdrießlichem Gesicht steuerten sie auf die Söldner zu.

»Der Friede des Herrn sei mit euch. Ihr solltet näher an den Redner herangehen«, sagte einer der beiden, »damit ihr ihn nicht aus den Augen verliert.«

Ben Sifli nickte. Zwar waren er und sein Kamerad nicht befugt, den Hof der Frauen zu betreten, doch da man ihnen nun den Befehl dazu erteilt hatte, bahnten sie sich mit den Ellbogen einen Weg zu dem »Redner«, wie ihn der Priester in verächtlichem Ton bezeichnet hatte. Als sie sich dem Mann bis auf wenige Meter genähert hatten, kam plötzlich Bewegung in die Menge. Schreie wurden laut.

»Ein Wunder! Das Kind kann laufen!«

»Gott schütze den Sohn Davids.«

Ein Mann hob ein Kind über seinen Kopf hoch. Es sah kränklich, blass und verstört aus. Obwohl es sich bemühte zu lächeln, war es den Tränen nahe.

»Es lebe unser König!«

Unruhe griff um sich, und Jesus entschwand in den Hof der Israeliten. Ben Sifli und Ben Wafek hatten sich aus den Augen verloren, und weder der eine noch der andere wagte es, die Schwelle zum dritten Hof zu überschreiten. Als sie sich schließlich wiederfanden, hatte Jesus den Tempel verlassen.

Zur selben Stunde bekam Saul endlich eine Audienz bei Gamaliel. Der Rechtsgelehrte hatte ihn zwei Stunden lang warten lassen und wichtige Gespräche vorgegeben. Saul vermutete, dass ihm dieser Herr der Mischna keine große Wertschätzung entgegenbrachte. Erstens weil er ein Herodianer war, der Sohn des Herodes Antipater, und diese Familie genoss bei den Priestern nicht gerade hohes Ansehen, und zweitens weil viele Priester seine Tempelwächter, die häufiger Anlass zu Skandalen gaben, als dass sie die Ordnung aufrechterhielten, mit Argusaugen betrachteten. Saul wusste allerdings nicht, dass es noch einen dritten Grund gab, aus dem Gamaliel Vorbehalte gegen ihn hegte: Was konnte ein Nabatäer und Jude wie Saul, der außerdem der Anführer einer Bande von Schergen war, schon von der Thora und den Feinheiten der Mischna verstehen? Sollte er ihm die Unterschiede zwischen der Mischna Zebahim und der Mischna Yadaim erklären? Vergebliche Liebesmüh, sich mit solchen Leuten zu unterhalten. Doch er kam nicht umhin, den Schützling des Hohepriesters zu empfangen.

Der kleine Mann betrat mit seinem tänzelnden Gang, den seine krummen Beine verursachten, den Raum, in dem sich Gamaliel am Abend zuvor mit Kaiphas unterhalten hatte.

»Verehrter Rabbi«, sagte er honigsüß, »ich bin gekommen, damit du mir bitte die Gründe für die Feindseligkeit dieses Predigers Jesus gegenüber unserer verehrten Priesterschaft erklären mögest.«

Verehrte Priesterschaft, überlegte Gamaliel. Hatte sein Gesprächspartner seine *bar mitzvah* gemacht? Die Herodianer waren aber doch alle *kittim!* Unsere verehrte Priesterschaft, bei Gott.

»Unser Hohepriester hat mir bereits die Ehre erwiesen, mich über diesen Punkt zu befragen«, erwiderte Gamaliel, womit er andeuten wollte, dass Saul nur Kaiphas zu fragen brauche, wenn er tatsächlich an den Ideen Jesu interessiert war. Außerdem neigte er wie viele Gebildete dazu, Unwissende von oben herab zu behandeln.

»Man sagt ihm Wunder nach, die die Gläubigen verunsichern. Könnte es sein, dass er sie mithilfe von Dämonen bewirkt?«

»Honi und Hanini ben Dosa wirken seit Jahren Wunder«, konterte Gamaliel. »Sie sorgen für Regen, wenn die Trockenheit zu lange anhält, sie nehmen sogar Fernheilungen vor. Sie sind die *hassidim*. Noch nie hat jemand Streit mit ihnen gesucht oder hat es vor. Die Wunder Jesu beweisen, dass er einer von ihnen ist, ein heiliger Mann. Um deine Frage genauer zu beantworten: Er wirkt nicht durch die Dämonen, wenn er sie verjagt. Aber da er von den Essenern ausgebildet wurde, unterscheidet er sich wie diese Eremiten in vielen Punkten von der rituellen Praktik.«

»Hat er deshalb die Händler im Tempel beschimpft und angegriffen?«

»Die Essener lehnen die rituellen Vorschriften für die Opfer ab, wie sie in zwei der Bücher der Thora geschrieben stehen.«

Saul wirkte nachdenklich. Gamaliel war offensichtlich ein Anhänger Jesu.

»Heißt das, dass dieser Jesus aufgrund ähnlicher Detailunterschiede mit solcher Heftigkeit gegen die Priester, Sadduzäer und Pharisäer, wettert?«

Ein Zwerg, aber nicht auf den Kopf gefallen, dachte Gamaliel.

»Nein«, erwiderte er. »Der Streit reicht weiter zurück, bis zur Ernennung des Hohepriesters Jonathan unter den Auspizien des heidnischen Königs Alexander Balas. Dieser Titel stand ihm nicht zu; er war das Vorrecht der Nachfahren des Hohepriesters Zadok.«

Saul schien überrascht zu sein. Hatte Jesus wegen einer alten dynastischen Angelegenheit die Partei der Essener ergriffen? Er verkniff sich die Frage, aber Gamaliel ahnte sie.

»Später hat sich die Lage verschärft. Der Klerus von Jerusalem hat die Lehren und die Kritik einer überragenden Essener-Persönlichkeit, des Herrn der Gerechtigkeit, verworfen. Der Mann wurde zum Tode verurteilt. Die Essener lehnten sich gegen den Klerus von Jerusalem auf. Dann verhängten sie den Bann über ihn, und zwar aufgrund seiner Kompromisse mit den Heiden, wie sie es nannten. Die Römer haben sie dezimiert.«

Er wog jedes seiner Worte ab. Keineswegs würde er einem *kitm,* einem Nichtjuden, den eigentlichen Grund der Meinungsverschiedenheit zwischen den Wüstenbewohnern und dem Klerus von Jerusalem enthüllen. Doch Saul musterte ihn aus seinen Frettchenaugen.

»Ist das alles?«, wollte er wissen. »Oder glaubst du, dass diese Fragen jemanden wie mich nichts angehen?«

Was für eine Unverschämtheit!

»Diese Fragen darzulegen und zu kommentierten würde viele Stunden erfordern«, erwiderte Gamaliel. »Sie gehen auf die Rückkehr aus dem Exil zurück, und ich frage mich, das gebe ich gern zu, welche Bedeutung sie für deine Aufgabe haben.«

»Worin, glaubst du, besteht meine Aufgabe?«

»Jesus in einem geeigneten Moment festzunehmen, um einen Volksaufstand zu verhindern.«

»Wie hoch schätzt du die Gefahr eines Aufruhrs ein?«

Gamaliel verzog den Mund, was seine Unsicherheit zeigte.

»Ich kann nur sagen, dass sie besteht. Die Vorkehrungen des Statthalters Pilatus scheinen mir undurchsichtig«, erwiderte er in düsterem Ton.

»Will dieser Mann zum König und Hohepriester gekrönt werden?«, fragte Saul nach längerem Schweigen.

»Da ich es nicht aus seinem Mund gehört habe, kann ich nichts darüber sagen.«

Das Ausweichmanöver verstimmte Saul: Jeder wusste, dass Jesus seine Ankunft in der Stadt mit deutlichen Hinweisen auf den Einzug von König David organisiert hatte und dass er sich als König feiern ließ.

»Kann ein Bastard der Messias sein?«

Die Frage überrumpelte Gamaliel.

»Nein, natürlich nicht. Aber ich verstehe nicht ...«
»Er soll der illegitime Sohn des syrischen Legionärs Bar Pantera sein.«
Gamaliels Miene versteinerte.
»Das fällt nicht unter meine Kompetenz.«
Saul schüttelte den Kopf.
»Sehr verehrter Rabbi«, sagte er, »ich danke dir herzlich für die Ehre, mich empfangen zu haben. Ich habe ein schlechtes Gewissen, weil ich deine kostbare Zeit beansprucht habe. Gestatte mir, mich zu verabschieden.«
Er erhob sich. Gamaliel begleitete ihn zur Tür. Als sein Besucher gegangen war, nahm er wieder Platz, hin und her gerissen zwischen verwirrenden und widersprüchlichen Gefühlen. Eine seltsame Rastlosigkeit quälte ihn umso stärker, da er ihre Ursache nicht ergründen konnte. Die Ereignisse dieser beiden Tage weckten in ihm Überlegungen, die er einst für gefährlich, wenn nicht gar gottlos gehalten und daher aus seinen Gedanken verbannt hatte. Aber die in Jerusalem durch diesen galiläischen Propheten hervorgerufene Unruhe verlieh ihnen plötzlich eine fast unerträgliche Schärfe.
Kein Rechtsgelehrter hatte je die Frage der Unterscheidung zwischen Jahwe und Elohim, zwischen dem Schöpfer und Jahwe, geklärt. Und er würde sich ganz bestimmt nicht daran wagen.
Kurzum, er war unzufrieden und schrieb seine schlechte Laune Sauls Besuch zu. Eine seltsame, zweifelhafte Person.

7

Die Spuren einer schlaflosen Nacht von einst

Maria bekam nicht mehr die Gelegenheit, ihren Herrn zu warnen, wie es Josef von Arimathäa sich gewünscht hatte. In der dritten Stunde des Nachmittags kehrte einer der Bediensteten ihres Hauses, die Jesus folgten, um seine eventuellen Wünsche zu erfüllen, aus Jerusalem zurück, um ihr mitzuteilen, dass der Herr und die Zwölf in der Heiligen Stadt bei einem reichen Händler zu Abend essen würden, der die wachsende Zahl der Jünger um sich sammelte. Dann würden sich die Zwölf, die eigentlich dreizehn waren, weil sich Lazarus ihnen angeschlossen hatte, zum Ölberg begeben, einer Stätte, die Jesus liebte, weil sie genügend Platz und Zuflucht bot.

Maria machte sich Sorgen. Ein Bild der Angst, saß sie mit Blick auf den Obstgarten vor der Tür, wo die Nachmittagssonne ihre Füße in helles Licht tauchte.

Martha versuchte sie zu trösten: »Wir haben erst den dritten Tag des Passahfests. Du könntest ihn immer noch morgen früh warnen.«

»Aber wo finde ich ihn?«

»Sie werden sicher die Nacht auf dem Ölberg verbringen. Wenn du oder ich im Morgengrauen dorthin gehen, können wir ihn benachrichtigen.«

»Die Feindseligkeit des Hohen Rats ist bereits erklärt«, protestierte Maria. »Die Zeit drängt. Josef hat es mir hinterbracht: Sie sind entschlossen, ihn so bald wie möglich festzunehmen. Wenn heute Abend jemand in Jerusalem erfährt, dass Jesus zum Ölberg geht, kann Kaiphas die Tempelwächter hinschicken und ihn verhaften lassen. Nur etwa zwölf Männer und Lazarus könnten ihn verteidigen. Jesus würde in einem Kerker verschwinden, und die Jünger werden nicht wagen, sich gegen die Wächter zu stellen, um ihn zu befreien ...« Sie brach in Tränen aus.

»Wovor hast du Angst?«, wollte Martha wissen.

»Sie werden ihn verurteilen, das steht fest ... Sie werden ihn kreuzigen«, stieß Maria hervor. »Sie ...«

Sie wurde von Schluchzen geschüttelt. Martha legte ihr die Hand auf die Schulter und fragte: »Glaubst du, er weiß das alles nicht?«

Maria hob ihr sorgenzerfurchtes Gesicht. Sie wurde von Gedanken gequält, die sie weder zu äußern wagte noch in Worte fassen konnte.

»Nein, du glaubst, er weiß es und hat sich damit abgefunden?« Maria nickte. »Zu resignieren ist aber nicht seine Art«, stellte Martha fest. »Was nichts anderes bedeutet, als dass er das Opfer freiwillig auf sich nimmt.«

Ihre Schwester warf ihr einen entsetzten Blick zu.

»Maria, du kannst nichts dagegen tun, niemand kann es. Du kennst ihn. Wenn er es beschlossen hat, wird er es tun.«

Martha lehnte sich an den Türrahmen und ließ den Blick über die ins Sonnenlicht getauchte Landschaft schweifen.

»Anfangs konnte ich nicht begreifen, weshalb er sich derart zum Angriff auf Jerusalem rüstete und dann doch keinen Befehl zur Eroberung gab«, fuhr sie nach einer Weile fort. »Lazarus hat mir erklärt, wie Jesus denkt, da habe ich verstanden. Es war eine Provokation. Er wollte, dass der Hohe Rat den Beschluss fasst, der ihn zum Opfer macht, damit die Schuld denen angelastet wird, die er zu seinen Feinden erklärt hat.« Sie wandte sich wieder zu Maria: »Nein, du kannst nichts dagegen unternehmen. Wir können ihn morgen am Ölberg warnen, aber es ist sinnlos.«

Maria stieß einen rauen Laut aus, der fast wie ein Fauchen klang. »Sie werden ihn nicht töten«, rief sie mit belegter Stimme. »Ich werde es nicht zulassen. Verstehst du, Martha?«

»Und wie willst du es verhindern?«

»Ich habe einen Plan«, murmelte Maria.

»Und wenn ihr glaubt, dass euch der Herr trotz all der Liebe, die ihr ihm geschenkt habt, verlassen hat, wisset, dass ihr im Irrtum seid. Eure Qualen rühren von den Pfändern, die ihr allzu häufig dem Fürsten dieser Welt überlassen habt, weil ihr in der Illusion lebtet, damit euren Vater, den Gott der Güte, zufriedenzustellen.«

Die Stimme hallte über die Lichtung, die von drei ins Gras gestellten Öllampen nur schwach beleuchtet wurde. Sie schien aus dem Boden und den Bäumen zu kommen, denn Jesus saß im Schatten, und so konnte man seinen Mund nicht sehen.

»Ihr stellt euch dieselbe Frage wie Elifas der Temane: *Kann der Mensch für Gott von irgendwelchem Nutzen sein? Kann der Weise es sein? Ist es für den Allmächtigen ein Vorteil, wenn ihr gerecht seid? Hat er einen Nutzen davon, wenn euer Verhalten vollkommen ist?* Alles, was von eurem Glauben übrig bleibt, kann in Hiobs Antwort zusammengefasst werden: *Gott in seiner Macht stürzt sogar die Mächtigen. Sie können sich erheben, aber sie haben keine Hoffnung auf ein sicheres Leben. Er berauscht sie mit der Illusion von Sicherheit und Geborgenheit, doch seine Augen beobachten ihre Handlungen.* Aber ihr seid am Rande der Verzweiflung, wie Hiob, der sich weigerte, dem Allmächtigen zu antworten, als dieser ihn fragte: *Würdest du zu leugnen wagen, dass ich gerecht bin? Oder würdest du mir Schuld zuweisen, um recht zu behalten?* Ihr stellt euch einen unerreichbaren Gott vor, der recht hat, selbst wenn er seine Geschöpfe leiden lässt.«

Judas ließ den Blick über die elf Jünger und Lazarus schweifen, die Jesus umringten. Würden sie dieses Mal begreifen, was sie hörten? Er zweifelte daran. Einer schon: Lazarus.

Thomas' Stimme verschaffte sich Gehör: »Herr, hat nicht Hiob schließlich zugegeben, dass er die Absichten Gottes nicht durchschaute? Inwiefern unterscheiden wir uns von ihm?«

»Ihr unterscheidet euch sicher nicht von ihm«, erwiderte Jesus, »da ihr die Absichten des Allmächtigen nicht begreifen könnt, denn sie sind für Geschöpfe undurchschaubar. Aber ihr werdet die Absichten eures Vaters begreifen, wenn ihr euch ihm anschließt. Denn ich habe euch bereits gesagt: Wenn ihr zwei zu einem vereint, werdet ihr der Menschensohn, und wenn ihr dann befehlt: *Berg, entferne dich*, wird er sich entfernen.«

An dieser Stelle erkannte Judas, dass sie nicht begriffen hatten. Auch Jesus wusste es. Sobald man diese Männer in die Stille des Waldes führte, machte die Dunkelheit sie schläfrig. Im Übrigen hörte man hier und da tiefes Atmen, das eher einem Schnarchen gleichkam.

»Ich werde eure Unterweisung morgen zu Ende führen, bevor ich zum Tempel gehe«, sagte Jesus.

»Herr, ist es nicht zu spät?«, fragte Judas leise.

Er spürte, wie Jesus den Kopf in seine Richtung drehte.

»Judas?«

»Ja.«

»Zu spät, sagst du?«

»Dieser Tag ist zu Ende. Die Passahwoche endet in vier Tagen.«

»Und?«

»Herr, ich ahne deinen Plan. Du bist auf einer Eselin in diese Stadt eingezogen, der Heiligen Schrift folgend, und wirst nur dieser gemäß die Stadt wieder verlassen. Ich zweifle daran, dass meine Gefährten Zeit haben, dich so schnell zu begreifen. Nicht einmal ein ganzes Leben würde dazu ausreichen.«

Schweigen folgte diesen Worten.

»Aber du hast mich so verstanden?«, fragte Jesus nach einer Weile.

»Bin ich nicht mit dir in der Wüste gewesen? Hast du mich nicht gelehrt, was man wissen muss?«

Erneutes Schweigen.

»Wir müssen jetzt schlafen«, sagte Jesus schließlich, streckte sich auf dem Gras aus und zog eine Decke über sich. Der folgende Tag würde lang werden.

Judas folgte seinem Beispiel. Aber er fand keinen Schlaf. Er sah Bilder vor sich und erinnerte sich an eine nächtliche Unterhaltung, die ihm einst eine schlaflose Nacht beschert hatte. Nein, keine Unterhaltung, vielmehr eine Enthüllung, die Judas' Seele und sein Schicksal verändert hatte.

»Welches war das erste Verbrechen Kains?«

Diese Frage hatte Judas wie ein Schlag ins Gesicht getroffen, erst recht, da sie durch kein Wort angedeutet worden war. Er und Jesus hatten sich in die Zelle zurückgezogen, die sie in Qumran miteinander teilten. Zwei Strohsäcke auf schmalen Brettern zu beiden Seiten der Tür und der Luke.

Eine Öllampe tauchte Jesu Gesicht in Gold, ein von einer unbekannten Macht geformtes Antlitz voll scheuer Anmut und gezeichnet von Entrückungen. Er war sechsunddreißig, aber wirkte alterslos.

Sie hatten einen harten Arbeitstag hinter sich. Jesus hatte zusätzliche Bänke für das Refektorium gezimmert und Judas die kürzlich durch einen Hagelsturm beschädigten Dächer ausgebessert.

»Welches war also Kains Verbrechen, dessentwegen der Allmächtige seine Opfer zurückwies, während er Abels annahm?«, hatte Jesus noch einmal gefragt.

»Aber ... steht es denn nicht in der Heiligen Schrift?«, hatte Judas überrumpelt gestammelt.

»Nein. Es steht lediglich geschrieben, dass Abel Rinder züchtete und Kain die Äcker pflügte. Der eine musste also dem Herrn seine Tiere als Opfer anbieten und der andere die Früchte der Erde. Es gibt keine einzige Erklärung dafür, warum der Allmächtige die Opfergaben Kains zurückwies.«

Judas war verstört.

»Was glaubst du, welchen Grund Er hatte?«

»Wenn es einen gegeben hätte, wäre er in der Heiligen Schrift erwähnt.«

»Hatte Kain vielleicht eine zu karge Opfergabe geboten?«

»Das ist nur eine Vermutung.«

»Aber was dann?«

»Hast du dir diese Frage noch nie gestellt?«

»Nein. Aber da du sie dir ja gestellt hast, wie lautet deine Antwort?«

»Dass der Allmächtige ungerecht war.«

Judas zuckte unter diesen Worten zusammen, als habe er einen Schlag erhalten.

»Jesus ... wie kannst du nur?«

»Ich lese die Bibel. Kains Opfer wurde aus unbekanntem Grund abgelehnt, was nur auf die Ungerechtigkeit des Schöpfers zurückgeführt werden kann.«

»Jesus! Das ist Gotteslästerung!«

»Wenn dem so ist, dann liegt sie in der Geschichte.«

»Aber Kain hat trotzdem ein echtes Verbrechen begangen. Er hat seinen Bruder getötet ...«

»Er hat es begangen, weil er sich gegen die Ungerechtigkeit des Allmächtigen aufgelehnt hat.«

»Vielleicht wird die Geschichte falsch überliefert.«

»Das ist nicht das einzige Beispiel für die Ungerechtigkeit des Schöpfers.«

Judas schluckte schwer.

»Aber Kain«, fuhr Jesus fort, »entkam dem Zorn des Allmächtigen. Dieser hatte ihn dazu verurteilt, rastlos auf der Erde herumziehen zu müssen. Er hatte ihn der Gerechtigkeit der Menschen ausgeliefert und mit einem Schandmal gezeichnet. Kain hatte protestiert und gesagt, die Strafe sei zu hart. Und er ist eine Zeit lang umhergeirrt. Aber schließlich hat er die Stadt Enoch im Lande Nod, im Osten von Eden, gegründet. Enoch hieß sein ältester Sohn. Denn trotz des Fluchs hatte er Kinder.«

»Aber ist Enoch nicht laut der Heiligen Schrift der Sohn Seths?«

»Doch. Darin liegt ein weiteres Geheimnis. Genauso wie das der Ehefrauen, die Kain und Seth gefunden haben.«

Judas ordnete, verwirrt durch diese Fragen, die er sich nie gestellt und auch gar nicht zu stellen gewagt hätte, seine Gedanken.

»Du hast weitere Beispiele von Ungerechtigkeit erwähnt?«

»Ja. Denk nur an Abraham. Als er und sein Bruder Lot sich in Haran niederließen, wohin sie ihr Vater von Ur in Babylonien geführt hatte, ist Abraham fünfundsiebzig. In diesem fortgeschrittenen Alter erhält er vom Allmächtigen den Befehl, alles hinter sich zu lassen, sein Haus, seine Familie und seine Verwandten, und in ein Land zu ziehen, das er ihm nennen wird. Warum hat Er diesen alten Mann gewählt?«

»Warum?«

»Niemand weiß es. Ich habe die Rabbiner in Jerusalem

befragt und unsere Lehrer hier. Keiner weiß, warum der Allmächtige gerade Abraham gewählt hat.«

»Es war eine gute Wahl. Der Allmächtige hatte Weitblick«, erwiderte Judas, glücklich, ein Argument gefunden zu haben, das ihm endlich wieder Sicherheit gab.

»Aber wir kennen die Gründe nicht.«

»Kennen wir die Gründe des Herrn? Und kennst du noch weitere Beispiele mutmaßlicher Ungerechtigkeit des Allmächtigen?«

»Ja. Schau dir die Geschichte Hiobs an. Er ist ein Mann, der gnadenlos Prüfungen über sich ergehen lassen musste, die ihn in die Abgründe körperlichen und seelischen Elends stürzten. Warum? Weil der Allmächtige ihn für Satan vorgesehen hatte. Erinnere dich an die Worte in der Heiligen Schrift: *Und es brach der Tag an, an dem die Mitglieder des himmlischen Hofes in Gegenwart des Herrn Platz nahmen. Satan war auch unter ihnen ...*«

»Satan war unter ihnen?«, warf Judas völlig verblüfft ein.

»Das steht geschrieben. Der Herr fragte ihn, wo er gewesen sei. *Ich eilte von einem Ende der Welt zum anderen*, erwiderte er. Dann wollte der Herr von ihm Folgendes wissen: *Hast du meinen Diener Hiob berücksichtigt? Du wirst auf der Erde keinen Mann finden, der mit ihm zu vergleichen wäre, einen Mann ohne Tadel ...*«

»Was willst du damit sagen?«, rief Judas verstört.

»Dass der Allmächtige der Herr Satans ist.«

»Um Himmels willen! Haben wir dann also keinen Gott?«

»Doch, aber es ist nicht der Allmächtige. Unser Gott hätte nie und nimmer zu Lügen gegriffen, um die Menschen zu verfolgen.«

»Wo? Wann? Wie?«

»Es steht im Buch der Könige. Hast du es nicht gelesen? Der Prophet Micha ruft: Ich habe den Herrn auf seinem Thron gesehen, mit allen himmlischen Heerscharen zu seiner Rechten und zu seiner Linken. Der Herr sagte: *Wer treibt Achab an, Ramos-Guil'ad anzugreifen, wo er fällt?* Die einen sagen dies, die anderen jenes. Dann erschien ein Geist, stellte sich vor den Herrn und sagte: *Ich werde ihn in Versuchung führen. Wie?*, fragte der Herr. *Ich werde ein Lügengeist im Munde all seiner Propheten sein.*«

»Und dann?«, wollte Judas wissen, beunruhigt durch dieses Zitat, das er nicht kannte.

»Micha wurde von Sidqyahou ben Kena'ana, dem obersten Propheten, geohrfeigt und vom König in den Kerker geworfen. Er starb noch am selben Abend. Der Allmächtige hatte dank des Lügengeists triumphiert, der sich bei dem Propheten eingeschlichen hatte. Der Lügengeist ist Satan. Nein, unser Gott hätte keine solche List gebraucht. Siehst du das Gute durch Zuhilfenahme des Bösen siegen? In diesem Fall wäre es besser, seine Seele den heidnischen Göttern anzuvertrauen.«

»Unser Gott kann nicht der Herr und Meister Satans sein. Er ist sein Feind.«

»Gibt es folglich zwei Götter?« Jesus hatte sich in seine Decke gehüllt und einen Fuß rausgestreckt. »Judas, das steht ebenfalls in der Heiligen Schrift.« Und nach einer Weile: »Es steht im Deuteronomium: *Als der Erhabene die Ländereien der Völker aufgeteilt hat, als Er die Menschen unterschieden hat, hat Er die Grenzen der Völker aufgrund der Zahl der Kinder Jahwes festgelegt. Aber das Los Jahwes war Sein Volk.* Verstehst du denn nicht, was das bedeutet? Dass der erhabene Schöpfer sich von Jahwe unterscheidet. Schlaf jetzt, ich erklär es dir ein andermal.«

Aber Judas hatte in jener Nacht kein Auge zugetan.

Und wie viele Male hatte er sich in der Folgezeit leidenschaftlich gewünscht, dass ihn der Blitz treffen möge, wenn er die Dächer ausbesserte. Ja, der Blitz, egal von welchem Gott er kam.

Jesus hatte in seinem Innern das Torffeuer gelöscht, aber das würzige Holzfeuer, das nun in ihm loderte, wurde zuweilen unerträglich. Er hatte Lust zu schreien.

Also war alles um ihn herum falsch. Alles!

Er verspürte den Wunsch, alles zu zerstören. Dann sah er Jesus an, und die Sanftmut des Herrn beruhigte ihn.

8

Der Alarm

Das ist unglaublich!«, rief Annas. »Da kommt irgend so ein Kerl aus Galiläa, ein Bastard, ja, ein Bastard, behaupte ich, der sich seit drei Jahren erdreistet, die Juden zu beschimpfen, und der uns mit Schmähungen überhäuft, ein Mann, der nie als Rabbiner anerkannt wurde, aber im heiligen Tempelbezirk predigt, als sei er ein Rechtsgelehrter. In Begleitung seiner Anhänger zieht er wie ein vom Erhabenen erwählter König in Jerusalem ein und erklärt als Gipfel der Dreistigkeit beim Verlassen des Tempels: *Ich kann diesen Tempel zerstören und in drei Tagen wieder aufbauen.* Und wir, was tun wir angesichts dieser Flut von Beleidigungen? Wir denken nach! Wir denken nach!«, schrie er und lief mit langen Schritten im großen Saal des hasmonäischen Palasts, in dem sein Schwiegersohn wohnte, auf und ab. Er war außer sich vor Zorn.

Es ging auf Mittag. Kurz zuvor hatte Saul von dem ungewöhnlichen Angriff des Rebellen Jesus auf den Tempel berichtet, der im Volk beträchtliche Aufregung ausgelöst hatte.

Kaiphas ertrug die Tirade seines Schwiegervaters mit dem stoischen Gleichmut eines Kapitäns im Sturm. Annas hatte recht, das wusste er nur allzu gut. Alle Argumente waren zigmal abgewogen worden: Wenn man Jesus in aller Öffentlichkeit durch die Tempelwächter verhaften ließ, lief man Gefahr, einen Volksaufstand zu entfachen, dessen Folgen nicht abzusehen waren.

Aber wenn man ihn nicht festnahm ...

Der Levite, der Annas' Wutausbruch miterlebte, blieb stumm und vor Bestürzung wie erstarrt. Die Bediensteten und Kaiphas' Familie schienen sich im Innern des Palasts verkrochen zu haben, weil der Zorn des ehemaligen Hohepriesters sie in Angst und Schrecken versetzte. Annas besaß zwar nicht mehr den Titel, aber immer noch die Macht.

»Was hat der Römer gesagt?«, schrie Annas.

Er wusste es genau, denn Kaiphas hatte ihm zweimal ausführlich von dem Gespräch mit dem Statthalter berichtet.

»Vater, ich habe es dir schon gesagt: Pilatus ist überaus zufrieden, uns in Schwierigkeiten zu sehen. Zwischenfälle würden es ihm erlauben, mit der Brutalität einzugreifen, die Leuten seines Schlags eigen ist, und einen vollständigen Bericht über unsere internen Streitigkeiten nach Rom zu schicken. Das hätte eine noch stärkere Unterdrückung des Tempels zur Folge. Ich frage mich, ob er nicht sogar Zwischenfälle herbeisehnt. Ich habe ihn darauf aufmerksam gemacht, dass er die Verantwortung dafür trägt, wenn er uns nicht tatkräftig unterstützt. Soll ich ihn etwa anflehen?«

Annas setzte sich und verlangte ein Glas Wasser.

»Saul«, sagte er. Und auf den fragenden Blick Kaiphas' erläuterte er: »Am Sonntag hat Herodes Antipas uns seinen höchsten Schutz zugesagt. Als ob der Tetrarch von Galiläa jemals die geringste Machtbefugnis in Judäa besessen hätte! Doch der lüsterne Hahn hat sich zum Beschützer des Hohen Rats und der Juden von Galiläa erklären lassen. Er könnte bei Pilatus intervenieren, der ihn mehr fürchtet als dich und mich, da Antipas Freunde in Rom besitzt. Saul könnte ihn dazu überreden. Ist er nicht sein Neffe, wenn er der Sohn von Herodes Antipater ist?«

Kaiphas senkte den Kopf und schluckte, als ob er einen schlecht gekauten Bissen hinunterwürgte. Er hatte die Gerissenheit seines Schwiegervaters häufig bewundert; auch jetzt erstaunte er ihn wieder. Kaiphas verzog anerkennend den Mund und nickte. Dann befahl er dem Leviten, auf der Stelle Saul zu holen.

Fast eine Stunde verging, bis der Levite mit Saul wiederauftauchte. Er hatte ihn beim Mittagsmahl in einer Taverne gefunden.

Der Herodianer schien sich anfangs über die Vorladung zu wundern, erst recht, da es sich um die beiden mächtigsten Mitglieder des Jerusalemer Klerus handelte. Doch er begriff schnell. Auf seine anfängliche Überraschung folgte spöttische Genugtuung.

»Setz dich«, befahl ihm Annas. »Wir befinden uns in einer Notlage. Von Stunde zu Stunde wird die Sache bedrohlicher. Ich bitte dich zu vermitteln.«

»Sehr verehrter Hohepriester, ich nehme an, dass du mit mir über Jesus bar Josef sprechen möchtest?«

Annas nickte.

»Bei wem soll ich vermitteln?«

»Bei deinem Onkel Herodes Antipas.«

Saul ließ die Nachricht auf sich wirken. Sicher, sie verhieß eine Beförderung, aber erst musste er herausfinden, worum genau es ging.

»Ich unterstreiche, was mein edler Vater gesagt hat«, ergriff nun Kaiphas das Wort. »Die Lage wird von Stunde zu Stunde dramatischer … Du kennst sie sicher, aber das eigentlich Offensichtliche gewinnt zusätzlich an Bedeutung, wenn es ausgesprochen wird. Alles weist darauf hin, dass Jesus und seine Anhänger einen Gewaltstreich gegen den Tempel planen, um Jesus zum König ausrufen zu lassen. Das würde Krawalle verursachen. In diesem Fall bliebe den Römern nichts anderes übrig als einzugreifen, was jedoch ein Blutbad nach sich zöge. Um das zu verhindern, wäre es ratsam, Jesus zu verhaften.«

Der Hohepriester atmete tief durch: »Die sicherste Lösung wäre, ihn bei Nacht festzunehmen, wenn er sich lediglich in Begleitung weniger Jünger befindet. Das würde am wenigsten Aufsehen erregen, wiewohl auch dabei die Gefahr zumindest eines Aufruhrs seiner Anhänger bestünde, der ebenfalls gefährlich wäre. Doch unsere Gerichtsbarkeit beschränkt sich auf den Tempelbezirk, und ohnehin hätten wir nicht das Recht, ihn zu verurteilen, wie es einem solchen Unruhestifter gebührt. Ich habe Pilatus um seine Hilfe gebeten, doch er verhält sich seltsam reserviert.«

»Vermutlich widerstrebt es ihm, sich in eine jüdische Angelegenheit einzumischen, da man ihm das in Rom vorwerfen könnte. Und außerdem ist seine Frau Procula meines Wissens eine Jüngerin Jesu.«

Kaiphas wiegte den Kopf. »Aber er wird gar keine andere Wahl haben als einzugreifen. Er hat den Ernst der Lage nur noch nicht begriffen. Er versteht nicht, dass Jesus seinen Gewaltstreich noch vor Ende der Woche versuchen wird, um seiner Krönung die volle symbolische Bedeutung zu verleihen. Pilatus versucht, Zeit zu schinden. Doch dadurch begibt er sich selbst in Gefahr.«

»Und du glaubst, Herodes Antipas kann ihn dazu bewegen, seine Meinung zu ändern?«

»Ja«, sagte Annas. »Aber der Entschluss muss heute gefasst werden. Uns bleiben nur noch dreieinhalb Tage bis zum Ende des Passahfests. Jesus muss heute Nacht, spätestens morgen Abend festgenommen werden. Ich bitte dich, auf der Stelle Herodes Antipas aufzusuchen und ihm die Dringlichkeit der Lage darzulegen. Überrede ihn, sich umgehend zum Statthalter zu begeben und dessen Zustimmung zu erhalten. Pilatus soll uns die Unterstützung eines römischen Trupps gewähren, dann fällt Jesus in die Gerichtsbarkeit eines römischen Gerichts.«

Saul dachte über den Vorschlag nach. Er hatte allen Grund, sich geschmeichelt zu fühlen. Er würde beim Tetrarchen von Galiläa und Peräa intervenieren – als Herodianer und als Abgesandter der Tempelmacht. Das würde sein Ansehen eindeutig steigern.

»Gut«, sagte er. »Ich füge mich euren Wünschen, Hohepriester, und ich bewundere eure Weisheit. Es bleibt nur eine Frage offen: Wo finden wir diesen Jesus?«

»Du musst ihn aufspüren und uns zu jeder Tages- und Nachtzeit auf dem Laufenden halten, wo er ist. Einer deiner Männer kann diesem Jesus sicher folgen, wenn er den Tempel verlässt.«

Saul nickte und erhob sich.

»Meine Zeit ist also knapp. Bitte erlaubt mir, mich zu verabschieden.«

Nachdem Saul seinen wachhabenden Hauptmann, der sich vor der Tür postiert hatte, beauftragt hatte, Ben Sifli und Ben Wafek den Befehl zu erteilen, Jesus und seiner Gruppe auf den Fersen zu bleiben, um zu erfahren, wo sie die Nacht verbringen würden, ging er die wenigen Schritte zum ehemaligen königlichen Flügel, in dem Herodes Antipas wohnte, wenn er in Jerusalem war. Der Palast Herodes' des Großen war also nach wie vor das Machtzentrum, sinnierte er.

Der Tetrarch kam regelmäßig zum Passahfest nach Jerusalem, nachdem er als Sohn der Samariterin Malthake, der vierten der zehn Ehefrauen Herodes' des Großen, ziemlich spät seine Zugehörigkeit zu den Juden entdeckt hatte. Im Übrigen erfreute er sich dank seiner tiefen Frömmigkeit der Gunst seiner Untertanen in Galiläa und Peräa.

Vier Galatäer bildeten die Wache an der Tür. Ein Kammerherr empfing den Besucher, anfangs stirnrunzelnd, doch honigsüß, sobald sich dieser als Neffe des Hausherrn vorstellte.

Saul hatte seinen Onkel seit dem Passahfest im vergangenen Jahr, bei dem sie ein paar Höflichkeiten ausgetauscht hatten, nicht mehr gesehen. Beide gehörten zu den Überlebenden eines Königsgeschlechts, dessen Mitglieder zum großen Teil brutal ermordet worden waren: drei Söhne des Tyrannen, Alexander, Aristobul und Antipater – Sauls Vater –, waren auf Befehl ihres grimmigen Erzeugers drei Jahrzehnte zuvor hingerichtet worden. Philipp, ein weiterer Sohn, stand mit einem Fuß im Grab, und Aristobul, ein Enkel, wagte es nicht einmal, nach Jerusalem zu kommen.

Der Tetrarch, ein ungewöhnlich fettleibiger Mann mit wachsbleichem Gesicht, hatte sich kaum verändert. Dieselben Schlangenaugen, dieselben zerfurchten, hängenden Wangen, und wie immer schien er Essensreste zwischen seinen kariösen Zähnen zu suchen. So wirkt das Gesetz der Generationen: Riesen zeugen die Karikaturen ihrer selbst. Der Leviatan, der sein Vater gewesen war, Herodes, genannt der Große, weil man es nicht gewagt hätte, der Dicke zu sagen, war trotz solcher Verbrechen wie der Ermordung dreier seiner Söhne auf den bloßen Verdacht hin, sie würden nach seinem Thron trachten, durch seine Anmaßung den irdischen Gesetzen entgangen. Die Ungeheuerlichkeit seiner Taten schloss ohnehin jegliche moralische Vergeltung auf Erden aus. Sein Sohn Herodes Antipas war nicht viel mehr als ein fetter Salamander.

Er blickte wie sein Neffe auf ein halbes Jahrhundert stummer Empörung, zweifelhafter Delikte, widerwärtiger Kompromisse und Demütigungen zurück, ganz zu schweigen von den lüsternen heimlichen Vergnügungen. Der Zwerg wollte ihn sprechen; er würde ihn bestimmt um einen Gefallen bitten. Doch Berenices Sohn zeigte keineswegs die üblichen Zeichen der Unterwürfigkeit.

»Welcher Wind führt dich her, Neffe?«, fragte der Tetrarch.

»Mein lieber Onkel, die Angelegenheit ist ernst. Ich denke doch, dass du über die Umtriebe des Galiläers Jesus auf dem Laufenden bist?«

»Ich habe von einem Galiläer gehört, der in Jerusalem für Aufsehen sorgt«, erwiderte Antipas und runzelte die Stirn, »aber ich gestehe, dass meine Frömmigkeit mir keine Zeit lässt, dem große Aufmerksamkeit zu widmen. Das Passahfest lockt häufig Pilger in die Heilige Stadt, die sich für Propheten halten. Denn das ist er doch, nicht wahr? Jesus, sagst du? Ja, man hat mir berichtet, er sei ein Prophet.«

»Er will sich zum König krönen lassen.«

»Zum König?« Herodes Antipas blinzelte. »Zum König?«, wiederholte er und reckte den Hals, aufgeschreckt durch die Vorstellung eines Rivalen, der aus dem Nichts aufgetaucht war. »Von wem?«

»Von den Juden.«

Das war die größte Beleidigung für Antipas, wie Saul wusste. Wenn es einen Mann gab, der diesen Titel angestrebt hatte und immer noch anstrebte, dann war es sein Onkel. Doch nach dem Tod von dessen Vater waren die Würfel anders gefallen: Die Römer hatten ihm lediglich die Tetrarchie der beiden palästinensischen Provinzen zugestanden, und sein Bruder Archelaus hatte es nicht viel besser getroffen.

»Er ist am Vierzehnten des Nisan wie einst David auf einer Eselin in Jerusalem eingezogen. Auf seinem Weg lagen Palmenwedel, und er wurde von allen Seiten als der Sohn König Davids bejubelt.«

Die Verblüffung veränderte das Gesicht des Tetrarchen. Gab es denn niemanden, der ihm in seinem Palast in Tiberias solche Neuigkeiten überbrachte, oder spielte er den Unwissenden nur?

Saul fasste die Überlegungen von Annas und Kaiphas zusammen: Wenn Pilatus nicht bereit war, dem Tempel mit Soldaten beizustehen, könne das Schlimmste eintreten.
»Verehrter Onkel, Pilatus muss unter Druck gesetzt werden. Es ist in seinem und in unserem Interesse.«
»Unserem?«
»Wenn Jesus zum König gekrönt wird, fürchte ich, dass deine Position nicht besonders angenehm ist.«
Das saß. Herodes Antipas hob die Augenbrauen. Fast hätte man glauben können, dass sogleich eine gespaltene Zunge aus seinem Mund fahren und eine der umhersummenden Fliegen fangen würde.
»Gut«, sagte er, »ich nehme einen kleinen Imbiss zu mir, dann mache ich mich auf den Weg und suche Pilatus auf. Wenn du mir Gesellschaft leisten willst ...«
»Mein lieber Onkel, es missfällt mir, dich zu drängen. Aber jede Stunde zählt. Je eher Pilatus sein Einverständnis gibt, desto besser ist unsere Sicherheit gewährleistet.«
»Was lässt dich vermuten, dass er auf mich mehr hört als auf Kaiphas?«
»Verehrter Onkel, es wird genügen, ihn an deine hochgestellten Freunde in Rom zu erinnern, um seine Aufmerksamkeit zu erregen. Das ist viel wirkungsvoller als die Vorhaltungen eines Hohepriesters.«
Seit Tiberius, zu dessen Ehren Herodes Antipas die Stadt Tiberias benannt und dort seine Lieblingsresidenz aufgeschlagen hatte, pflegte er klugerweise seine Freundschaften, und mehr als ein Mitglied des Kaiserhauses von Nero und des römischen Senats schuldete ihm Dankbarkeit für seine Großzügigkeit und seine Geschenke.
Er zog ein paar Grimassen, dann rief er nach seinem Sekretär und beauftragte ihn, Pontius Pilatus, den Statthalter von Judäa,

zu benachrichtigen, dass er ihn in Begleitung seines Neffen aufsuchen würde.

Auf seinen Befehl hin brachte ihm ein Diener eine Bürste und einen Spiegel. Während der Bedienstete den Spiegel aus glänzendem Silber hochhielt, arrangierte der Tetrarch von Galiläa die schütteren Strähnen auf seinem Kopf, sodass sie etwas fülliger aussahen. Dann trank er einen Schluck Wasser und erhob sich.

»Gehen wir«, sagte er.

Herodes Antipas, dem drei Galatäer als Wachen vorausgingen und den drei weitere links und rechts eskortieren, schritt in Begleitung von Saul über die Schwelle des Saals, in dem er eigentlich seine Mahlzeit zu sich nehmen hatte wollen, und wandte sich dem Flügel des Palasts zu, der Pilatus als Residenz diente.

Der Alarm war ausgelöst.

9

»Für alle Dinge auf Erden kommt die Zeit des Abschieds«

In Wahrheit hat euer Herr Jahwe in seiner Güte die Gesetze für den Menschen diktiert«, donnerte die Stimme, die Ben Sifli und Ben Wafek inzwischen vertraut war. »Und nicht den Menschen für die Gesetze geschaffen.«

Aufs Äußerste gereizt, beobachteten zwei Leviten den Redner aus der Ferne.

»Nur die Heuchler behaupten, dass sie ihren Ochsen nicht aus einem Graben holen würden, wenn er am Sabbat hineinfiele. Euer Herr Jahwe ist weder Zöllner noch Steuereintreiber. Er liest in euren Herzen und beurteilt euch nach der Liebe, die ihr ihm entgegenbringt, denn seine Liebe zu euch ist unendlich. Er bestraft euch nicht für die lässliche Sünde, den Anteil an eurer Ernte und an euren Rindern, der ihm zukommt, kleinzurechnen, denn er weiß genauso gut wie ihr, dass die Priester ihn für sich verwenden.«

Hochrufe erschollen.

»Hört! Hört! Es ist die Stimme der Wahrheit! Es ist die Stimme des Herrn.«

»Es lebe Jesus, Davids Sohn.«

»Jesus, erlöse uns.«

Ben Sifli unterdrückte beim Anblick der verzerrten Gesichter der Leviten, die umso lauter fluchten, je mehr sie von den

Schreien der Zuhörer übertönt wurden, ein Lachen. Wenige Schritte entfernt mühte sich Ben Wafek, gegen das Auf und Ab der anschwellenden Menge zu kämpfen. Das Wichtigste war, Jesus nicht aus den Augen zu verlieren. Sie mussten ihm bis zu seinem Nachtquartier folgen – Gott mochte wissen, wo das war – und dann sofort Saul unterrichten. Warum? Offensichtlich, um diesen Jesus festzunehmen, über den sich Ben Sifli inzwischen in den Schänken erkundigt hatte. Schade! Der Mann weckte Sympathie. Er war tatkräftig und schön, nicht hässlich wie dieser Zwerg Saul, herodianischer Prinz hin oder her. Aber schließlich wurde Ben Sifli für seine Arbeit bezahlt, und er musste für eine Frau, zwei Söhne und seine bettlägerige Mutter sorgen.

Er lauschte weiter den Worten des Propheten.

»Im tiefsten Innern wisst ihr genau, dass ein Mensch niemals die Pläne eures Herrn Jahwe deuten kann, und sei er der Hohepriester der Hohepriester der vergangenen, derzeitigen und künftigen Generationen. Die Wahrheit ruht in eurem Herzen. Sie allein sagt euch, ob eure Handlungen derart sind, dass sie eurem Herrn Jahwe gefallen und seine Liebe zu euch vergelten. Nur euer Herz sagt euch, ob ihr euch wie Geschöpfe verhaltet, die der Liebe würdig sind, die er euch in reichem Maße zuteil werden lässt, wenn ihr ihn in eurem Herzen wie einen Vater behandelt und nicht wie einen wilden erbitterten Richter, den ihr durch hohle Worte und leblose Gesten zu täuschen glaubt.«

Was für ein Redner! Wenn er das Judentum symbolisierte, überlegte Ben Sifli, würde ich mich gern dazu bekehren.

Eine plötzliche Bewegung der Menge, als Jesus in den Hof der Israeliten trat, hätte ihn fast umgeworfen. Mit einem Zeichen bedeutete er Ben Wafek, sich an der Pforte zum Hof der Frauen zu postieren, durch die Jesus an den drei vorigen Tagen den Tempel verlassen hatte. Er selbst bewachte die Pforte zu den Gärten, die zur Brücke des Struthion unter der Festung Antonia führte.

Die Wahrscheinlichkeit, dass ihnen ihre Beute durch die Pforte der Gesänge, der Opferung oder des Wassers entwischte, war äußerst gering, da diese abgelegenen und wenig besuchten Höfe unter dem Schutz der Leviten standen, die Jesus ohne zu zögern angreifen, wenn nicht gar in Stücke reißen würden.

Eine Stunde verstrich, bevor ein Rückfluss der Menge Ben Sifli anzeigte, dass Jesus den Tempel verlassen haben musste. Er wachte am Tor des Struthion, sah aber niemanden herauskommen, der Jesus oder einem seiner Jünger geglichen hätte. Der Prophet war anscheinend – wie gewöhnlich – durch das Tor der Frauen hinausgegangen, und Ben Wafek würde ihn beschatten.

Da er ein wenig Hunger verspürte, machte sich Ben Sifli auf den Weg zur Schänke von Abrak, in der die Soldaten gern einkehrten, um ein paar Fleischpasteten mit einem oder zwei Glas Wein aus Galiläa hinunterzuspülen.

Eine knappe Stunde verstrich, bis Ben Wafek, der sich auf der Straße nach Bethfage einer langen Schlange angeschlossen hatte, die einem Mann auf einem Esel folgte, bemerkte, dass er auf der falschen Spur war. An einer Wegbiegung sah er das Gesicht des Mannes, den er für Jesus gehalten hatte. Ein Unbekannter, der diesem ähnelte und ebenfalls eine Gruppe von Vertrauten um sich gesammelt hatte! Bestürzt machte Ben Wafek kehrt und hoffte, dass sein Kamerad der richtigen Spur gefolgt war.

Mittlerweile ging es auf vier Uhr nachmittags. Mit trockener Kehle eilte er zur Schänke von Abrak, um einen Becher Met zu trinken, bevor er sich zu Sauls Haus begeben wollte, um von seinem Misserfolg zu berichten. Als er dort eintraf, trat gerade Ben Sifli mit zwei Kameraden auf die Straße. In dem Moment, in dem sie sich sahen, begriffen sie, was geschehen war, und erstarrten vor Schreck. Eine Ewigkeit sahen sie einander wortlos an.

»Wir müssen Saul benachrichtigen«, sagte Ben Sifli schließlich.

Zu viert begaben sie sich zum Hauptmann. Schon ihr Auftauchen würde Saul genügen, um zu wissen, dass sie Jesus aus den Augen verloren hatten. So machten sie sich auf eine gehörige Standpauke gefasst.

Saul war gerade aus dem hasmonäischen Palast zurückgekehrt, wo er zuerst Herodes Antipas zu Pontius Pilatus begleitet und dann ein grauenhaftes Gespräch mit seinem Onkel ertragen hatte.

»Habt ihr kein bisschen gesunden Menschenverstand?«, herrschte er Ben Sifli und Ben Wafek an. »Jeder weiß, dass der Tempel acht Pforten hat! Als ich euch beauftragte, Jesus zu folgen, habe ich erwartet, dass ihr so schlau seid, sechs eurer Kameraden mitzunehmen, um alle Pforten im Auge behalten zu können. Aber ihr seid wie blinde Falken oder wie Hunde, die den Geruchssinn verloren haben. Ihr fangt morgen wieder von vorne an. Na los, macht, dass ihr fortkommt!«

Die Männer zogen sich beschämt zurück, und Saul setzte sich, um nachzudenken.

Die Unterredung zwischen Herodes Antipas und Pontius Pilatus hatte einer Unterhaltung zwischen Fuchs und Wachhund geglichen. Der Herodianer war der Fuchs, der Römer eindeutig der Wachhund.

Am Ende hatte Pilatus zwar der Festnahme Jesu zugestimmt, aber Herodes Antipas gewarnt: »Ich werde zehn Legionäre bereitstellen, um einen Aufstand zu unterbinden, das ist alles. Der Gefangene steht unter meinem Schutz und wird unter keinen Umständen misshandelt. Ist das klar?«

Sein Ton duldete keinen Widerspruch. Aber Herodes Antipas hatte zumindest die Hälfte von dem erhalten, worum er auf Drängen Sauls und Kaiphas' gebeten hatte.

Zurück in seinen Gemächern, wollte der Tetrarch während seines Mahls mehr über diesen Unruhestifter Jesus bar Josef erfahren. Und hier hatte der heikelste Teil des Nachmittags begonnen.

»Er ist ein Galiläer, sagst du?«, hatte Herodes Antipas gefragt, der nach römischer Sitte auf einem Lager mit bestickten Kissen ruhte. »Woher kommt er wirklich?«

»Er war Mitglied dieser Gemeinschaft von eigensinnigen Protestlern, den Essenern. Verehrter Onkel, du hast sicher schon von ihnen gehört. Diese Eremiten aus der Wüste, die den Hohepriester und den Klerus mit Beschimpfungen überschütten und nur Unheil voraussagen.«

Herodes Antipas, der sich gerade einen Hühnerschenkel gegriffen hatte, hielt mitten in der Bewegung inne, und sein Gesichtsausdruck verfinsterte sich augenblicklich. Die Essener! Gott war sein Zeuge, dass er sich an sie erinnerte. War nicht dieser Täufer eines der berühmtesten Mitglieder dieser Gemeinschaft gewesen?

Saul merkte, dass er einen Fehler begangen hatte. In allen Provinzen Palästinas war die Geschichte wohlbekannt: Vor einigen Jahren hatte Herodes Antipas der Tochter seiner Frau Herodiade, die er einst seinem Bruder Philipp weggenommen hatte, den Kopf des Täufers versprochen, nachdem die durch und durch verdorbene Salome eines Abends ihren Stiefvater mit ihrem Tanz umgarnt hatte. Der Wein hatte sein Übriges getan, und so hatte der Tetrarch gleich zwei Köpfe verloren: seinen eigenen und den des Täufers.

Er hatte sich das nie verziehen, auch wenn sich die Priester überschwänglich bei ihm bedankten, weil er sie von dem Mann befreit hatte, den sie »den Heuschreckenesser« nannten, einen verrückten Kerl, der auf ihre Kosten flammende Reden hielt.

Die Miene des fetten Salamanders hatte sich verdüstert. Was quälte ihn mehr? Dass er einen Propheten hatte töten lassen, um eine inzestuöse Leidenschaft zu befriedigen, oder dass er die schlimmste Art von Ehebruch begangen hatte, indem er die Frau seines Bruders begehrte? Welches Verbrechen war weniger abscheulich? Wie auch immer: Das Gift seiner Lenden hatte auf sein Gehirn übergegriffen. Dieser Mann würde nie mehr einen friedlichen Schlaf haben.

»Gibt es einen Zusammenhang zum Täufer?«, fragte der Tetrarch und legte den Hühnerschenkel zurück auf den Teller.

»Ich vermute es. Sie kennen sich alle«, erwiderte Saul. »Er ist schlimmer als der Täufer, der nur Heuschrecken verzehrte, aber nicht nach der Krone der Juden strebte.«

Herodes Antipas rutschte zwischen den Kissen hin und her und leerte sein Weinglas in einem Zug. Sauls Informationen hatten ihm den Appetit verdorben: Er gab den Bediensteten ein Zeichen, seinen Teller abzuräumen und Datteln zu bringen.

»Vielleicht ist er tatsächlich ein Mann Gottes«, bemerkte er verdrießlich.

»Mein verehrter Onkel, ich bezweifle, dass ein Mann Gottes nach der Krone Israels streben würde. Außerdem ist er ein Bastard.«

»Aber ich sage dir, Bastard hin oder her, er ist vielleicht ein Mann Gottes.«

»Wäre das ein Grund, uns einem Bürgerkrieg auszusetzen? Die Römer machen sich über die Männer Gottes nur lustig.«

»Aber du hast doch gesehen, dass selbst Pilatus gezögert hat, diesen Jesus festnehmen zu lassen. Diese Römer sind keineswegs Tiere.«

»Er zögerte doch nur wegen des Aberglaubens seiner Frau und weil er sich freut, Kaiphas die Stirn bieten zu können.«

»Ach was«, bemerkte Herodes Antipas gereizt. »Jedenfalls hätte man mich vor der Unterredung mit Pilatus über all diese Dinge aufklären müssen. Ich werde mich jetzt hinlegen«, sagte er, womit er seinem Neffen signalisierte, dass er entlassen war. »Halt mich auf dem Laufenden.«

»Aber gern«, murmelte Saul und erhob sich.

Sein Vorgehen war nicht gerade von Erfolg gekrönt gewesen. Und nun hatten auch noch Ben Sifli und Ben Wafek ihre Aufgabe vermasselt.

Saul fuhr sich mit der Hand übers Gesicht. Die Fliegen summten an diesem Nachmittag im Nisan munter um das Licht herum. Was für eine schwierige Aufgabe, Wächter zu sein und für Ordnung zu sorgen!

10

Die Entrückung des Wächters

»Herr, wir sind zweihundert und warten auf deine Befehle. Wir sind bewaffnet. Wir können im Morgengrauen den Tempel stürmen und die Leviten überwältigen ...«

Der Mann, der dies in entschlossenem Ton sprach, war ein kräftiger Kerl um die vierzig, der reichste Gemüsegärtner in der Umgebung von Jerusalem. Er hieß Salomon bar Assa'an. Trotz seines Gewerbes trug er einen Bart, was in seinem Falle in Jerusalem damals verboten war, denn als Besitzer der Gemüsegärten legte er dort selbst keine Hand an. Die vier Männer in seiner Begleitung sahen nicht weniger imposant aus.

Sie waren Jesus gefolgt, als er gegen ein Uhr nachmittags den Tempel verlassen und sich nach Bethanien begeben hatte.

»Wir sind ganz sicher, dass mindestens tausend Männer bereit wären, sich uns anzuschließen. Herr, tausend Männer genügen, um den Tempel zu besetzen«, sagte einer von ihnen.

Es gab also in Jerusalem eine Menge von Gläubigen, die eine Truppe bilden würden, um den Handstreich auszuführen, den der triumphale Einzug in die Heilige Stadt vermuten ließ. Jesus, die Zwölf, Maria, Martha, Lazarus und mehrere andere Anwesende lauschten schweigend diesen Worten. Sie wandten ihre Augen nicht von Jesus ab und versuchten, aus seinen Reaktionen seine Pläne zu erraten.

»Wie auch immer die Pläne der Menschen aussehen mögen, der Wille des Herrn geschieht«, sagte dieser schließlich.

Stimmte er damit den Worten zu, die er soeben gehört hatte? Meinte er, dass der Widerstand des Tempels gegen einen Angriff von Ben Assa'an nichts am göttlichen Willen änderte? Oder dass das Vorhaben, das man soeben dem künftigen König unterbreitet hatte, von Gottes Willen abhing? Und warum dankte er diesen Männern nicht, die ihr Leben und ihr Vermögen aufs Spiel zu setzen bereit waren, um ihn auf den Thron Davids zu heben?

Die fünf Freiwilligen nickten zustimmend. Schließlich legte sich ein unbestimmtes, unbehagliches Schweigen über die Anwesenden. Judas durchbrach es, indem er den Anhängern Jesu mitteilte, dass ihr Herr Ruhe brauche. Sie küssten einer nach dem anderen Jesu Hand und brachen auf.

Als alle Besucher gegangen waren, zog Jesus sich zurück.

Judas lief den Hügel hinunter und fand unter einem Baum einen geschützten Fleck, an dem er sich in seinen Mantel gehüllt niederließ und zu schlafen versuchte.

Wenn man den Körper zur Ruhe bettet, steigen die Erinnerungen in den Kopf. Judas ging in seinen Gedanken weit zurück in die Vergangenheit: Sie saßen im Kreis, und die kühle Brise, die vom Toten Meer her in die Wüste wehte, ließ die Flammen in ihrer Mitte flackern. Ihr Herr, der sich Elias nannte wie der Prophet – ein aufrechter und schöner Mann mit einem Bart, der wie eine umgekehrte weiße Lohe aussah –, hielt einen Krug und einen Becher in der Hand und blickte ins Feuer. Der rote Widerschein verlieh seinen Augen etwas Raubtierhaftes.

Neben Elias hatte sich Jesus niedergelassen. Seine Haare wirkten wie schwarze Flügel und seine vollen Lippen wie eine Wüstenanemone. Dichte Wimpern umkränzten seine Augen. An ihn gelehnt saß Judas.

Das war in Qumran, vor zwanzig Jahren, als sie noch jung und hitzig waren. Jesus war, von Elias abgesehen, der Älteste von ihnen. Jener hatte ihn unter all denen auserwählt, die die raue Einsamkeit von Qumran suchten, denn der Täufer hatte Jesus, nachdem er ihn getauft hatte – ein Ritual, das nur die Essener praktizierten –, mit den folgenden Worten bezeichnet: »Er ist der, den wir erwartet haben.«

Den wir erwartet haben. Vielleicht hatten die Trompeten der Engel diese erhabenen Worte in den höchsten Himmel emporgetragen und Jahwes Herz mit Rührung erfüllt. Endlich war der Mann gekommen, der ihn vom allmächtigen Schöpfer unterscheiden, der den Völkern seine Güte und seine Traurigkeit enthüllen würde.

Und Judas war ausgezeichnet worden, denn Jesus hatte ihn mit den Worten erwählt: »Er ist der Bruder, den der Heilige Geist mir gegeben hat.«

Die Erinnerung quälte ihn so sehr, dass ihm Tränen in die Augen stiegen. Doch er unterdrückte sie, denn die Zeit der Tränen war noch nicht gekommen. Trockenes Schluchzen schüttelte ihn.

Die anderen hatte Elias wegen der Tugenden ausgewählt, die sie bei der Ausübung der Askese zeigten.

»Selbst in dieser ausgedörrten Wüste«, hatte Elias gesagt und den Kopf geschüttelt, »ist die irdische Welt Satans Reich. So groß unsere Anstrengungen und Verdienste auch sein mögen, wir können nur dadurch nach dem Frieden unseres Gottes Jahwe streben, indem wir unsere Seele über unseren elenden Körper erheben. Das Gebet und das Studium der Schriften halten uns nur am Rande des schändlichen Abgrunds zurück, lassen uns aber nicht vorankommen. Nur der Wein der Erlösung ermöglicht es uns, diese elende Ansammlung von Knochen, Muskeln und Eingeweiden zu lähmen und mit der ganzen Kraft unseres Geistes zu

beherrschen, dieses Atems, den der Schöpfer mit den zwei Gesichtern einst dem Lehm unseres Urvaters Adam einhauchte.«
Der Wind blies wie eine himmlische Ermutigung.
Was war der Wein der Erlösung? Das Geheimnis lag in Qumran. Im Sud eines eingeweichten Pilzes, den man wegen seines getupften Hutes *pantera* nannte, nach einem Raubtier, das man in dieser Gegend jedoch nur noch selten sah.
Es war das dritte Mal, dass sie diesen Wein tranken. Judas ersehnte und fürchtete es zugleich, wie ein Liebender, der schwankt und davon träumt, die Geliebte in die Arme zu nehmen ...
Elias füllte den Becher und leerte ihn in einem Zug. Dann füllte er ihn erneut und reichte ihn Jesus, der es ihm nachmachte. Als Nächstes war Judas an der Reihe. Und so ging es weiter. Der Inhalt der Flasche war sorgfältig berechnet – er reichte für sieben Becher.
Zeit verstrich.
Die Flammen loderten hoch auf, die sieben Männer zu verbrennen, die hier in der Wüstennacht beisammensaßen. Sinnlos, ihnen zu widerstehen. Das Schicksal dieser Männer bestand darin, sich im Feuer des reinigenden Geistes zu verzehren.
Judas sah die Flammen nicht mehr, er war die Flammen. Er stieß einen Seufzer der Erlösung aus. Sie erfüllten ihn mit göttlichem Feuer. Ein Lächeln umspielte seine Mundwinkel. Er entdeckte das gleiche Lächeln im Gesicht des Mannes ihm gegenüber.
»Geheiligt sei der Name des Gottes der Güte«, sagte Elias.
Sie wiederholten den Segen, wieder und immer wieder.
»Gesegnet sei das Mittel, das uns erlaubt, den göttlichen Glanz zu erblicken«, fuhr Elias fort.
Dafür verwendete er eine geheimnisvolle Formel, die von den Sumerern stammte: *Elaouia, elaouia, limash baganta.* Sie kannten

sie, aber nun wussten sie durch das ihnen eingeflößte Wissen auch, dass *elaouia* »gesegnet sei« bedeutete und *limash baganta* die Wunderpflanze bezeichnete.

Ja, dieser heilige Wein war gesegnet: Er entleerte die Seele ihrer irdischen Substanz, ihrer unaufhörlichen ermüdenden Unruhen, die durch die Widersprüche der Existenz entstehen, durch die Konflikte zwischen Körper und Geist, die unterdrückten Wünsche, das Bedauern, die zügellose Anhänglichkeit, die bestialischen Zornesausbrüche, die scheußlichen Lüsternheiten, kurzum, alle Schlacken der Leidenschaften. Diese Verunreinigungen erzeugten in der Seele, in diesem vorübergehenden Körper des menschlichen Wesens, morastige Schichten, in denen es kurz darauf von Dämonen wimmelte. Die Seele blieb allzu häufig undurchdringlich. Und derart verdunkelt, war nicht nur das göttliche Licht kaum wahrnehmbar, sondern verbreitete sich auch die Finsternis des falschen Gottes in ihr. Die Besudelung nahm zu, die Dämonen brüllten …

Doch der Wein der Erlösung vertrieb die Niederschläge, den Schleim und den Gestank. Er reinigte die Seele.

»Wenn ihr nicht die Tür eures Hauses öffnet«, sagte Elias zu den Eingeweihten, »erleidet ihr den Erstickungstod. Trinkt den Wein, öffnet die Tür, und euer Geist begrüße das Licht des Gottes der Güte.«

Das Feuer prasselte munter, und mit dem Geruch des harzigen Holzes sogen sie die Tugenden ein, die das Feuer daraus gelöst hatte.

Jakob, ein Jünger, der Jesus gegenübersaß, hob die Arme zum Himmel empor. Ein langer hoher Ton entrang sich ihm, vergleichbar dem Klang einer Lautensaite, über die endlos ein Finger gleitet. Plötzlich schien er schwerelos. Würde er zu schweben beginnen? Das kam gelegentlich vor.

Judas wandte sich wie die Blume der Sonne Jesus zu. Er beobachtete die Verklärung, die der Wein der Erlösung stets zur Folge hatte. Das Gesicht strahlte, als würde es von einem inneren Licht erleuchtet, der strenge Mund wurde weich, eine übernatürliche Schönheit ging von ihm aus. Der Heilige Geist wohnte in ihm. Denn nur der Geist konnte das himmlische Licht erblicken.

»*Elaouia, elaouia*«, murmelte Jesus.

»*Elaouia, elaouia, limash baganta*«, rezitierte Judas und lächelte selig.

»Wenn ihr nicht versucht, den Engeln zu gleichen, werdet ihr den Dämonen gleichen«, warnte Elias.

In ihnen glühte ein Feuerschwert, das sich durch den Kopf bis in die Eingeweide bohrte, ein übernatürliches Bewusstsein, ein Erwachen. Ja, sie würden nie wieder von der Schwere des Körpers niedergedrückt werden, sie waren erwacht. Sie waren die Wächter dieser Welt, die Fackeln des Herrn, die Lichter, die die dunklen, dicken Wolken der Söhne der Finsternis besiegen sollten.

Jene, die im Tempel von Jerusalem, ja in allen Tempeln der Welt predigten, jene, die nur die Worte und nicht die Schwingungen des Geistes kannten, würden durch die bloße Existenz der Wächter an den Rand der Hölle gestoßen werden.

Das Gebet stieg in Judas' Geist empor, während sein Körper sich auflöste. Von diesem Körper blieb bald nicht mehr als das Skelett übrig, und der Wüstenwind würde darüber hinwegfegen und die letzten Reste mit sich reißen. Was für ein Glück, in der Wüste dahinzuschmelzen. Die Entrückung ... Er hob ab, blickte aus der Höhe auf sein Gerippe, schwebte immer weiter nach oben.

Aber plötzlich, was war das? War es der Wind, der ihn so rasch auf Jesus zutrieb? War es die spirituelle Macht dieses Mannes, die ihn anzog? Eine unwiderstehliche Kraft trieb ihn, sein Aufsteigen fortzusetzen, gleichzeitig verschmolz er mit Jesus, atmete die heiße Luft, die ihn einhüllte. Da oben berührte er seine Füße. Und während alledem war er hellwach und wusste, dass er zugleich die Göttlichkeit berührte.

Da oben war die Unendlichkeit nur Liebe.
Da oben herrschte pure Reinheit.

Am Tag darauf hatte Judas es Jesus gesagt. Er war gezwungen, es ihm zu sagen, denn er hatte, als er im Morgengrauen erwachte, Jesu Füße geküsst und diesen dabei aus dem Schlaf geholt.

»Herr, ich tu hier auf Erden, was ich gestern Abend in unserer Entrückung tat.«

Jesus war noch halb im Schlaf. Schließlich legte er Judas die Hand auf die Schulter und sagte: »Du weißt also jetzt, was reine Liebe ist.«

»Herr, du wusstest um die Liebe, die ich für dich empfinde. Hast du mich nicht aus diesem Grund erwählt?«

Ja, er liebte Jesus von ganzem Herzen. Und jetzt litt er mit ganzem Herzen.

Schlief er?

Sie betrat mit nackten Füßen den Raum, lautloser als ein Schatten. Sie betrachtete ihn. Einmal mehr wurde ihr bewusst, dass sie ein Nichts war und dieser dort liegende Mann in dem hellen Gewand, mit den aufgelösten Haaren auf dem Strohsack, die Hände über der Brust gefaltet, alles. Die bloße Existenz dieses Mannes erfüllte sie voll und ganz.

Er spürte sie, öffnete die Augen, wandte sich ihr zu und lächelte. Sie fühlte das Verlangen, zu ihm zu stürzen und ihren Mann, der sie mit Todesangst erfüllte, in die Arme zu schließen. Doch sie hielt sich zurück.

Wie sollte sie die Berührung ihres Ehemanns ertragen, der in den Tod ging?

»Wird die Dienerin für immer von den Gedanken ihres Gebieters ausgeschlossen sein?«, bemerkte sie schließlich.

Ein unmerkliches Zucken, ähnlich den kleinen Wellen, die ein Hauch auf dem Wasser erzeugt, lief über Jesu Gesicht.

»Der Einzige, der die Gedanken des Gebieters und der Dienerin kennt, ist der Herr«, erwiderte er. »Erheb deine Gedanken zum Herrn, und du erkennst die Gedanken des Gebieters.«

»Mein Herz zerspringt, wenn es sie sieht.«

»Dein irdisches Herz blutet. Für alles hier auf Erden kommt eine Zeit des Abschieds. Aber wenn wir in Gott vereint sind, können wir nicht getrennt werden. Lehre diesem irdischen Herzen, sich von seinem Schmerz zu verabschieden.«

Sie konnte ihre Tränen nicht mehr zurückhalten. Er forderte von den Seinen eine übermenschliche Kraft. Ihre Gedanken waren wie gelähmt. Er hatte ihr geantwortet: Er würde sich also opfern. Und auf die Gefahr hin, dem Willen des Herrn zu trotzen: Sie wusste, dass sie sich nicht dazu entscheiden konnte. War dieses Opfer denn überhaupt der Wille des Herrn?

Sie wurde sich ihrer Tollkühnheit, ihrer irrsinnigen Anmaßung bewusst. Dem Willen des Herrn die Stirn bieten, was für eine Dreistigkeit! Aber da er ja alles wusste, würde der Herr auch wissen, dass sie nicht vom Satan, sondern von der Liebe inspiriert war.

Sie nickte.

»Schlaf«, sagte sie.

Die scheinbare Gleichmut seiner Frau schien ihn zu verwirren. Sie schloss die Tür hinter sich.

Als sie ins Erdgeschoss kam, rief sie nach dem Verwalter und erteilte ihm Anweisungen. Martha und Lazarus eilten, aufgeschreckt durch den Klang ihrer Stimme, herbei und warfen ihr fragende Blicke zu.

»Hast du ihn gesehen? Was hat er gesagt?«, wollte Lazarus wissen.
»Für alles hier auf Erden kommt eine Zeit des Abschieds.«
Der junge Mann stützte sich auf die Schulter seiner Schwester. Seine Lippen zitterten, er weinte. Sie blieb stark.

Zur selben Stunde betrat Kaiphas in Begleitung eines Priesters, der eine Öllampe und ein Weihrauchsäckchen trug, die Heilige Kammer. Er wechselte die sieben Kerzen der Menora aus massivem Gold und entzündete sie mit der Lampe. Sie würden bis zum Tagesanbruch brennen.

Er griff in das Weihrauchsäckchen, das der Priester inzwischen geöffnet hatte, entnahm ihm eine Messerspitze bräunlicher Körner und verteilte sie über die Glut der beiden mit glühenden Kohlen gefüllten Kupfergefäße. Er warf einen Blick nach Westen auf den doppelten Schleier, der das Allerheiligste abschirmte, zu dem niemand je vordrang, dann sprach er ein langes Gebet, in das sein Begleiter einstimmte.

Als sie das Heiligtum verließen, hatte sich Kaiphas' Miene verdüstert. Sein Herz war schwer, aber er wusste nicht, warum.

Musste man erst auf den Höhepunkt seines Leben gelangen, um zu bemerken, dass man mit einem Fuß am Rande des Abgrunds stand?

11

Die Prüfung

Du beabsichtigst, dich den Plänen des Herrn zu widersetzen?«, fragte Josef von Arimathäa, den Blick starr vor Entsetzen. »Wenn Jesus will, dass die Heilige Schrift sich erfüllt, wer bist du und wer bin ich, dass wir seinem Willen entgegenwirken? Wie könntest du seinem Blick standhalten, wenn dein kühner Plan Erfolg hätte?«

Zu seiner großen Verblüffung hatte Maria ihm soeben den Weg dargelegt, den sie sich ausgedacht hatte, um Jesus dem Kreuz zu entreißen, solange noch Leben in ihm war.

Nikodemus, Martha, Lazarus und Judas nahmen an dem Gespräch teil.

»Ich widersetze mich weder dem Willen Gottes noch dem meines Herrn«, erwiderte Maria entschlossen, »sondern dem Willen der Söhne der Finsternis. Nirgendwo steht geschrieben, dass man ihrer Schändlichkeit nicht entgegenwirken darf. Und es steht auch nirgendwo geschrieben, dass das Opfer den Tod zur Folge haben muss. Wenn wir uns der Kreuzigung widersetzen, erfüllen wir den Willen unseres Herrn bis an die Grenze des Himmels. Wir lassen ihn über die Söhne der Finsternis triumphieren.«

Die Überlegung berührte sie durch ihre Kühnheit. Diese Frau hatte in ihrem Zusammenleben mit Jesus die geistige Beweglichkeit eines Rechtsgelehrten erlangt. Sie erging sich jedoch nicht in Spitzfindigkeiten: Wenn Jesus den Tod besiegte, wäre der Sieg des Herrn umso glänzender. Vielleicht hatte sogar der Geist des Herrn Maria inspiriert.

Sie verharrten einen Moment lang schweigend.

Dann ergriff Judas das Wort: »Ich glaube fast, ein Engel hat Maria besucht. Was sie vorschlägt, entspricht ganz und gar der Lehre unseres Herrn.«

Jeder kannte die Ergebenheit dieses Jüngers gegenüber Jesus. Seine Meinung galt weit mehr als die der anderen.

Josef von Arimathäa richtete sich aus seiner gebückten Haltung auf und nickte. »Dann sei es so«, sagte er. »Nichts in diesem noch in einem anderen Leben könnte mir so viel Freude bereiten, als unseren Herrn einem schändlichen Tod zu entreißen.«

»Die Vollstrecker ...«, wandte Martha ein.

»Die sind leicht zu bestechen«, sagte Josef.

»Ich gebe dir das Geld«, bemerkte Maria.

»Maria, das ist für mich keine Frage des Geldes. Du weißt, wie gern ich diese paar Schekel ausgebe. Es geht um die Organisation des Danach. Unvorstellbar, dass Jesus anschließend in Jerusalem bleibt.«

»Es ist viel zu früh, um darüber zu reden«, meinte Maria. »Aber du hast ganz recht, dir Gedanken zu machen.«

»Was für schreckliche Stunden stehen uns bis zum Ende dieses Passahfests noch bevor«, seufzte Lazarus.

Es war der achtzehnte Nisan, die fünfte Stunde des Nachmittags.

Nach seinem Nachmittagsschlaf überraschte Jesus alle mit seiner Ankündigung, dass er sich zum Abendmahl nach Jerusalem begeben werde. Er schickte Petrus und Johannes aus, alles vorzubereiten.

»Aber wo werden wir essen?«, wollte Petrus wissen.

»Wendet euch an Nikodemus und bittet ihn, uns einen Raum in seinem Haus zur Verfügung zu stellen.«

»Nehmen wir Judas mit, sofern noch Einkäufe zu machen sind«, sagte Johannes. »Er hat das Geld.«

»Das wird nicht nötig sein«, erwiderte Jesus, »ich kenne Nikodemus, er wird nicht zulassen, dass ihr auch nur einen Liard ausgebt oder Brot kauft.«

Er vollzog seine abendliche Reinigung, und sie taten es ihm nach.

In der sechsten Stunde, als der Tag zur Neige ging, nahm Jesus Judas zur Seite. Mit bangem Herzen folgte Judas ihm in den Garten mit den Mandelbäumen.

Sie sahen sich an. Oder vielmehr, Jesus sah Judas an, und dieser hielt seinem Blick stand.

»Judas, wir müssen handeln. Alle warten darauf, dass ich mich des Tempels bemächtige. Aber du weißt, mein Reich ist nicht von dieser Welt.«

Judas schwieg.

»Du bist von allen mein Bruder im Geiste. Du musst also mein Schicksal mitbestimmen – so ist es die Absicht meines Vaters.«

»Was soll ich tun?«

»Die Erfüllung seines Willens vorantreiben.«

»Herr, ich stelle dir erneut die Frage: Was soll ich tun?«

»In der Öffentlichkeit wird kein Sohn der Finsternis Hand an mich legen, denn sie haben zu große Angst vor einem Aufstand. Du musst ihnen enthüllen, wo ich mich nach dem Essen bei Nikodemus aufhalten werde.«

Judas war, als öffnete sich der Boden unter ihm. Er suchte nach einem Halt, weil sich alles um ihn drehte. Er klammerte sich an den Stamm eines Mandelbaums und entdeckte Lazarus, der die Szene aus der Ferne beobachtete.

»Herr ...«

Er wünschte sich den Tod, um sich dieser Prüfung nicht unterziehen zu müssen. Der Blick Jesu war wie ein Schwert auf ihn gerichtet.

»Judas, dein irdisches Ich ist schwach. Doch dein himmlisches, das sich so oft zum Herrn erhob, damals, als wir den Wein der Erlösung tranken, kann sich angesichts der großen Freude, den Willen des Herrn zu erfüllen, nicht auflehnen. Du solltest von dieser Freude erfüllt antworten.«

Judas rang nach Luft.

»Du hilfst mir, mich meines fleischlichen Gewandes zu entledigen, wie man es uns gelehrt hat ...«

»Herr, bitte einen anderen, ich ...«

»Judas, du warst bis heute mein innig geliebter Jünger. Willst du mich in dieser entscheidenden Stunde im Stich lassen?«

»Herr, der Schmerz, der mein Herz durchbohrt, wird es spalten wie eine Axt.«

»Was ist schon dein irdisches Herz, Judas? Wir haben uns zwanzig Jahre lang in der Liebe unseres Vaters Jahwe eins gefühlt. Dieses Opfer ist notwendig, um seinen Zorn heraufzubeschwören. Einen Zorn, dem ich als Erster mich nicht entziehen kann, weil Er mich auserwählt hat. Aber wem sage ich das.«

Judas öffnete den Mund, um einen Schrei auszustoßen, kein stillschweigendes Brüllen. Er fiel Jesus zu Füßen. Seiner Brust entrang sich die Stimme eines unglücklichen Kindes.

»Nein«, stammelte er, »nein, ich flehe dich an, ... nein, nicht ich.« Er küsste die Füße des Herrn und benetzte sie mit seinen Tränen. »Nicht ich ... ich kann das nicht.«

»All die Mühe und all die Gebete sollen also umsonst gewesen sein?«, murmelte Jesus. »Judas, schau, wie du an diese Welt gefesselt bist. Deine Liebe zu einem Geschöpf ist stärker als deine Liebe zum Herrn.«

Die Vorwürfe verstärkten Judas' Qual; fast schwanden ihm die Sinne.

»Judas, hast du vergessen, was ich dich gelehrt habe? Der Geist kann nicht Teil der Schwachen sein. Wenn du nicht zu leiden bereit bist, bleibst du an diese Erde gekettet, wie du es im Augenblick scheinst.« Als er bemerkte, dass Lazarus auf sie zukam, mahnte er: »Steh auf, Judas. Willst du allen dein Elend zeigen? Die Aufgabe ist einfach: Heute Abend verlässt du die Tafel und benachrichtigst den Hohepriester, damit er Zeit hat zu tun, was er tun muss.«

»Frag einen anderen«, sagte Judas erneut und setzte sich auf den Boden.

»Du allein wusstest, wohin der Herr mich führt. Du allein hast den Wein der Erlösung mit mir getrunken. Und jetzt weinst du wie ein Kind, das man bittet, am Grab seines Vaters zu beten. Erheb dich, Lazarus kommt auf uns zu. Verrate zumindest nicht unser Geheimnis.«

»Frag ihn, du hast ihn aus dem Grab zurückgeholt. Vielleicht ist er bereit, dich dorthin zu schicken«, murmelte Judas trotzig, doch zumindest erhob er sich.

»So lautet das Gesetz!«, brummte Jesus. »Es erfordert das Opfer. Oder muss ich dir mein Vertrauen entziehen?«

Das Gesetz: Dieses andere Gesetz, das niemals geschrieben worden war und lediglich in einigen Versen des Deuteronomiums angedeutet wurde.

»Und mich opferst du ebenfalls«, murmelte Judas.

Er bedachte Jesus mit festem Blick. Dieser Mann ... es hatte keinen Sinn, es zu leugnen, es gab auf der Welt keinen anderen Menschen, für den er je so viel Leidenschaft empfunden hatte. Er hatte nicht geheiratet, denn angesichts Jesu besaß er keine leibliche Existenz, er wäre ein schlechter Ehemann und ein schlechter Vater gewesen.

Und wer hätte den Wagemut besessen, eine Familie zu gründen, wenn man immer unterwegs war und diesem menschlichen Stern folgte? Die anderen wussten es nur zu gut: Mit Ausnahme von Johannes und Jakobus, die nie verheiratet gewesen waren und es vielleicht nie sein würden, hatten sie alle Frau und Kinder verlassen, wie der Herr es gefordert hatte.

Aber er, Judas, er liebte ihn. Liebte? Dieses Wort hatte lediglich eine irdische Bedeutung, und so liebte man auf Erden nicht. Nein, er war von einer himmlischen Liebe beseelt.

Lazarus' betrübter, ja verwirrter Gesichtsausdruck stellte nur die eine Frage: Was ist los? Weder Jesus noch Judas konnten antworten. Lazarus hatte gesehen, wie Judas völlig aufgelöst zu Füßen des Herrn gelegen hatte, und die noch nicht getrockneten Tränen auf seinen Wangen zeugten von seinem Leid, aber niemand würde ihm, Lazarus, den Grund dafür erklären.

»Es ist Zeit, in die Stadt zu gehen«, sagte Jesus und hüllte sich in seinen Mantel. »Macht euch bereit.«

Judas entfernte sich. Er hatte Mühe, seinen Schmerz zu verbergen, und dachte an die Worte, deren blutigen Sinn er noch nicht begriffen hatte: *Der Geist kann nicht Teil der Schwachen sein.*

Der Herr hatte ihm einst versichert, er offenbare ihm die Geheimnisse des Königreichs. Aber worin bestanden diese Geheimnisse, außer in der Entrückung der völligen Auflösung im Geiste? Im Leid? Immer wieder Leid, Verzicht, Selbstbeherrschung? Hatte der Herr den Menschen nur geschaffen, um ihn zu lehren, jeden Trost dieser Welt von sich zu weisen? Wer war dieser widerwärtige und abartige Gott?

Dann erinnerte er sich an ihre Lehre: Der Herr ist nicht der Schöpfer. Der Schöpfer ist ein eiskalter Gott. Der andere, sein Sohn, ist der Gott der Güte. Und Jesus war der Sohn des Gottes der Güte. Wenn Judas Jesus im Stich ließ, würde er auch seinen Vater im Stich lassen.

Lazarus blieb ein paar Minuten mit Jesus allein. Es zerriss ihm schier das Herz, so sehr drängte es ihn, seine Frage zu stellen. Doch er erriet die Antwort nur allzu leicht, und außerdem rief Jesus gerade die anderen Jünger herbei. Während sie ihre Sachen zusammentrugen, eilte Lazarus davon, seine Schwestern zu unterrichten.

Er brauchte nicht viele Worte zu machen; sein Gesicht sprach Bände.

»Heute Abend geschieht es«, sagte er mit erstickter Stimme. »Ich glaube, er hat Judas beauftragt, ihn zu verraten. Armer Judas … Ich habe ihn von Weitem gesehen. Er hat sich ihm tränenüberströmt zu Füßen geworfen.«

Maria hielt die Hand vor den Mund, um einen Schrei zu ersticken.

»Armer Judas«, sagte auch Martha.

»Wir werden bei Nikodemus essen«, sagte Lazarus, als ob er ankündigte, in sein Grab zurückzukehren, »und danach sicherlich zum Ölberg gehen.«

»Geh«, sagte Maria in festem Ton zu ihrem Bruder und musterte ihn mit einem entsetzlichen Blick, fast irr vor Entschlossenheit. »Geh und berichte mir, was du siehst.«

Lazarus schlüpfte in sein Leinengewand, das erste Kleidungsstück, das er nach seiner Taufe durch Jesus im Jahr zuvor getragen hatte, und hüllte sich in seinen Mantel. Er machte sich auf den Tod gefasst. Mit Sicherheit würden jene, die Jesus verhafteten, alle seine Gefährten niedermetzeln. Er würde also in seinem ersten Gewand als Jünger sterben. Und dieses Mal würde ihn niemand aus dem Grab holen.

Wenige Augenblicke später liefen die zwölf Männer mit Jesus an der Spitze den Weg nach Jerusalem hinunter. Eine einzige Fackel, die Johannes trug, erhellte den Weg. Sie würden in knapp einer Stunde ankommen.

Lazarus ließ Judas nicht aus den Augen, der es schließlich merkte und ihm sein erbarmungswürdiges Gesicht zuwandte. Lazarus ging zu ihm und legte ihm leicht die Hand auf den Arm.

»Ich glaube, ich weiß, nein, mein Gefühl sagt mir, was er dir befohlen hat«, flüsterte Lazarus.

Judas blieb stumm, schaute aber neugierig.

Lazarus drückte seinen Arm. »Judas, selbst wenn sie ihn festnehmen: Er wird nicht sterben.«

Judas wirkte verblüfft. »Sie werden ihn am Ölberg mitten in der Nacht ermorden«, murmelte er.

»Dann müssen sie uns ebenfalls töten«, konterte Lazarus und kämpfte mit diesem Einwand gegen die Gefahr an, die auch er sich ausgemalt hatte.

»Als ob sich diese Leute von ein paar Toten mehr oder weniger abschrecken ließen.«

»Nein, ich sage es dir. Sie werden ihn nicht auf dem Ölberg töten. Ich kenne sie. Sie wollen ein Exempel statuieren. Hab Vertrauen.«

Aber Judas' Blick blieb ausdruckslos.

Lazarus zog ihn an sich und umarmte ihn. Doch er hatte das Gefühl, einen leblosen Körper im Arm zu halten. Dann nahmen sie ihren Weg wieder auf und reihten sich in die lange Schlange der anderen ein.

Nikodemus hatte ihnen den Raum im ersten Stockwerk des Hauses in der Oberstadt reserviert. Wie Jesus vorausgesagt hatte, sorgte Nikodemus selbst für alles. Petrus und Johannes brauchten nur noch die Teller zu verteilen.

Sie waren vierzehn. Sie setzten sich jeweils zu siebt an die beiden Seiten der langen Tafel auf die Bänke, die aus auf Böcken gelegten Brettern bestanden, Jesus in der Mitte der rechten Seite mit Blick zur Tür. Bedienstete trugen eine große Platte mit gebratenen Lammstücken, Lauch- und Kopfsalat, Schalen mit Oliven, Brot, sieben Krüge Wein, einen Korb mit Datteln und getrockneten Feigen auf.

Jesus beobachtete ihr Tun, bat dann einen von ihnen um eine Schüssel, einen Krug Wasser und ein Handtuch. Zur allgemeinen Verblüffung entkleidete er sich bis aufs Hemd.

»Bleibt sitzen«, befahl er seinen Jüngern.

Verdutzt leisteten sie ihm Folge. Und er fing an, dem Jünger, der am äußeren Ende einer Bank saß, Matthäus, die Füße zu waschen. Danach rieb er sie trocken. Mit Ausnahme von Judas und Lazarus, die wussten, dass diese Waschung eine verkürzte Form der Initiationstaufe der Essener war, begriff keiner der Jünger, was hier vor sich ging.

»Wie, Herr, du willst mir die Füße waschen?«, rief Petrus.

»Heute Abend verstehst du nicht, was ich hier tue, aber eines Tages wirst du es verstehen.«

»Es kommt nicht infrage, dass du mir die Füße wäschst!«

»Wenn ich es nicht tue, befindest du dich nicht in einer Gemeinschaft mit mir«, erwiderte Jesus, der sich nicht aus der Ruhe bringen ließ.

»Dann wasch mir auch den Kopf und die Hände.«

»Ein Mann, der sich bereits gewaschen hat, braucht nicht noch einmal gewaschen zu werden.«

Die Zeremonie wurde ihnen immer unverständlicher: Warum wurden, da sich doch alle gewaschen hatten, ausgerechnet die Füße erneut einer Reinigung unterzogen? Besaßen sie einen Symbolwert? Und falls ja, welchen?

Als Judas an die Reihe kam, ließ er Jesus wortlos gewähren. Während Jesus seine Füße abtrocknete, blickte er zu seinem Jünger auf. Einen kurzen Moment lang tauschten sie einen intensiven Blick. Nur Lazarus bemerkte ihn.

Am Ende richtete sich Jesus auf und kleidete sich wieder an. Dann setzte er sich.

»Habt ihr verstanden, was ich für euch getan habe? Ihr nennt mich *Herr* und habt recht damit, denn das bin ich. Wenn ich, euer Herr, eure Füße gewaschen habe, müsst ihr das Gleiche mit den anderen tun. Ich habe euch ein Beispiel gegeben: Ihr müsst für die anderen tun, was ich für euch getan habe. Wahrlich, ich sage euch, ein Diener ist nicht bedeutender als sein Herr, noch der Bote wichtiger als derjenige, der ihn sendet. Wenn ihr das wisst, wird es euch glücklich machen, entsprechend zu handeln.«

Ihre Mienen ließen ihn bezweifeln, dass sie begriffen hatten. Wenn ein Diener nicht bedeutender war als sein Herr, weshalb hatte sich dann der Herr soeben erniedrigt, ihre Füße zu waschen?

Er brach das Brot, verteilte es, und auf seine Aufforderung hin griffen sie zu den Speisen, während Petrus und Bartholomäus zu beiden Seiten des Tisches die Weinbecher füllten.

»Ich meine nicht euch alle«, fuhr er fort. »Ich weiß, wen ich gewählt habe. Aber ein Text der Heiligen Schrift muss erfüllt werden: *Jener, der Brot mit mir bricht, hat sich gegen mich erhoben.* Ich sage es euch jetzt, bevor geschieht, was geschehen muss, damit ihr glauben könnt, was ich bin. Erinnert euch an meine Worte: Derjenige, der einen meiner Boten empfängt, empfängt mich, und dadurch empfängt er jenen, der mich gesandt hat.«

Während sie dem Fleisch zusprachen, bemühten sie sich, dem Gedankengang ihres Herrn zu folgen, aber vergeblich. Wer hatte sich denn erhoben? Und warum? Und welches Ereignis kündigte er an? Plötzlich schien sich Jesus in einem Zustand großer Erregung zu befinden.

»Wahrlich, ich sage euch, einer von euch wird mich ausliefern.«

Sie warfen sich fragende Blicke zu: Ihn ausliefern? Aber wem? Kaiphas? Weshalb eine solche Abscheulichkeit? Und wer war dieser Verräter?

»Frag ihn, wer es ist«, flüsterte Petrus Johannes zu, der neben Jesus saß.

Johannes gab die Frage weiter. Ein Schauer durchlief die Männer, die einen beugten sich vor, die anderen wichen zurück, Köpfe wandten sich hierhin und dorthin. Lazarus warf Judas erneut einen Blick zu.

»Ihm reiche ich dieses Stück Brot, wenn ich es in den Teller getaucht habe«, sagte Jesus, tunkte das Brot in die Lammsauce und hielt es Judas hin.

Dieser warf ihm einen langen Blick zu, bevor er es schließlich ergriff.

»Iss es, jetzt.«

Judas tat, wie ihm geheißen.

»Und nun tu rasch, was du tun musst«, befahl ihm Jesus.

Es wurde immer unverständlicher. Aber Judas erhob sich und ging hinaus.

Was für einen dunklen Plan heckten der Herr und Judas aus? Eine unerträgliche Stille legte sich auf die Versammelten.

»Jetzt wird der Menschensohn verherrlicht«, sagte Jesus, »und in ihm Jahwe. Und wenn Jahwe in ihm verherrlicht ist, wird Jahwe selbst verherrlicht, und er wird Ihn verherrlichen.«

Sie warteten auf eine Erklärung all dieser Mysterien.

»Meine Kinder«, fuhr er fort, »ich bin nur noch wenige Zeit bei euch, dann werdet ihr nach mir suchen. Und wie ich allen gesagt habe und wie ich euch erneut sage, könnt ihr mir nicht folgen, wohin ich gehe. Ich gebe euch ein neues Gebot: Liebet einander, wie ich euch geliebt habe. Wenn diese Liebe zwischen euch herrscht, wisst ihr, dass ihr meine Jünger seid.«

Seine Worten wurden immer rätselhafter.

»Wohin gehst du, Herr?«, fragte Petrus.

»Du kannst mir nicht folgen, wohin ich gehe, aber eines Tages wirst du es tun.«

»Warum kann ich dir nicht jetzt folgen? Ich würde mein Leben für dich geben.«

»Du würdest wirklich dein Leben für mich geben? In Wahrheit, so sage ich dir, noch bevor der Hahn kräht, wirst du mich dreimal verleugnet haben. Wohin ich gehe, gehe ich, um euch einen Platz zu bereiten. Und ich werde wiederkehren, um euch zu empfangen, damit ihr an meiner Seite seid. Ihr kennt den Weg, den ich gehen werde.«

»Wie können wir diesen Weg kennen, Herr, wenn wir nicht wissen, wohin du gehst?«

»Ich bin der Weg, ich bin die Wahrheit und das Leben. Niemand geht zum Vater ohne meine Vermittlung. Der Friede ist das Geschenk, das ich euch mache, indem ich gehe. Es ist ein Friede, wie ihn die Welt nicht geben kann. Beruhigt eure bekümmerten Herzen und beherrscht eure Ängste.« Er nahm einen Schluck Wein. »Ich kann nicht mehr länger zu euch reden, denn der Fürst der Welt nähert sich. Er hat keine Gewalt über mich, aber ich muss der Welt meine Liebe zum Vater zeigen, ich muss ihr zeigen, dass ich erfülle, was Er befiehlt. Erhebt euch und lasst uns gehen.«

Sie erhoben sich, verblüffter und ratloser denn je zuvor.

Wer war der Fürst dieser Welt? Sie ahnten nicht, dass einer von ihnen es wusste. Und wohin war Judas gegangen?

12

Der Judaskuss

Eine knappe halbe Stunde Fußmarsch trennte das Haus des Nikodemus von dem des Kaiphas. Schluchzend, wie starr vor Entsetzen und Angst, brauchte Judas für diesen Weg mehr als die doppelte Zeit. Sein unsicherer Gang schien der eines Lahmen, der jeden Moment zu fallen drohte, oder der eines verhexten Gauklers, der sich nach allen Seiten verrenkte.

Der Aprilhimmel glich reinem Indigoblau. Es ging auf die neunte Stunde des Nachmittags zu.

»Was willst du?«

Die barsche Stimme eines römischen Soldaten, der an der Tür zum hasmonäischen Palast die Ruhe von Pilatus, Herodes Antipas und des Hohepriesters bewachte, schreckte Judas aus seiner schlafwandlerischen Trance auf.

»Ich möchte zu Kaiphas.«

Der Wachposten, wie die meisten seiner Kameraden in Jerusalem ein Orientale, Syrer oder Nabatäer, hatte sich einen römischen Dünkel zugelegt. Er musterte Judas von Kopf bis Fuß. Judas verstand diesen Blick richtig. Ein Jude, wie man an der Kleidung, dem Bart und dergleichen erkannte. Der Wachposten winkte ihn mit einer Bewegung des Kinns durch.

Sechs Fackeln beleuchteten den weiten Hof, der die drei großen Haupttrakte voneinander trennte. Judas taumelte. Er wusste nicht, welche Richtung er einschlagen sollte, und folgte mit seinem Blick fasziniert einer Katze, die gleichmütig ihres Weges ging.

»Nach links«, rief der Wachposten, der ihn beobachtete und vermutlich für einen Betrunkenen oder Irren hielt. Seine Stimme dröhnte über die Steine des Hofs wie ein Befehl aus der Hölle.

Judas zuckte zusammen, ging durch eine dunkle Säulenhalle und erschreckte sich angesichts des Schattens, den die Flammen einer an der Mauer befestigten Fackel warfen und der auf dem monumentalen Portal einen wilden Tanz aufführte. Wenn sich die Tür öffnete, würden sich vielleicht Dämonen mit scharfen Zähnen auf ihn stürzen und ihn zerreißen.

Es überraschte ihn, wie schnell man auf die Schläge des bronzenen Türklopfers reagierte. Ein Levite öffnete einen Flügel der Tür und maß Judas mit seinem Blick.

»Was willst du?«

Wenige Minuten zuvor hatte man ihm dieselbe Frage gestellt, und er begriff, dass er nichts wollte: Er *wurde gewollt*. Er besaß keinen eigenen Willen mehr. Judas der Iskariot war eine Marionette, die von weiß der Himmel welchen übernatürlichen Mächten geschaffen worden war. Zu diesem Zeitpunkt hatte er bereits all seine Tränen vergossen. Er dachte an die anderen im Haus des Nikodemus. Bestimmt hatten sie inzwischen das Mahl beendet und waren nun auf dem Weg nach Gethsemane.

Er sah in einen großen Saal, der von einem siebenarmigen Leuchter erhellt wurde.

»Ich möchte den Hohepriester sprechen.«

»Um diese Zeit?«

»Ich habe ihm etwas Wichtiges mitzuteilen.«

»Komm morgen wieder.«

»Er will wissen, wo sich Jesus um diese Zeit befindet. Sag ihm, dass ich es weiß.«

Der Levite schien wie von einer Schlange gebissen. Urplötzlich begann er zu zittern, seine Augen wurden starr.

»Was sagst du da?«

»Ich sage, dass der Hohepriester wissen will, wo sich Jesus zu dieser Stunde aufhält, und dass ich es weiß.«

»Wer bist du?«

»Judas.«

»Judas wer?«

»Judas der Iskariot.«

»Woher willst du wissen, wo Jesus ist?«

»Ich bin einer seiner Jünger.«

Der Levite bohrte seinen Blick in Judas' Gesicht.

»Ezra!«, rief er. »Ezra!«

Ein pausbäckiger Mann tauchte auf und schien seine Körperfülle aus einer Dunkelheit zu schleppen, die keine Lampen der Welt je würden vertreiben können.

»Ezra, sag dem Hohepriester Bescheid. Ein Jünger Jesu ist hier, um uns zu sagen, wo der Abtrünnige sich aufhält.«

Ezra schien die Nachricht nicht fassen zu können, verschwand dann jedoch eilends. Judas wurde in die Residenz geführt, und der Levite schloss die Tür hinter ihm, als befürchtete er, der Iskariot könne seine Meinung ändern und die Flucht ergreifen. Wenige Augenblicke später trat Kaiphas ein. Er bewegte sich langsam, zögerlich und musterte den rätselhaften und unverhofften Besucher. Judas betrachtete einen Moment lang das verhöhnte Oberhaupt des Schöpferkults. Undeutlich hörte er, wie der Levite den Grund seines Kommens darlegte.

Kaiphas blieb vor dem Besucher stehen und runzelte die Stirn.

»Du bist ein Jünger Jesu?«

»Ja.«

»Und du willst mir verraten, wo er sich im Augenblick befindet?«

»In einer Stunde wird er mit seinen Jüngern am Ölberg sein.«

»Der Ölberg ist weitläufig.«

»Ich weiß aber die genaue Stelle.«

Kaiphas brauchte eine Zeit, die Nachricht zu verarbeiten. Dann befahl er Ezra, der das Gespräch verfolgt hatte: »Hol den Hauptmann und Saul herbei, dann den Statthalter. Und benachrichtige sofort meinen Schwiegervater.«

Fünf Personen tauchten nach und nach in der großen Eingangshalle des hasmonäischen Palasts auf. Bald darauf noch drei. Judas erriet, dass einer davon, ein gebieterischer Greis, Kaiphas' Schwiegervater Annas war. Doch selbst wenn in diesem Augenblick der Allerhöchste oder Belial persönlich vor ihm erschienen wäre, hätte er nicht mehr Erregung gezeigt.

Eine seltsame Person, ein Zwerg mit krummen Beinen, pflanzte sich vor Judas auf und musterte ihn. Dann kam der Hauptmann der Tempelwächter, den Judas schon einmal im Tempel gesehen hatte.

Annas näherte sich Judas und reckte den Hals. »Du bist gekommen, uns zu sagen, wo sich Jesus aufhält?«, fragte er.

»Ja.«

»Warum?«

»Er ist nicht der Messias, auf den ich gewartet habe.«

Wo nur kamen diese Worte her? Vielleicht entsprachen sie seiner geheimen Vorstellung. Er hatte einst geglaubt, dass der Messias den Seinen nur Frieden und Glück bringen würde, nicht solche Qualen, wie er sie litt.

Doch seine Worte hatten eine ganz andere Wirkung auf die Männer: die einer Ohrfeige. Was für einen Messias erwartete denn dieser Verräter? Aber es war nicht der geeignete Zeitpunkt, über Theologie zu debattieren. Sie hatten von Gamaliel schon genug gehört.

»Du sagst, du bist einer seiner Jünger?«, vergewisserte sich Kaiphas.

»Ja.«

»Wie viel willst du?« Der Hohepriester flüsterte Ezra etwas ins Ohr, worauf dieser eilends den Raum verließ. Dann wiederholte er seine Frage: »Wie viel willst du?«

Judas hatte nicht darüber nachgedacht. Doch ein Verrat ohne Entlohnung würde verdächtig erscheinen.

»Wie viel?«, donnerte Kaiphas.

Der Iskariot runzelte die Stirn.

»Ist es ein Racheakt?«, erkundigte sich der Zwerg.

Judas zuckte die Schultern. Jetzt wusste er sicher, dass die Hölle hier auf Erden war. Jesus hatte recht: Die Erde gehörte dem Fürsten dieser Welt, kein Zweifel, dieser Ort war das Vorzimmer der Gehenna. Nun begriff er, dass Jesus sich seiner leiblichen Hülle entledigen wollte.

Ezra kehrte zurück, in Begleitung eines römischen Leutnants in Helm, Harnisch und Beinschutz. Alles glänzte im Licht der Lampen.

»Wie viele sind bei ihm?«, fragte Saul.

»Zwölf.«

»Zwölf? Da du hier bist, dürften es nur elf sein.«

»Der wiedererweckte Lazarus ist mit dabei.«

Sie warfen sich einen Blick zu.

»Wie viel willst du?«

Immer wieder diese Frage.

»Dreißig Schekel«, sagte Kaiphas schließlich in trockenem Ton, als er wieder keine Antwort erhielt.

Der Preis für den Loskauf eines Sklaven.

Weshalb stirbt man nicht, wenn man es will? Einfach, um mit

dieser Welt abzuschließen? Aber man stirbt ohne Zweifel nicht mehr in der Hölle.

»Dreißig Schekel?«, hakte Kaiphas nach.

Judas nickte.

»Du bekommst sie, wenn wir ihn festgenommen haben, wenn das stimmt, was du sagst.«

»Du kommst mit uns«, sagte Saul. »Du musst uns den Mann zeigen. Nicht, dass wir in der Dunkelheit noch den Falschen erwischen.«

Wenige Augenblicke später verließen der Hauptmann der Tempelwache, der römische Leutnant und Saul in Begleitung von Judas den Palast. Im Hof warteten etwa sechzig Männer, davon zwanzig römische Soldaten mit Schwertern im Gürtel – eine Schattenarmee im rötlichen Licht der Fackeln. Seit Judas' Eintreffen war eine Stunde verstrichen.

Sie setzten sich in Bewegung.

Judas erinnerte sich, dass Jesus, als er in die Stadt eingezogen war, in der er sich krönen hatte lassen wollen, Tränen über sie vergossen hatte, denn er hatte gewusst, dass ihr Ende bevorstand.

Mit Fackeln in der Hand folgten sie Judas.

Nachdem sie die Stadt hinter sich gelassen hatten, erlebten sie ein grandioses Naturschauspiel. Vom Boden waberte Nebel auf und stieg immer höher, je weiter sie sich dem Ölberg näherten. Bald reichte er ihnen bis zur Brust und erstickte sämtliche Geräusche. Sauls Kopf ragte nur noch knapp heraus, und das machte ihn zunehmend wütend. Er wirkte wie ein Geköpfter, der sich darauf versteifte zu überleben und doch manchmal Gefahr lief, in dieser dicken niedrigen Wolke zu verschwinden. Eine grauenhafte Vorstellung. Vom Licht der Fackeln vergoldet, umhüllte der Nebel den Trupp wie ein riesiges Leichentuch, das sie in die Verdammnis führen würde. Oder war er vielleicht ein Gespinst aus den Seelen der zahllosen Toten? Auf jeden Fall war er ein düsteres Vorzeichen.

Sie erklommen die Seite des Hügels, der zu einer Kelterei namens Gethsemane führte. Schwer atmend, einige immer wieder niesend, gelangten sie in ihren klirrenden Rüstungen zu einer nebelfreien Lichtung unter abgebrochenen Ästen. Am Beckenrand des größten Kelters erkannten sie menschliche Gestalten, die am Boden lagen, und einen Mann, der aufrecht stand.

Judas schritt auf den Mann zu.

»Dein Wille ist geschehen«, sagte er mit einer Stimme, die ihm fremd in den Ohren klang. Dann erfasste ihn Entsetzen. Sie würden Jesus auf der Stelle töten. Wie einen dahergelaufenen Räuber. Und ihn irgendwo verscharren. Er heulte auf.

Seine Gefährten, die geschlafen oder auch nur gedöst hatten, richteten sich auf, blinzelten und erschraken. Was war hier los?

Jesus blickte seinen Häschern entgegen, die nun, die Legionäre voran, über die Lichtung auf ihn zukamen. Vor den Jüngern, die inzwischen aufgestanden und voller Panik waren, legte er seinen Arm um Judas' Schulter, zog ihn an sich und gab ihm einen Kuss auf die Wange. Dieser betrachtete ihn fassungslos: Blut rann über die Stirn, die Wangen und den Hals Jesu. Sogar seine Hände bluteten. Was war geschehen? Hatte er sich an Dornen gestochen? Es sah aus wie Blutschweiß.

Vom Schlaf noch benommen, begriffen die Jünger lediglich die Anwesenheit der bewaffneten Männer. Aber warum hatte Jesus Judas geküsst? Oder war es umgekehrt gewesen?

Lazarus' Kehle war derart trocken, dass er nicht einmal mehr schlucken konnte. Er war bereit, sich auf den Ersten zu stürzen, der Hand an Jesus legen würde.

Verstimmt, dass seine Aufgabe vom nächsten Tag durch den Verrat des Judas hinfällig geworden war, rief Saul, der sich durch die Anwesenheit der Tempelwächter und der Legionäre stark fühlte: »Nehmt alle fest.«

Aber Jesus ging auf die Männer zu und fragte: »Wen sucht ihr?«

»Jesus.«

»Und ihr habt eine Armee aufgestellt, um mich festzunehmen? Ich bin der, den ihr sucht. Lasst die anderen in Ruhe ziehen.«

Doch wie eine Hundemeute, die Blut gerochen hat, gingen Sauls Schergen auf die Jünger los. Petrus lieferte sich mit einem ein Handgemenge, zog ein Messer und verletzte ihn am Ohr. Der Mann brüllte auf, und es begann eine wilde Prügelei. Der Hauptmann der Tempelwächter rief Saul einen Befehl zu, und dieser gab ihn an seine Männer weiter. Die Söldner ließen fluchend von ihrer Beute ab. Einer von ihnen hielt verdattert ein Leinengewand in den Händen und sah, wie der Mann, dem es gehörte, nackt zum Gipfel des Hügels rannte.

Die Jünger waren in alle Richtungen geflohen. Nur Jesus und Judas standen noch da. Auch sie sahen den nackten Flüchtling und erkannten in ihm Lazarus.

»Dann los«, befahl der Hauptmann der Tempelwächter. »Auf nach Jerusalem.«

Lazarus beobachtete aus der Ferne den Zug und weinte vor Erleichterung. Nein, sie hatten ihn nicht getötet.

13

»Das Urteil, das du ihm eingeflüstert hast, wird jahrhundertelang nachhallen!«

Als die Hunde anschlugen, öffnete Maria, die am Tisch sitzend eingenickt war, die Tür und sah sich einem nackten Mann gegenüber.

»Lazarus!« Sie lief eine Decke holen und schlang sie um ihren Bruder. »Komm ans Feuer.«

Er fror, aber offensichtlich nicht nur wegen der Kälte. Seine Haltung sprach für sich. Er setzte sich auf einen Schemel vor die Feuerstelle.

»Lebt er?«, fragte sie und reichte ihm einen Becher Wein.

Er nickte, dann trank er in kleinen Schlucken.

Die Hunde bellten erneut. Dieses Mal kam Judas. Oder sein Geist? Kaum eingetreten, setzte er sich auf den Boden, lehnte sich gegen die Mauer und senkte den Kopf. Sicher hätte er bis in alle Ewigkeit so verharrt, wenn Maria ihm nicht ebenfalls einen Becher gereicht hätte. Er brauchte eine halbe Unendlichkeit, bis er danach griff, und dann benetzte er nur seine Lippen.

»Dreißig Schekel«, flüsterte er nach einem langen Schweigen.

»Dreißig Schekel? Was meinst du damit?«

»So viel wollten sie mir bezahlen.«

»Und du hast sie genommen?«

»Das wäre ja noch schöner!«, rief er und schüttelte den Kopf. Der Hohepriester hatte die Bezahlung von der Festnahme Jesu abhängig gemacht, aber Judas war nicht in Kaiphas' Residenz zurückgekehrt.

»Sobald einer von euch wieder laufen kann, muss er mit mir nach Jerusalem, um herauszufinden, was noch passiert ist«, sagte Maria. »Aber das Wichtigste ist, dass sie ihn nicht getötet haben.«

Judas bedachte sie mit einem trüben Blick. Herauszufinden, was noch passiert ist? Was konnte noch Schlimmeres passiert sein? Dann erinnerte er sich: Sie hatte beschlossen, dass Jesus nicht sterben sollte.

»Sie haben ihn bestimmt zu Kaiphas gebracht«, sagte Lazarus.

»Lasst mich ein wenig ausruhen, dann gehe ich«, erwiderte Judas.

»Ich komme mit«, entschied Lazarus. »Aber was können wir tun?«

»Kaiphas drohen«, sagte Judas.

Die Ausgefallenheit dieses Vorschlags machte Maria und ihren Bruder sprachlos.

»Womit denn?«, fragte Maria schließlich.

»Damit, dass wir, falls er das Leben Jesu bedroht, Gamaliel mit der Verteidigung des Angeklagten beauftragen. Schließlich hat Jesus lediglich die Thora nach dem Deuteronomium gelehrt. Das wäre dem Ansehen des Hohepriesters nicht gerade zuträglich.«

»Was bringt dich auf den Gedanken, dass Gamaliel Jesus verteidigen würde?«, wollte Maria wissen.

»Stell die Frage mal Josef von Arimathäa, denn er ist ein Mitglied des Hohen Rats.«

Sie wirkte unschlüssig. Sie setzte auf Josefs Zustimmung zu einem anderen Plan. Aber auf eine Beeinflussung Kaiphas' bauen, dieses missgünstigen Despoten, der nur auf seinen Schwiegervater hörte?

»Und du glaubst tatsächlich, Gamaliel würde die Verteidigung Jesu übernehmen?«

Judas nickte. Er wusste, dass der Rechtsgelehrte einen Schüler ausgesandt hatte, sich über Jesus zu informieren. Auch Lazarus war nachdenklich. Kaiphas zu drohen würde ein Erdbeben in Jerusalem auslösen. Aber wie geringfügig wäre das im Vergleich zur Festnahme Jesu!

Allmählich wich die Kälte aus seinen Gliedern. Er erhob sich und verkündete, dass er sich ankleiden werde. Als er zurückkehrte, reichte Judas ihm die Börse, die er aus seiner Tasche geholt hatte.

»Da«, sagte er. »Ich glaube nicht, dass ich länger Schatzmeister sein kann. Gib sie den anderen, sie sollen nicht denken, dass ich mich damit aus dem Staub gemacht habe.«

Lazarus ließ die Börse in seine Manteltasche gleiten.

Noch vor Tagesanbruch gelangten sie in die Oberstadt. Hier herrschte ein für diese Stunde ungewöhnlich reges Treiben, und in mehreren Häusern in der Nähe des hasmonäischen Palasts brannten Lampen.

Auch wenn die heimliche Festnahme Jesu den vom Hohepriester so sehr gefürchteten Volksaufstand verhindert hatte, war sie doch keineswegs unbeachtet geblieben. Der Aufmarsch von etwa sechzig bewaffneten Männern zur späten Nachtstunde hatte mehr als einen Bürger aus dem Schlaf gerissen. Dann hatten die Bediensteten der drei Palasthaushalte zu reden angefangen. Und die Nachricht verbreitete sich von Haus zu Haus: Jesus war verhaftet worden, der Mann, der fünf Tage zuvor wie ein König in Jerusalem eingezogen war.

Als Lazarus und Judas den Haupthof des hasmonäischen Palasts betraten, wimmelte es dort von Menschen. Legionäre, Tempelwächter und Sauls Schergen stärkten sich mit einer Schale Milch oder heißem Wein, mit Pfannkuchen und getrockneten Feigen. Sie scharten sich um die Kohlebecken, die von den Bediensteten des Pilatus, des Herodes und des Hohepriesters in den Vorhallen aufgestellt worden waren, denn die Kälte des Nisan und auch die Feuchtigkeit hatten in den letzten Stunden zugenommen. Gaffer standen herum: Alle wussten, was geschehen war, und warteten auf die weitere Entwicklung der Ereignisse. Judas und Lazarus entdeckten Nikodemus und Josef von Arimathäa und etwas weiter entfernt ein paar Jünger.

Als Josef von Arimathäa den Blick über die Menge schweifen ließ, sah er die beiden auf sich zukommen. Sie umarmten sich.

»Weißt du, wo Jesus ist?«, erkundigte sich Lazarus.

»Er wurde zuerst Annas und Kaiphas vorgeführt. Kaiphas fragte ihn, warum er Ideen verbreite, die der jüdischen Religion feindselig gegenüberstünden, und Jesus antwortete, dass er lediglich verkündet habe, was im Deuteronomium geschrieben stehe, und nichts anderes. *Fragt jene, die mich gehört haben, sie wissen es.* Daraufhin geriet Kaiphas in Zorn. *Dich frage ich, nicht sie!* Aber unser Herr hat sich nicht einschüchtern lassen: *Wenn ich etwas unterlassen habe, sagt es, und wenn ich die Wahrheit gesagt habe, warum schlagt ihr mich dann?* Im Augenblick ist er im Gewahrsam der Tempelwächter. Ich weiß nicht, was sie vorhaben.«

Nikodemus trat zu ihnen.

»Josef, Nikodemus«, erklärte Lazarus in fast feierlichem Ton, »ich werde jetzt zu Kaiphas gehen und ihm sagen, dass Gamaliel die Verteidigung unseres Herrn übernehmen wird, falls er vorhat, Jesus vor Gericht zu stellen, und dass er und sein Schwiegervater dies büßen würden.«

»Ich begleite dich«, sagte Nikodemus in einem Ton, der keinen Widerspruch duldete.

»Ich auch«, warf Josef von Arimathäa ein.

»Aber wir müssen uns erst versichern, ob Gamaliel überhaupt dazu bereit ist«, bemerkte Judas.

»Das ist nicht nötig«, widersprach Josef. »Ich kenne ihn. Er ist ein aufrechter, frommer Mann. Er würde höchstpersönlich sein Haus zerstören, müsste er erfahren, dass es auf geraubtem Grund erbaut wurde.«

»Hat ihn seit der Festnahme jemand gesehen?«, fragte Lazarus.

»Ich habe ihn benachrichtigen lassen«, erwiderte Josef.

Es war weit nach Mitternacht, als Kaiphas' Diener seinem Herrn den Besuch von vier Männern ankündigte. Vier, weil sich Gamaliel spontan angeschlossen hatte. Sie wurden in den Saal geführt. Dort saßen Kaiphas und sein Schwiegervater an einem niedrigen Tisch und tranken heiße Milch. Als sie die Besucher sahen, erhoben sie sich verblüfft. Was bedeutete Gamaliels Anwesenheit? Von den drei anderen wusste man ja, dass sie Anhänger oder Jünger Jesu waren, aber Gamaliel?

Einen langen Augenblick standen sie sich schweigend gegenüber. Worte sind angesichts der Wirklichkeit oft dürftig. Was bedeutet der Begriff »Schmerz« für den, dem man die Kehle durchtrennt? Und »Freude« für den, der aus dem Grab aufersteht?

Vermutlich unter der Einwirkung der Kühle des nahenden Morgens, die wie diese erbärmlichen kleinen Totengeister, die die Römer Lemuren nannten, über die Steinplatten huschte, bewegte Annas seine arthritischen Zehen in den Sandalen aus Kalbsleder. Es war das einzige, ein merkwürdiges Lebenszeichen dieses unförmigen, in Wollstoff gekleideten Körpers, an dessen oberem Ende über einem schneeweißen Bart Falkenaugen die Besucher anstarrten.

»Wo ist Jesus?«, fragte Josef von Arimathäa statt einer Begrüßung.
Die barsche Frage ließ den Hohepriester und seinen Schwiegervater zusammenzucken.
»Was soll diese Frage?«, konterte Kaiphas. Die Worte knallten wie ein Peitschenhieb.
»Diese Frage stelle ich dir als Mitglied unseres heiligen Hohen Rats«, erwiderte Josef. »Wir wissen, dass du ihn heute Nacht mithilfe heidnischer Komplizen wie einen Übeltäter hast festnehmen lassen.«
Kaiphas wurde puterrot. »Josef ...«
»Dieser Mann ist unschuldig. Und der Beweis ist, dass Gamaliel seine Verteidigung übernehmen wird.«
Der Hohepriester bebte vor Zorn. Seine Nerven waren durch die schlaflose Nacht angeschlagen.
»Josef, forderst du mich heraus? Um diesen Galiläer zu verteidigen, der mit der Absicht in Jerusalem eingezogen ist, sich zum König krönen zu lassen? Weißt du, was seine Krönung bedeutet hätte? Das Blut Tausender Juden in den Straßen!«
»Er wurde aber nicht gekrönt.«
»Wenn wir nicht Einhalt geboten hätten, wäre er noch am Passahfest zum König gesalbt worden. Und du, Gamaliel, hättest du die Verantwortung für das folgende Blutbad übernommen?«
»Wer sagt, dass es ein Blutbad gegeben hätte?«, unterbrach ihn Nikodemus. »Pilatus ist ihm wohlgesinnt.«
»Pilatus ist ein Dummkopf«, bemerkte Annas, der bislang geschwiegen hatte. »Er hat keine Ahnung von dieser Erde, auf der er lebt, und von diesem Volk. Wenn sich unsere Anhänger und die von Jesus auf der Straße gegenseitig niedergemetzelt hätten, wäre er gezwungen gewesen, die Ordnung wiederherzustellen. Was die Unschuld dieses Jesus angeht, würde ich nun gern Gamaliels Verteidigungsrede hören.«

Das war eine Herausforderung.

»Nach unserem Recht hat er keinerlei Verbrechen begangen, auch keine Gotteslästerung ...«

»Er sagte, er sei der Sohn des Allmächtigen«, bellte Annas.

»Als vom Allmächtigen geschaffene Geschöpfe sind wir seit Adam alle Seine Söhne im Geist und im Körper«, konterte Gamaliel. »Der Kampf, den ihr gegen ihn anstrengt, ist ein Bruderkrieg, noch mehr als der, den ihr so fürchtet.«

Alle schwiegen.

»Kaiphas, ich achte deine Sorge«, sagte Josef. »Daher schlage ich vor, Jesus erst nach dem Passahfest freizulassen.«

»Das hätte keinerlei Sinn«, erwiderte Kaiphas. »Er würde seine Sache weitertreiben.« Er musterte Josef. »Anhänger wie du und Nikodemus, ganz zu schweigen vom verehrten Gamaliel, lassen darauf schließen, dass die Gefahr nach dem Passahfest nicht vorüber ist. Jesus der Nazarener wird vor Gericht gestellt.«

»Und welches Urteil hast du im Sinn?«, erkundigte sich Josef.

»Die Todesstrafe.«

Lazarus schrie auf und zeigte mit dem Finger auf Kaiphas und Annas.

»Dieser Mann hat mich aus dem Grab geholt«, sagte er mit rauer Stimme. »Ihr wollt einen von Jahwe erwählten Mann in den Tod schicken.«

»Das Land ist voller Wundertäter«, erwiderte Kaiphas verächtlich. »Dositheus, Simon, Apollonios und andere ... Im Übrigen geht das Gerücht, dass du nicht wirklich tot warst.«

Lazarus stieß erneut einen Schrei aus. Josef und Nikodemus fürchteten, er könnte sich auf Kaiphas stürzen, und hielten ihn an den Armen zurück. Wieder folgte ein längeres Schweigen, das Gamaliel schließlich mit Grabesstimme unterbrach: »Kaiphas, du wirst es bereuen. Denn damit verkündest du die Teilung unseres Volkes.«

»Der Allmächtige ist mein Zeuge, dass ich unser Volk schütze«, sagte der Hohepriester. »Er wird es in Seiner undurchschaubaren Gerechtigkeit erkennen. Bei meiner Seele und meinem Gewissen: Ich kann nicht anders.«

Josef von Arimathäa strich sich über den Bart.

»Können wir ihn sehen?«

»Ihr seht ihn in Kürze vor Gericht«, erwiderte Kaiphas.

Die Besucher und die Hohepriester, der amtierende und der ehemalige, maßen sich erneut mit Blicken.

»Kommt«, wandte sich Nikodemus an seine Begleiter. »Hier haben wir nichts zu erwarten. Gehen wir.«

Die vier Männer wickelten sich in ihre Mäntel und schickten sich an, den Saal zu verlassen. Erst da bemerkten sie einen Mann, der vermutlich alles mit angehört hatte. Es war Saul.

»Gamaliel«, rief Annas.

Der Rechtsgelehrte wandte sich um. Josef, Nikodemus und Lazarus blieben stehen.

»Gamaliel«, wiederholte Annas, »du weißt, dass der Hintergrund dieser Angelegenheit ein anderer ist.«

Der Rabbiner wartete schweigend. Er und Annas kannten sich seit einer Ewigkeit. Sie hatten einander unzählige Male um Rat gefragt. Auch wenn Annas' Wissen nicht dem des Rabbiners gleichkam, respektierten sie sich.

»Gamaliel, du weißt genau wie ich, dass Jesus sich gegen den Allerhöchsten auflehnt und dass dies die größte Gottlosigkeit ist, die man sich denken kann. Wir können kein anderes Urteil als den Tod fällen.«

»In diesem Fall«, erwiderte Gamaliel ruhig, »müsste man uns allen die Kehle durchschneiden.«

Diese Worte waren derart provokant, dass die anderen erschrocken den Atem anhielten.

»Was willst du damit sagen?«, fragte Annas.

»Annas, Annas. Sind wir, du und ich, nicht Kinder Jakobs? Sind wir nicht die Kinder dessen, der eine ganze Nacht gegen den Allerhöchsten, gegen El, gekämpft hat? War das nicht der Grund, aus dem ihm der Allerhöchste am Morgen einen anderen Namen gab: Ezra-El – Der gegen El kämpfte? Wir alle tragen die schwere Last seiner Rebellion, wir alle, die Kinder Israels.«

Die anderen lauschten wie versteinert.

»Jesus ist der Nachfolger Jakobs. Er lehnt sich gegen El auf, nicht gegen Jahwe. Das Urteil, das du deinem Schwiegersohn eingeflüstert hast, wird jahrhundertelang nachhallen. Ein Verzicht auf Vergebung!«

In rasendem Zorn kehrte er den beiden Hohepriestern den Rücken und verließ den Saal noch vor Josef von Arimathäa, Nikodemus und Lazarus.

Keiner von ihnen achtete auf Sauls Gesicht, das sich vor Angst verzerrte. Und auch nicht auf den starren Blick von Kaiphas.

14

»Mein Vater ist der Heilige Geist«

Im Hof des Palasts, in dem sich mehrere Hundert fröstelnde Personen versammelt hatten, bemühten sich die Fackeln, die tintenschwarze Nacht zu erhellen. Die Tinte der Nacht, mit der Träume, Verbrechen und die Liebe geschrieben werden, nicht die Tinte des Tages, die Gesetzen und Urteilen vorbehalten ist.

Als Gamaliel, Josef, Nikodemus und Lazarus die Residenz des Kaiphas verließen, trafen sie auf die Menschen, die, von Maria Magdalena zusammengerufen, das Ergebnis der Unterredung erfahren wollten: Maria, die Mutter Jesu, Lydia und Lysia, seine beiden Halbschwestern, Martha von Magdala, Maria von Kleophas, Salome, Susanna, die Gemahlin von Herodes' Verwalter, Procula, die Ehefrau des Pilatus, Simon und Judas, zwei der vier Halbbrüder Jesu, eine große Anzahl der Zweiundsiebzig sowie ein paar Jünger, Johannes und Jakobus, Thomas und Bartholomäus ... Aufgebracht von dem Gespräch mit Annas und Kaiphas, verabschiedete sich Gamaliel von seinen Begleitern und zog sich, gefolgt von seinem Bediensteten, zurück. Josef, Nikodemus und Lazarus traten in den Kreis, den Maria von Magdala zu leiten schien.

»Was hat Kaiphas gesagt?«, fragte sie.

»Er will uns nicht mal gestatten, den Herrn zu besuchen«, erwiderte Nikodemus.

Jesu Mutter stieß einen Schrei aus. Lydia und Lysia stützten sie. Ein Gemurmel der Entrüstung erhob sich.

»Und Gamaliel?«

»Seine letzten an Annas und Kaiphas gerichteten Worte klangen wie ein Fluch«, erklärte Lazarus und fasste die Begegnung in wenigen Worten zusammen.

»Mich würde interessieren, wie sie es schafft haben, seiner habhaft zu werden«, überlegte Nikodemus laut. »Er hat gestern bei mir zu Abend gegessen, und was ist danach geschehen?«

»Judas hat ihn verraten.«

»Was sagst du da?«, rief Nikodemus ungläubig.

»Judas hat Jesus verraten – auf Befehl seines Herrn.«

»Jesus hat es ihm befohlen?« Nikodemus verstand die Welt nicht mehr.

»Ich war dabei«, sagte Lazarus. »Ich werde dir alles erklären.«

Das Stimmengewirr im Hof lockte Pilatus ans Fenster, und er erkannte in der Gruppe seine Ehefrau: Sie war die Einzige, die einen hellen Mantel trug.

Kratylos beobachtete den Auflauf über die Schulter seines Herrn. »Das sind die Anhänger Jesu«, sagte er.

»Ich verstehe das alles nicht«, rief Pilatus ungehalten und trat vom Fenster zurück, um sich zu setzen. »Dieser Mann gilt als Prophet. Meine Frau schwört mir, er habe ihre Schmerzen geheilt. Weshalb wollen die Priester dann seinen Tod?«

»Weil sie fürchten, er könne sich zum König der Juden krönen lassen«, erklärte Kratylos und wandte sich ebenfalls vom Fenster ab. »Oder einen Aufstand gegen uns anzetteln. Oder es könne einen Krieg zwischen den Anhängern der Priester und dem Volk geben.«

Pilatus runzelte die Stirn. »Das leuchtet mir nicht ein. Sie haben schon vor ihm Könige gehabt, und wir haben uns mit ihnen verstanden.«

»Ja, mein Herr, aber das Volk wartet auf einen Befreier. Kaiphas fürchtet einen Unabhängigkeitskrieg gegen Rom. Und er weiß: Sollte es dazu kommen, würde er ihn aus dem Amt fegen.«

»Ist dieser Jesus nun ein Prophet oder ein Kriegstreiber?«

»Den Berichten zufolge, die ich erhalten habe, ist er ein Prophet. Aber er könnte sich zum Kriegstreiber wandeln.«

»Kurz gesagt«, bemerkte Pilatus spöttisch, »niemand weiß, wer er ist, noch, was er will, und Kaiphas schlottern die Knie.«

Kratylos verkniff sich ein Lachen. »Im Orient urteilt man mit dem Herzen statt mit dem Verstand.«

»Und ganz offensichtlich wollen sie ihn mir vorführen, damit ich eine Entscheidung fälle. Und wie auch immer sie ausfallen wird, werde ich als Tyrann dastehen«, brummte Pilatus. »Geh zu Herodes und bitte ihn, diesen Gefangenen zu befragen, damit wir Gewissheit erlangen. Dieser alte Gauner wird bestimmt besser durchblicken als wir.«

»Ja, mein Herr«, erwiderte Kratylos, griff nach seinem Mantel und dachte bei sich, dass Pilatus die Reaktion seiner Ehefrau viel mehr fürchtete als die der einen oder anderen Partei der Juden.

Im selben Moment kehrte Procula in die Residenz zurück. Sie war in Tränen aufgelöst. Von der Treppe aus hörte Pilatus' Sekretär ihre tränenreichen Verwünschungen.

In einer Ecke des Hofs, abseits der Menge, saßen zwei Männer am Boden, erschöpft gegen die Mauer gelehnt: Petrus und Thomas. Seit Jesu Festnahme waren sie auf den Beinen gewesen und sahen sich nun der absoluten Katastrophe gegenüber.

Vor ihnen standen einige ihrer Gefährten. Andreas und Bartholomäus ließen sich schließlich ebenfalls nieder.

»Judas hat ihn ausgeliefert«, sagte Simon der Zelot mit rauer Stimme. »Ich hörte, wie Lazarus es zu Nikodemus sagte.«

»Warum nur, o Herr!«, klagte Matthäus.

»Aus Habgier, Matthäus«, erwiderte Johannes.

»Aber der Herr muss es gewusst haben. Warum hat er uns nicht beauftragt, uns seiner zu bemächtigen? Wir hätten es ihm gezeigt, diesem Hundesohn.«

»Die Heilige Schrift musste sich erfüllen«, sagte Johannes kaum vernehmbar.

»Wo ist Judas überhaupt? Ich glaube, ich habe ihn vorhin gesehen.«

»Er ist verschwunden.«

»Ein solcher Verrat … Nein, das ist nicht möglich«, sagte Petrus mit brüchiger Stimme.

Thomas und Johannes bedachten ihn mit einem langen prüfenden Blick.

»Was schaut ihr mich so an?«

»Petrus, das weißt du nur allzu gut.«

»Was denn?«

»Petrus, als du dich an dem Kohlebecken dort in der Ecke aufgewärmt hast, hat dich ein Bediensteter des Hohepriesters gefragt, ob du zu Jesu Jüngern gehörst. Du hast es entschieden geleugnet. Wir standen hinter dir und haben es gehört. Also hast du wohl kaum einen Grund, dich über den Verrat von Judas aufzuregen.«

»Es war kein Verrat«, sagte Lazarus, der soeben in Begleitung eines Bediensteten, der einen großen Korb trug, zu ihnen getreten war und die letzten Worte gehört hatte. Die Jünger musterten ihn, während er Brote, Käse, hart gekochte Eier und getrocknete Datteln verteilte. »Klagt ihn nicht an, ohne zu wissen, und wenn ihr wissen werdet, urteilt nicht«, sagte er fest.

»Und wo ist unsere Börse?«, wollte Matthäus wissen.

»Hier«, erwiderte Lazarus und reichte sie ihm. »Er hat sie mir anvertraut, damit ich sie euch gebe.« Mit diesen Worten ließ er sie stehen.

»Aber wo ist er denn, er soll es uns erklären!«, rief Johannes ihm verdutzt hinterher.

Lazarus hatte ihn vermutlich nicht gehört, denn er wandte sich nicht um.

Matthäus öffnete die Börse, und die anderen beugten sich vor, als er das Geld zählte: einundvierzig Denare. Erstaunt sahen sie sich an.

»Wenn er unredlich wäre«, sagte Thomas, »hätte er es behalten.«

Ein weiterer Grund, sich Gedanken zu machen – als ob sie nicht schon genug Sorgen hätten.

Jesus betrachtete die zehn Tempelwächter, die mit ihm um das Kohlebecken standen. Endlich hatten sie ihn festgenommen, den Unruhestifter, der drei Tage zuvor ihre Arbeit gestört und den Händlern hart zugesetzt hatte. Doch sie wirkten erstaunlich gleichgültig. In keinem Gesicht konnte er Spuren von Bösartigkeit entdecken, nur die kleinen Zeichen der Gemeinheit, der Gefräßigkeit, des ganz gewöhnlichen Zynismus. Vielleicht kannten auch sie ihre Momente des Mitleids, der Großzügigkeit, des geistvollen Witzes. Vielleicht hatten sie unterwegs der alten Frau geholfen, die ihre Tasche nicht allein tragen konnte, hatten ein spielendes Kind vor einem durchgegangenen Pferd gerettet oder einen Verwundeten auf dem Weg zum Arzt gestützt.

Ein Hauptmann reichte Jesus wortlos einen Tonkrug. Dieser trank dankbar daraus. Derselbe Mann gab ihm ein Stück Brot, und Jesus nahm es und betrachtete es einen Moment lang. Dann brach er es und verzehrte es gemächlich. Als er fertig war, es war zur vierten Stunde, tauchten zwei Leviten auf und befahlen, dem Gefangenen die Hände zu fesseln.

»Habt ihr Angst, ich könnte fliehen?«, fragte Jesus sie.

Sie schwiegen und stießen ihn vor sich her.

Wenige Augenblicke später stand Jesus vor den einundsiebzig Mitgliedern des Hohen Rats. Einundsiebzig weiße oder graue Bärte. Die Kapuzen der Mäntel weit ins Gesicht gezogen, die Augen unter buschigen Brauen kaum erkennbar, die schmalen Lippen unter den Bärten vergraben. Das Alter bereitet auf den Tod vor, es macht alle gleich.

Einundsiebzig Todeskandidaten. Man hatte sie aus dem Schlaf gerissen, sie mussten sich beeilen, denn in ein paar Stunden, am Vortag des Passahfests, hätten sie nicht mehr zusammentreten können. Es fiel ihnen schwer, sich wach zu halten, und einige rieben sich noch die Spuren des Schlafs aus den Augenwinkeln. Lediglich das flackernde Feuer der Fackeln verlieh diesen Richtern einen Hauch Lebendigkeit.

Einer von ihnen, in der ersten Reihe des Podiums, heftete einen ängstlichen Blick auf den Angeklagten. Jesus erkannte ihn. Es war Gamaliel. Armer Gamaliel, hin und her gerissen zwischen zwei Notlagen.

Kaiphas eröffnete von seinem erhöhten Sitz aus die Verhandlung.

»Jesus bar Josef, mit welcher Autorität erhebst du den Anspruch, die Heilige Schrift zu lehren? Du bist kein Rabbiner.«

»Hat der Herr Jahwe die Fünf Bücher nur für die Rabbiner erleuchtet? Der Mensch hört das Wort seines Herrn und verbreitet es wie der Sämann seinen Samen.«

»Hast du Lehrer gehabt?«

»Ja, die Rabbiner der Wüste.«

Ein unmerkliches Zittern lief durch die Versammlung. Knotige Hände verkrallten sich in die Falten der Mäntel. Die Rabbiner der Wüste. Jene, die den Bann über die Priesterschaft von Jerusalem verhängt hatten.

»Was haben sie dich gelehrt?«

»Meine Seele gemäß dem Wort Jahwes zu erheben, dem einzigen wahren Gott, unserem Gott, dem Sohn des Allmächtigen.«

Die Anspielung auf das Deuteronomium rief bei Annas und einigen anderen eine schroffe Reaktion hervor.

»Mit welchem Recht stellst du im Geheimen das Fünfte Buch den vier anderen gegenüber?«

»Meine Lehre war öffentlich«, erwiderte Jesus trocken. »Ich habe sie in den Synagogen und im Tempel verbreitet, da, wo sich die Juden versammeln. Meine Lehre war nie geheim. Was sollen diese Fragen? Fragt jene, die mir zugehört haben, sie wissen, was ich gesagt habe.«

Kaiphas presste die Lippen zusammen.

Einer der Leviten versetzte Jesus eine Ohrfeige. »Ist das eine Art, dem Hohepriester zu antworten?«, herrschte er ihn an.

Entsetzen zeichnete sich in mehreren Gesichtern ab.

»Wenn meine Antwort nicht der Wahrheit entspricht, möge man es beweisen. Wenn sie aber wahrheitsgetreu ist, warum schlägt man mich dann?«

»Du und deine Leute, ihr habt von Galiläa aus bis in diese Stadt und dieses Land unaufhörlich Unruhe und Aufruhr verbreitet«, donnerte Kaiphas. »Du bist am Tag vor der Passahwoche in Jerusalem eingezogen, und deine Anhänger haben deinen Weg mit Palmwedel geschmückt, als wärst du ein König. Noch schlimmer: Sie haben dir als dem König zugejubelt, der von David abstammt. Das erfolgte ja wohl nicht ohne dein Wissen. Du bist also ein Betrüger. Außerdem hast du im Tempel, in dem du angeblich predigtest, für Wirbel gesorgt, indem du die Händler verjagtest und die Geldwechsler, die den Gläubigen ermöglichen, Opfergaben zu erwerben ...«

»… zu einem Wucherzins«, sagte Jesus.

»Wer bist du, dass du dir anmaßt, die Zinssätze zu beurteilen? Dass du dir Rechte herausnimmst, die nur dem Hohepriester zustehen? Du bist nicht nur ein Betrüger, sondern auch ein Usurpator.«

»Das Haus meines Vaters ist Seinem Willen gemäß ein Ort des Gebets und keine Räuberhöhle.«

»Das Haus deines Vaters?«, schrie Kaiphas. »Das Haus deines Vaters? Für wen hältst du dich denn, du Bastard?«

Jesu Blick durchbohrte ihn. »Glaubst du denn, allein durch deinen leiblichen Vater erschaffen worden zu sein?«, konterte er. »Mein Vater ist der Heilige Geist, der über der Materie und der Körperlichkeit steht. Er ist auch deiner, wenn dein Leib ihn zu Wort kommen lässt.«

»Hört ihn an!«, rief Kaiphas voller Entrüstung, wandte sich an den Hohen Rat und deutete mit dem Finger auf den Angeklagten. »Was für eine Dreistigkeit! Seit Tagen entweiht dieses Individuum das heiligste Fest unseres Volkes. Darüber hinaus streut er mit seinen unkundigen Reden den Leichtgläubigen Sand in die Augen und rügt mich, den Hohepriester! Und wagt zu behaupten, dass er der Sohn Gottes sei!«

Seine Stimme wurde so schrill, dass sie sich schließlich wie das Kläffen eines Hundes anhörte. Außer sich vor Zorn, griff Kaiphas mit beiden Händen in den bestickten Ausschnitt seines Gewands und zerriss es von oben bis unten, sodass seine grau behaarte Brust und sein Lendentuch sichtbar wurden.

Die Anwesenden zuckten zusammen, gaben aber keinen Laut von sich.

»Die einzig denkbare Strafe für diesen Verbrecher ist die Todesstrafe«, rief eine Stimme in der ersten Reihe.

Annas. Gamaliel wandte sich ihm mit missbilligender Miene zu.

»Gamaliel«, befahl Kaiphas in rauem Ton, »erkläre uns den Tatbestand der Gotteslästerung.«

Um eine so wichtige Angelegenheit darzulegen, hätte sich der Rechtsgelehrte erheben müssen. Doch zur allgemeinen Verblüffung blieb er sitzen. Empört schnaufte Kaiphas auf.

»Nichts in der Mischna weist darauf hin, dass diese Worte Gotteslästerung sind«, erklärte Gamaliel gelassen.

Unter den Anwesenden machte sich Erstaunen breit.

»Wie bitte?«, rief ein Rabbiner, allgemein als Anhänger Kaiphas' bekannt. »Wir wissen durch Zeugen, dass dieser Mann wiederholt gesagt hat, er sitze zur Rechten des Allmächtigen, und du findest diese Worte nicht verwerflich?«

»Mein Bruder Ezra«, gab Gamaliel mit kaum verhohlener Ungeduld zurück, »König David hat in seinen Psalmen dasselbe gesagt. Wenn du die Psalmen gotteslästerlich nennen willst, dann steht dir das frei. Aber ich sage und wiederhole, dass nichts mich darauf schließen lässt, dass es sich um Gotteslästerung handelt.«

Lautes Stimmengewirr erhob sich, und es wurde wild gestikuliert. Ein Mann beugte sich zu Gamaliel, um ihn nach seiner Meinung zu fragen. In der zweiten Reihe rückten Josef von Arimathäa und Nikodemus gereizt die Revers ihrer Mäntel zurecht, während sie sich wütend mit ihren Sitznachbarn unterhielten. Ihre zornigen Gesten blieben Kaiphas und Annas nicht verborgen.

Schließlich hob Josef den Arm und wandte sich an Kaiphas: »Hohepriester, ich denke, der hier anwesende Rechtsgelehrte Gamaliel wird mir nicht widersprechen. Ich darf daran erinnern, dass diese Versammlung ungesetzlich ist. Die Mischna verbietet offiziell, in der Woche vor dem Passahfest einen Prozess zu führen.«

»Das ist richtig«, bestätigte Gamaliel. »Diese Versammlung ist gegen das Gesetz und verwerflich.«

Schreie brandeten auf.

Die Miene des Hohepriesters verriet Entsetzen. Würde er die Partie vor dem Angeklagten und dem gesamten Hohen Rat verlieren?

Jesus betrachtete ihn mit verächtlicher Resignation.

Sogar die Leviten schienen beunruhigt zu sein. Seit Menschengedenken hatte niemand solche Zwistigkeiten im obersten Rat der Juden erlebt.

»Wir führen hier keinen Prozess«, sagte Kaiphas mit einer Stimme, die seine Wut und seine Verärgerung verriet. »Dies ist eine Ratsversammlung, die durch ungewöhnliche Umstände gerechtfertigt ist. Es geht hier darum herauszufinden, ob wir den Schuldigen dem Statthalter übergeben sollen, damit dieser die erforderliche Entscheidung trifft.«

»Wenn wir darüber urteilen, führen wir bereits einen Prozess«, meldete sich Josef von Arimathäa wieder zu Wort, der seine Erbitterung nur mühsam verbergen konnte. »Ich erkläre ihn für heuchlerisch und gottlos. Denn wir sind nicht im Besitz des Schwertrechts, und es kann kein Urteil ohne Abstimmung erfolgen.«

»Führt den Gefangenen hinaus«, rief Kaiphas, der sich mit dem Fuß in seinem zerrissenen Gewand verhedderte.

Man brachte Jesus in den kleinen Hof zurück. Seine Hände waren noch immer gefesselt.

Der Himmel wurde fahl. Aber was spielte das schon für eine Rolle nach einer schlaflosen Nacht.

Die Wächter schienen müde. Geistige Wachsamkeit kann nicht allen abverlangt werden.

15

Das Königsspiel

Immer noch warteten sie im großen Hof: Maria, die Mutter Jesu, Maria von Magdala, Martha, Lydia, Lysia, Johanna, Lazarus, die Zwölf, die jetzt nur noch elf waren, und viele der Zweiundsiebzig.

Ein Bediensteter Josefs von Arimathäa drängelte sich zu Maria von Magdala durch: »Der Hohe Rat hat sich zur Beratung zurückgezogen. Annas und Kaiphas haben die Todesstrafe gefordert.«

Sie schrie auf und begann zu wanken. Lazarus und Martha stützten ihre schwankende Schwester, die anderen kamen auf den Schrei hin herbeigerannt. Martha wiederholte, was Josefs Bote ihnen mitgeteilt hatte. Lydia und Lysia führten ihre Mutter, die sich kaum mehr auf den Beinen halten konnte, zu den Wirtschaftsräumen des Pilatus. Simon von Josaphat, ein Verwandter Josefs von Arimathäa und einer der Zweiundsiebzig, näherte sich. Sein Gesicht wirkte bekümmert.

»Haben sie die Art der Hinrichtung festgelegt?«, fragte er.

»Nein«, erwiderte Lazarus anstelle seiner Schwester.

»Für den Fall einer Steinigung«, sagte Simon, »haben wir bereits Vorkehrungen getroffen. Wir bilden eine lebende Mauer vor unserem Herrn und nehmen ihn im Galopp mit. Wir haben drei Pferde.«

Wohin sie ihn bringen würden, sagte er nicht. Sicher nach

Syrien, weit weg von der Rechtsprechung des Tempels. Maria von Magdala sah Simon mit erloschenem Blick an.

»Steinigung?«, wiederholte sie mit erstickter Stimme.

»Das ist die übliche Strafe für Gesetzesbrecher.«

Sie schwieg.

»Warten wir auf Josef«, sagte sie schließlich, »dann wissen wir mehr.«

In einiger Entfernung, am anderen Ende der Arkaden vor dem Sitz des Hohen Rats, den man die Halle der Behauenen Steine nannte, lag ein unförmiger Ballen am Fuß eines Pfeilers. Auf den ersten Blick im trüben Licht des Morgens hätte man ihn für einen Kleiderhaufen, für ein Geschenk an die Armen halten können. Es war Judas der Iskariot, den Kopf zwischen den Knien vergraben und die Kapuze tief in die Stirn gezogen. Ein Bündel Leid. Gestern voller Leben, war sein Gesichtsausdruck heute leer. Er atmete, aber ansonsten schien sein Körper wie tot. Er spürte weder Hunger noch Durst, noch Kälte.

Lediglich die Geräusche und die Gespräche im Hof nahm er wahr, und so hatte er auch gehört, dass Annas und Kaiphas die Todesstrafe für Jesus forderten, und bemerkte nun die plötzliche Stille.

Dann wurden auf einmal Rufe laut: »Befreit ihn!«

Judas hob den Blick und wandte ihn zum Hof, über den ein Gefolge auf das Haus des Statthalters zumarschierte. Zehn Tempelwächter führten Jesus in ihrer Mitte. Nur flüchtig sah er den vertrauten Kopf, der in dem Zwielicht aus Tagesanbruch und der rußigen Helligkeit der Fackeln kaum zu erkennen war. Dann nichts mehr. Er war wie erstarrt.

Man brachte Jesus zu Pontius Pilatus. Warum?

Mühsam kam er auf die Beine und lehnte sich verstört an den Pfeiler. Er hatte nicht gehört, wie Josef von Arimathäa und Nikodemus Maria von Magdala, Martha und Lazarus vom Ergebnis der Beratung unterrichtet hatten: Eine große Mehrheit hatte für die Todesstrafe gestimmt. Aber in seinem Herzen wusste er es bereits.

Die Tempelwächter und ihr Gefangener warteten einen Augenblick in der Vorhalle der Residenz des Statthalters, auf dass dieser benachrichtigt werde. Aber Pilatus war bereits im Prätorium in der Nähe der Kasernen. Also machten sie sich auf den Weg zum Amtsgebäude des Statthalters. Es befand sich gleich außerhalb der hasmonäischen Mauern, nur wenige Minuten entfernt.

Dort warteten sie wieder, unter den spöttischen Blicken von Legionären und Zenturios in Harnisch und funkelnden Helmen. Dann hörte man Schritte auf der Treppe. Pilatus erschien, in einer Toga, unrasiert, mit gerunzelter Stirn, gefolgt von einem jungen Mann, vermutlich sein Sekretär. Der Statthalter ließ seinen Blick über den Trupp schweifen und den Mann, den man ihm brachte.

»Was führt euch her?«, fragte er mürrisch auf Griechisch.

»Statthalter«, antwortete, ebenfalls auf Griechisch, der oberste Tempelwächter, »wir bringen dir den Angeklagten mit dem vermeintlichen Namen Jesus bar Josef, von dem dir der Hohepriester Kaiphas berichtet hat.«

Ein Blick auf diesen legendären Mann, den er heute das erste Mal sah, genügte Pilatus, um seine Verdrießlichkeit noch zu steigern. Ein energisches Gesicht und eine Miene, die Respekt einflößte. Welche Sprache sprach er?

»Wessen hat er sich schuldig gemacht?«

»Laut unserem Gesetz der Gottlosigkeit.«

»Wann habt ihr ihn festgenommen?«

»Heute Nacht, wie du sehr wohl weißt.«

»Was eure religiösen Angelegenheiten angeht, bin ich nicht

euer Richter. Ihr habt ein Urteil gefällt, also sei es so. Wie lautet der Beschluss?«

»Er wurde zum Tode verurteilt, und du weißt, dass wir nicht das Schwertrecht besitzen«, erwiderte der Hauptmann der Tempelwächter, den dieser Empfang überraschte.

Pilatus unterstrich seine schlechte Laune durch einen wütenden Blick. Der Hohepriester wollte ihm tatsächlich seinen Willen aufzwingen, wie er es in ihrem letzten Gespräch angekündigt hatte, doch er, Pilatus, würde nicht Kaiphas' Vollstrecker spielen. Mit verzerrtem Mund sagte er: »Und ihr führt ihn mir vor, damit ich euer Urteil vollstrecke? Ich kann nur die von einem römischen Gericht nach römischem Recht ergangenen Urteile vollstrecken. Seine Anhänger werden sich in Rom beschweren, dass ich mich in religiöse Fragen der Juden einmische.«

»Gegen das Todesurteil gegen Jesus bar Harkan hattest du aber nichts einzuwenden.«

»Das war etwas anderes. Dieser Mann hatte Pilger in eurem Tempelbezirk ausgeplündert und einen sogar verletzt.«

Der Hauptmann zog ein schiefes Gesicht: Er war sich des Dilemmas sehr genau bewusst, doch es lag nicht in seiner Zuständigkeit.

»Warum hast du gesagt *mit dem vermeintlichen Namen?*«, wollte Pilatus wissen.

»Da er gewissen Berichten nach der illegitime Sohn eines deiner Legionäre sein soll.«

»Das spielt keine Rolle. Gut, lasst ihn hier. Ich werde ihn befragen.«

Der Hauptmann verbeugte sich, sichtlich enttäuscht, und erteilte den Befehl zum Abmarsch. Er und sein Trupp beeilten sich, das heidnische Gebäude zu verlassen, durch dessen Betreten sie unrein geworden waren, was es ihnen verbot, das Passahfest mit ihren Lieben zu feiern.

»Löse seine Fesseln«, befahl Pilatus Kratylos.

Er setzte sich und warf einen Blick zu einer spaltbreit geöffneten Tür. Er war sich sicher, dass seine Frau Procula sich in das Prätorium geschlichen hatte und nun lauschte. Er hatte große Lust, die Tür zuzuschlagen, aber er beherrschte sich. Jesus stand noch immer vor ihm, aufrecht. Pilatus forderte ihn auf, ihm gegenüber Platz zu nehmen.

»Sprichst du Griechisch?«

Der Angeklagte hatte die Frage offensichtlich nicht verstanden, womit sich eine Antwort erübrigte. Kratylos musste daher als Dolmetscher dienen.

»Woher kommst du?«, fragte Pilatus.

»Aus Galiläa.«

»Bist du der König der Juden?«

»Wenn ich es wäre, wäre ich dann hier?«

Die klare Antwort schloss also einen dynastischen Streit aus, in dem Kaiphas nur seine Interessen hätte wahren wollen. Für Rom wäre es jedoch durchaus von Vorteil gewesen, wenn endlich jemand diesem ewig aufrührerischen Volk seine Autorität aufgezwungen hätte. Rom hatte nie so leichtes Spiel gehabt wie mit Herodes dem Großen.

»Man hat dich jedoch bei deinem Einzug in Jerusalem wie einen König empfangen?«

»Es geht um ein anderes Königreich.«

Dieser Blick! Der Römer musterte den Juden, als ob er eine andere Menschenrasse entdeckte. Er studierte die fast schwarzen Augenbrauen, die dunkelbraunen Augen und die wilden Locken, den Bart mit den rötlichen Reflexen … Er war erstaunt, dass der Mann, der immerhin um die vierzig war, keine Falten zeigte. Er hatte wahrlich schon viele Juden gesehen, aber dieser schien in einer anderen Welt zu Hause zu sein.

»Welches andere Königreich?«, wollte Pilatus wissen.

»Das des Geistes.«

»Du willst mit der Kraft des Geistes über dein Volk herrschen?«

»Habe ich gesagt, dass ich herrschen will? Und durch welch andere Macht sonst herrscht man?«, erwiderte Jesus leicht ironisch.

Dieses Gespräch schien selbst Kratylos zu verwirren.

»Was für ein Vergehen hast du begangen, dass sie dich zum Tode verurteilt haben?«

»Meine Autorität bedroht ihre.«

»Woher hast du diese Autorität?«

»Aus der Heiligen Schrift und vom Vater.«

»Welchem Vater?«

»Jahwe.«

»Du nennst dich Sohn Jahwes, deines Gottes?«

»Er ist der Heilige Geist und folglich der Vater aller Geschöpfe, denn ohne den Geist ist kein Leben möglich. Jene, die offen für die Wahrheit sind, mögen mich hören.«

Zur Hölle, auf eine solche Unterhaltung war Pilatus nicht gefasst. Er hatte all seine Orientierungspunkte verloren. Erneut war er mit den Geheimnissen des Orients konfrontiert, in dem sich Männer in aller Aufrichtigkeit darauf beriefen, Abgesandte göttlicher Mächte zu sein ... Und diesen Mann hier wollten die Juden zum König wählen? Aber was für einen König? Kaiphas' Befürchtungen und seine Anprangerung schienen Pilatus plötzlich reine Luftgebilde. Die Angelegenheit bekam eine ganz andere Dimension, und er hielt sich keineswegs für dafür zuständig. *Jene, die offen für die Wahrheit sind, mögen mich hören.*

»Aber was ist die Wahrheit ...«, murmelte Pilatus und erhob sich.

Auf jeden Fall enthielten die Worte des Angeklagten nichts, was als Zuwiderhandlung gegen das römische Recht angesehen werden konnte. Es lag in der Macht des Statthalters von Judäa, diesen Jesus bar Josef freizulassen – Pech für den Hohepriester!

»Herr, draußen versammelt sich eine Menschenmenge«, meldete ein Zenturio der Wache.

»Was wollen sie?«

»Sie wollen diesen Jesus sehen.«

»Sie sind bereits auf den Beinen?«

»Anscheinend hat Jerusalem heute Nacht überhaupt nicht geschlafen.«

Von draußen drangen ungestüme Schreie zu ihnen.

»Komm«, sagte Pilatus zu Jesus.

Der Statthalter betrat die erhöhte Terrasse vor dem Gerichtssaal. Von hier aus wandte er sich bei feierlichen Anlässen an die Bewohner Jerusalems. Er erkannte jetzt die Ursache des Geschreis: Da unten beschimpften sich Menschen, ja prügelten sich sogar. Es waren offensichtlich Anhänger und Gegner des Angeklagten. Die einen jubelten Jesus zu, die anderen grölten Beschimpfungen, die für einen Römer unverständlich waren. Die Tätlichkeiten wurden brutaler. Und Pilatus sah sich mit einem Schlag mit der Situation konfrontiert, die er eigentlich hatte vermeiden wollen: ein Konflikt zwischen den Juden, der zu Straßenkämpfen führen konnte. Wie sollte er sich entscheiden? Man würde ihm in alle Ewigkeit Vorwürfe machen, wenn er nun nicht das Richtige tat. Und die Unzufriedenen würden einen Boten nach Rom senden, um sich über ihn zu beschweren.

Als die Menge Pilatus auf der Estrade entdeckte, legte sich der Aufruhr. Alle Blicke richteten sich auf den Statthalter. Pilatus forderte Jesus auf, sich neben ihn zu stellen.

»Hier ist der Mann«, sagte er auf Latein.

Ein gefährliches Schweigen entstand.

»Ich habe nichts gefunden, das erlauben würde, ihn nach

römischem Recht zu verurteilen«, verkündete er und wog jedes Wort ab.

Jene, die Latein verstanden, übersetzten. Lautes Gejohle war die Folge. Pilatus hob den Arm.

»Es ist bei euch Brauch, dass ich zum Passahfest einen Gefangenen begnadige«, sagte er. »Ihr habt zwei Männer namens Jesus meiner Amtsgewalt unterstellt. Diesen hier und Jesus bar Harkan. Welchen von beiden soll ich freilassen?«

Erneut wurden seine Worte übersetzt, und erneut brach Tumult aus. Pilatus begriff gar nichts. Die einen riefen *Bar Abba*, die anderen *Bar Harkan*. *Bar Abba*, erklärte Kratylos schnell, bedeute »Sohn des Vaters«, meinte also Jesus bar Josef. Im Grunde war es ohne Bedeutung, am Ende zählte nur die Tatsache, dass Jerusalem am Vorabend des Passahfests tatsächlich von Unruhen bedroht war.

Pilatus kehrte in das Gebäude zurück. Wenige Augenblicke blieb Jesus allein auf der Estrade stehen. Steine wurden nach ihm geworfen, sodass zwei Legionäre ihn zurück in den Gerichtssaal zogen.

»Führt diesen Mann ab«, befahl Pilatus gereizt dem Zenturio der Wache. »Lasst ihn auspeitschen.«

In der Menge, die noch keine Anstalten machte, sich aufzulösen, konnte ein Mann nicht die Augen von der Tür wenden, durch die Jesus verschwunden war. Sein Gesicht, soweit es unter der tief in die Stirn gezogenen Kapuze erkennbar war, wirkte ausgemergelt. Es war so grau wie altes Holz, das seit Urzeiten den Unbilden der Witterung ausgesetzt war.

Im Innern des Prätoriums hallten ein Schrei und das Schluchzen einer Frau wider.

Der letzte Hieb war gefallen.

Der Schmerz durchdrang seine Haut, durchlief seinen ganzen Körper, durchschnitt seine Eingeweide und presste seine Lungen zusammen, bis ihm der Atem stockte.

Jesus öffnete die Augen und fuhr sich mit der Zunge über die rissigen Lippen.

Man band ihn vom Pfosten im Hauptsaal der Kaserne der Konsulargarde los. Leichenfahl stürzte er der Länge nach auf den Steinfußboden. Ein Legionär hielt ihm einen Krug hin, doch er war zu schwach, ihn zu halten. Der Soldat stellte das Gefäß vor ihn auf den Boden. Schließlich setzte sich der Gepeinigte auf, streckte die Hand und trank, genoss das frische Wasser. Sein Rücken brannte wie Feuer.

Er erinnerte sich, geschrien zu haben, aber auch daran, den Widerhall auf seinen Schrei gehört zu haben. Einen Widerhall? Was sonst? Wer hätte im selben Augenblick genauso leiden können?

»Wir haben die Würfel entscheiden lassen«, sagte ein Legionär voller Spott. Er war vermutlich Syrer, denn er sprach Aramäisch. »Du bist der König.«

Gelächter erschallte.

Der Mann zeigte Jesus einen Mantel, dessen Purpur kaum noch zu erkennen und der mit getrocknetem Blut befleckt war, und warf ihn dem Gefangenen um die Schultern.

Jesus wandte nicht einmal den Kopf.

»Kennst du denn nicht das Königsspiel? Hier sind die Krone und das Zepter. Du wolltest doch König sein.«

Hämisches Lachen.

Der Legionär setzte ihm eine aus verdorrten Zweigen geflochtene Krone auf und reichte ihm eine Binse.

»Nimm sie ruhig, sie ist dein Zepter.«

Jesus ergriff sie.

Nein, er kannte das Königsspiel nicht.

16

Die Machtprobe

Zwei Schießscharten in Schulterhöhe, eine Elle hoch und zu eng, um einen Arm durchzustecken, waren in die Mauern der Kaserne eingelassen. Da sich die Menschenmenge vor der Terrasse versammelt hatte, um das Urteil des Römers zu hören, war die Umgebung verwaist. Fast verwaist.

Als Judas gesehen hatte, dass Jesus ins Innere des Gebäudes gebracht wurde, hatte er begriffen, dass Pilatus zögerte. Und dass der Statthalter versuchen würde, die durch die Tempelwächter aufgewiegelte Menge zu besänftigen. Aber womit? Indem er eine grausame, aber nicht tödliche Strafe über den Angeklagten verhängte. Die Peitsche.

Judas war also um das weitläufige Gebäude herumgegangen auf der Suche nach einem Zugang, um herauszufinden, was sich im Innern tat. Dabei war er zu den beiden Schießscharten gelangt. Er hatte einen Blick hindurchgeworfen und endlich Jesus entdeckt. Dessen Gesichtsausdruck war undefinierbar gewesen, der Blick nach innen gerichtet.

Zwei Legionäre entkleideten seinen Herrn und fesselten ihn an einen Pfosten. Ein dritter übernahm die Rolle des Peinigers und schwang die Peitsche. Judas war außer sich vor Entsetzen. Diese zischenden Geräusche! Und der gemarterte Leib, der unter jedem Schlag zusammenzuckte. Das Gesicht Jesu schmerzverzerrt. Judas empfand jeden der fünfzehn Schläge so schmerzhaft, als würde sein eigener Körper damit gequält. Bei einem der Schläge schrie Jesus, Judas ebenfalls.

Keuchend und wahnsinnig vor Schmerz, wandte er sich schließlich von der Schießscharte ab und rannte davon. Wie lange irrte er schon umher?

Er rempelte einen Menschen an.

»Judas, was ist mit dir?«

Wie betäubt starrte er den Mann an, der ihn angesprochen hatte. Nach einer Ewigkeit erkannte er, dass es Josef von Arimathäa war.

Er betrachtete die beiden anderen. Vertraute Gesichter, verängstigt, benommen, alarmiert. Lazarus, Nikodemus. Er brachte kein Wort hervor.

»Judas, was hat man dir angetan? Woher kommst du?«

»Nichts ... Warum?«, stieß er schließlich hervor.

»Aber du blutest ja.«

»Schlagen sie schon die Jünger?«, rief Nikodemus.

Judas begriff gar nichts. Er betrachtete seine Hände: Sie waren tatsächlich mit blutigen Striemen versehen. Blut tropfte auf seine Nase ... Er berührte seine Stirn. Auch hier war Blut ...

»Hat man dich ausgepeitscht?«

Er schüttelte abwehrend den Kopf.

»Aber ja doch, sie haben dich ausgepeitscht. Wer war das?«

»Nein ... sie haben ... die Römer ... sie haben den Herrn ausgepeitscht.« Ein unmenschlicher Schrei entrang sich seiner Kehle.

»Sie haben ihn ausgepeitscht?«, rief Lazarus und griff nach Judas' Arm. »Woher weißt du das?«

»Ich habe es gesehen ... durch eine Schießscharte.«

»Pilatus wird ihn also nicht zum Tode verurteilen«, bemerkte Nikodemus.

Doch die Schlussfolgerung kam zu früh. Man konnte nie wissen. Jesus war die Geisel im Zweikampf zwischen Pilatus und Kaiphas, und die Machtprobe war noch nicht zu Ende.

Judas schwankte.

Josef von Arimathäa wandte sich an einen Bediensteten seines Gefolges: »Bring diesen Mann zu einem Apotheker ... In der Unterstadt gibt es einen erfahrenen Griechen. Wir warten hier auf euch.«

Judas folgte dem Bediensteten, konnte sich aber kaum auf den Beinen halten, sodass ihn dieser stützen musste.

»Wer hat Judas ausgepeitscht?«, fragte Nikodemus alarmiert.

»Er scheint es selbst nicht zu wissen«, sagte Lazarus, der düsteren Gedanken nachhing.

Die Römer hatten Jesus also ausgepeitscht. Und hielten ihn weiterhin gefangen. Judas hingegen war frei – und schien nicht einmal zu wissen, dass er ausgepeitscht worden war. Warum hätte er überhaupt ausgepeitscht worden sein sollen? In voller Kleidung?

War es überhaupt geschehen? Wirklich?

»Hat der Heide immer noch keinen Beschluss gefasst?«, fragte Kaiphas.

»Nein«, erwiderte sein Sekretär. »Er hat sich in den Gerichtssaal zurückgezogen.«

Der Hohepriester schnitt eine Grimasse. Es begann die neunte Stunde; vor fast zwei Stunden hatte er Jesus dem Römer vorführen lassen. Was heckte dieser aus? Dieser schwerfällige Statthalter war durchaus in der Lage, Jesus freizulassen.

Und die Katastrophe würde nicht auf sich warten lassen!

»Man muss ihm Angst einjagen«, erklärte Kaiphas. »Damit er begreift, dass die Zahl der Unzufriedenen weitaus höher ist als die der Anhänger. Lass Saul holen. Er soll noch ein paar Leute zusammentrommeln und verbreiten, dass der Galiläer den Tempel zerstören will. Dass er über die Juden herrschen will. Alles, was sie in Panik versetzen könnte. Sie sollen alle vor das Prätorium ziehen.«

Der Sekretär nickte und eilte davon. Kaiphas überließ sich seinen freudlosen Gedanken. Morgen fand das Passahfest statt. Und es war ihm immer noch nicht gelungen, diesen drohenden Schatten zu vertreiben, der über ihm und dem Tempel schwebte.

Die Ursache der Verzögerung, die Kaiphas derart verstimmte, war der Besuch des Herodes Antipas bei dem Gefangenen, der auf Pilatus' Entscheidung wartete. Dass Jesus bar Josef ein Galiläer war, hatte Pilatus den höchst willkommenen Vorwand geliefert, sich dieses gefährlichen Angeklagten zu entledigen: Er würde ihn dem Tetrarchen von Galiläa übergeben, der sich gerade in Jerusalem aufhielt. Und so hatte er diesen rufen lassen.

Herodes Antipas hatte weder die Falle gewittert, noch irgendwelche Skrupel empfunden, ein heidnisches Gebäude zu betreten. Diese Vorschriften über die Reinheit waren gut fürs Volk. Endlich würde er diesen Mann sehen, dessen Ruf in allen Provinzen widerhallte. In Begleitung seines Kammerherrn hatte er den hasmonäischen Palast verlassen, war durch die verwaisten Straßen gegangen und hatte wenige Minuten später sein Ziel erreicht.

Er wurde in den Wachraum geführt, und auf Befehl des Zenturios zogen sich die Legionäre in den kleinen Innenhof zurück.

Herodes ging auf Jesus zu, der kurz hochsah, ihn anblickte und den Kopf wieder senkte.

»Ich bin Herodes Antipas«, sagte er. Angesichts des Zustands des Gefangenen wunderte er sich nicht, dass dieser nicht reagierte. »Was soll dieser widerliche Mantel?«, rief er. Und an seinen Kammerherrn gewandt: »Nimm ihm dieses Ding sofort ab und bitte die Legionäre, ihm einen sauberen zu besorgen.«

»Diese Sachen gehören wohl ihm«, sagte der Bedienstete und griff nach einem Gewand und einem sauberen Mantel, die achtlos an eine Mauer geworfen worden waren.

Er reichte Jesus die Kleidungsstücke, der sie entgegennahm und auf seine Knie legte. Dann half er Jesus, sich des befleckten purpurroten Mantels zu entledigen.

»Die Krone«, befahl Herodes.

Der Kammerherr befreite Jesus von der lächerlichen Insignie.

»In welch grauenhaftem Zustand er sich befindet«, klagte der Kammerherr, als er die blutigen Striemen auf Jesu Rücken entdeckte. »Man muss ihn behandeln.«

»Nein. Wir müssen ihn so lassen«, rief Herodes. »Das beweist die Folter.«

Jesus fröstelte. Er richtete sich mit mühsamen Bewegungen auf und schlüpfte in sein Gewand. Darunter war sein blutiges Lendentuch zu sehen. Dann setzte er sich wieder und betrachtete seinen Besucher.

»Sie wollten dich zum König ausrufen?«, fragte Herodes und wandte sich Jesus zu. »Welcher Provinz?«

Jesus bedachte ihn mit einem intensiven Blick. Dann antwortete er: »Von keiner Provinz, Herodes, fürchte nichts. Es gibt kein anderes Königreich als das Jahwes, und es umfasst alle seine Geschöpfe und Ländereien.«

Im Kopf des Tetrarchen wirbelten die Gedanken wie Gift: Dieser gedemütigte und verwundete Mann in diesem düsteren Raum war also der, den der Täufer angekündigt hatte. Der Mann, den die Juden erwarteten. Der Messias. Der Messias? Aber dieser Mann hatte seines Wissens keinerlei Salbung erhalten. Kurzum, der künftige Messias. Die Erinnerung an den Täufer verstärkte seine unterschwellige Unruhe, gespickt mit Gewissensbissen und genährt durch die Frauen in seiner Umgebung. Allen voran seine Mutter Malthake. Sie hatte sich nach der Enthauptung des Täufers, in die ihr Sohn eingewilligt hatte, ein Jahr lang geweigert, ihren Sohn zu empfangen. Man belügt eine Mutter nicht, denn sie weiß alles, bevor der Sohn selbst es weiß. Sie hatte längst erraten, dass ihr Sohn den Reizen seiner Stieftochter Salome erlegen war. Und dass diese, eine ihrer leichtfertigen Mutter Herodias würdige Tochter, den Kopf des heiligen Mannes gefordert hatte, den zu verführen ihr nicht gelungen war.

»Du sollst verflucht sein«, hatte Malthake geschrien. »Die Wüstenhunde sollen dich ausgraben und deine Überreste fressen. Hattest du gehofft, mit deiner Stieftochter zu schlafen? Du hast einen heiligen Mann wegen eines Beischlafs geopfert? Ich verstoße dich, du bist nicht mehr mein Sohn, du bist nur ein Herodianer. Ein schamloser, gottloser Fuchs.«

Herodes war vor der Flut von Kränkungen aus dem Mund seiner Mutter, die sie ungeniert auch vor ihren Bediensteten aussprach, geflohen. Eine schreckliche Erinnerung. Ein ganzes Jahr voller Manipulationen, Geschenke und Intrigen hatte kaum ausgereicht, um Mutter und Sohn zu versöhnen.

Außerdem schürten seine eigenen Bediensteten düstere Befürchtungen in ihm. Wenige Männer – und nicht unbedingt Tyrannen auf dem Gipfel ihrer Macht – entgingen der quälenden Angst des nahen Endes, das sie vor den Obersten Tyrannen bringen würde, und der Tetrarch Herodes Antipas gehörte bestimmt nicht zu ihnen. Selbst sein Vater Herodes der Große, für den ein Menschenleben kaum so viel wert war wie das einer Fliege, hatte Todesängste ausgestanden, als die Astrologen ihm die Geburt eines Königs von Israel vorausgesagt hatten.

Nun, Herodes Antipas wusste durch seine Spione, dass Chouza, die Frau seines ersten Kammerherrn, eine Anhängerin dieses Jesus von Galiläa war. Und ganz bestimmt beeinflusste sie ihren Mann.

Folglich nahm der Tetrarch all seine Verschlagenheit und seinen Großmut zusammen, eine heuchlerische Umschreibung seiner innersten Ängste, um die Drohung abzuwenden, die auf seinem Schicksal lastete.

Jesus wirkte Wunder. Er vertrieb die Dämonen. Vielleicht konnte er sie auch heraufbeschwören. Vielleicht konnte er, obwohl er sich im Augenblick in einem erbärmlichen Zustand befand, ihn, Herodes Antipas, in ein quiekendes Ferkel verwandeln, das durch die Beine der Legionäre das Weite suchte!

Diese Festnahme war eine schmutzige Geschichte. Aber auch Kaiphas hatte keine Wahl gehabt.

»Willst du, dass wir dir zur Flucht verhelfen?«, fragte Herodes.

»Glaubst du, der Heilige Geist flieht wie ein Lamm vor dem Fleischer?«, erwiderte Jesus.

»Du bist Galiläer, ich kann dich der Gerichtsbarkeit des Tempels und der von Pilatus entziehen«, beharrte Herodes.

Minuten verstrichen.

»Herodes, Jahwes Gerechtigkeit verachtet diese menschlichen Tricks. Die Heilige Schrift ist geschrieben«, antwortete Jesus müde.

Herodes verharrte einen Moment lang nachdenklich, überlegte, dass er trotz allem von Pilatus verlangen könnte, ihm diesen Gefangenen zu überlassen. Dann beherrschte ein bedrückendes, ein dringliches Gefühl seine Gedanken: Er konnte nicht in einen mysteriösen Konflikt eingreifen, dessen Ursache ihm unbekannt war.

Worin bestand der Urgrund der ungewöhnlichen Feindseligkeit zwischen den Menschen am Toten Meer und jenen des Tempels?

Er zog sich, gefolgt von seinem Kammerherrn, gequält zurück.

Ein Legionär hob den Purpurmantel auf. Er würde ihn bei einem anderen Königsspiel verwenden.

Zur Hälfte der neunten Stunde brachte der Bedienstete Judas zu Josef von Arimathäa zurück. Inzwischen hatten sich Maria von Magdala und Maria von Kleophas Josef, Nikodemus und Lazarus angeschlossen, während Martha sich mit Jesu Mutter, die am Ende ihrer Kräfte war, auf den Weg zum Haus des Nikodemus in der Stadt aufgemacht hatte.

Der Bedienstete wirkte bestürzt. Judas' Gesicht hatte wieder etwas Farbe angenommen, aber er war immer noch verstört. Pflaster aus öligem Ton bedeckten seine Stirn.

»Was hat der Apotheker gesagt?«, fragte Josef von Arimathäa.

»Wenn du seinen Rücken gesehen hättest«, rief der Bedienstete und schlug sich die Hände an seine Wangen. »Mein Herr, wenn du seinen Rücken gesehen hättest. Voller Striemen.«

Maria Magdalena, die nun erst von Judas' seltsamen Wunden erfuhr, griff nach seinem Arm und stellte dieselbe Frage wie kurze Zeit zuvor Nikodemus: »Hat man dich ausgepeitscht?«

Wieder schüttelte Judas nur den Kopf.

»Woher sonst sollten deine Verletzungen stammen?«

»Maria, ich weiß es nicht. Es hat keine Bedeutung. Sie haben den Herrn ausgepeitscht«, erwiderte er mit kläglicher Stimme.

Maria blieb seltsam gefasst. »Aber Judas, wer hat *dich* ausgepeitscht?«

»Niemand. Nachdem ich gesehen hatte, wie man meinen Herrn auspeitschte, war ich plötzlich voller Blut. Ich habe gesehen, wie er ausgepeitscht wurde! Er!«

Sie hatte sich von ihrer Verblüffung noch nicht erholt, als ein anderer Bediensteter Josefs von Arimathäa ankündigte, dass Pontius Pilatus sich erneut ans Volk wenden werde. Sie begaben sich zu dem Platz vor der Terrasse. Dort wogte inzwischen ein gewaltiges Menschenheer, sodass sie das Geschehen nur aus der Ferne beobachten konnten, wie im Traum.

Pilatus trat heraus und musterte die Menge.

Kurz danach drängten zwei Legionäre Jesus an seine Seite.

»Ich weiß nicht, welches Verbrechen dieser Mann nach eurem Recht begangen hat. Aber da ihr ihn für schuldig befunden habt, habe ich ihn strenger Züchtigung unterworfen. Ich habe ihn auspeitschen lassen. Das ist eine erniedrigende Strafe für den Mann, den ihr zum König ausrufen wolltet.«

Die Übersetzung seiner Worte wurde weitergegeben, und sogleich entstand Aufruhr.

»Nein. Wir haben keinen König. Dieser Mann ist ein Betrüger und ein Gottloser.«

»Lasst ihn los!«

»Der Tod ist die gerechte Strafe.«

»Dieser Mann ist der Gesandte Gottes, ihr werdet darunter leiden müssen.«

»Zu Tode mit ihm!«

Plötzlich entstand eine seltsame Bewegung in der Menschenmenge. Mit Stöcken bewaffnete Eiferer drängten die Anhänger Jesu beiseite und bahnten sich einen Weg vor die Estrade. Sie brüllten und schwenkten ihre Hölzer.

»Dieser Mann nennt sich König, was deinem Cäsar entspricht. Pilatus, dafür wirst du dich in Rom verantworten müssen«, grölten sie.

Sie bildeten den Großteil der Menge, und Pilatus musterte diese hasserfüllten Menschen. Er wusste: Wenn er Jesus begnadigte, würde er die Macht Roms in Gefahr bringen.

Jetzt schrien sie.

»Steinigung! Steinigung!«

Maria stützte sich auf den Arm ihres Bruders.

Pilatus schüttelte den Kopf und hob den Arm. Was würde er sagen?

»Ihr wollt seinen Tod? Gut, so sei es. Aber seine Hinrichtung erfolgt nach römischem Recht. Das verlange ich.«

Sie begnügten sich mit Murren. Es war ihnen sicher gleichgültig, wie er hingerichtet wurde.

»Er wird gekreuzigt«, donnerte Pilatus.

Dann kehrte er ihnen den Rücken, und zog sich in das Gebäude zurück. Unter den Anhängern entstand dumpfes Gemurmel. Vielleicht auch unter den Tempelwächtern, die enttäuscht waren, dass es keine Steinigung geben würde. Pilatus' letzte Rache: Er verweigerte ihnen ein Massaker.

Die Legionäre nahmen Jesus in die Mitte und führten ihn wieder in den Gerichtssaal.

»Wir haben zu tun«, sagte Josef von Arimathäa und gab das Zeichen zum Aufbruch.

Lazarus wandte sich an Judas: »Hast du etwas zu essen?«

Judas antwortete nicht. Essen?

Lazarus schob ihm zwei Denare in die Hand. Dann schloss er sich den anderen an.

Als sie sich von der Menge entfernten, die sich allmählich aufzulösen begann, bemerkten sie nicht, dass sie Judas verloren hatten. Aber sie brauchten ihn nicht.

17

Elaouia, elaouia, limash baganta

Auch in der Nacht, die diesem verfluchten Freitag vorausgegangen war, hatten die senkrechten Balken der Kreuze auf dem Golgatha außerhalb der Stadtmauern gewartet. Vergleichbar den Schwertklingen, die der Schmied noch nicht mit ihrem Griff versehen hat, warteten sie seit jeher darauf, dass der Wille des Menschen – dieses Instrument des Dämons, eines der Söhne des Allmächtigen – sie verziert mit einem Verbrecher in die Mitte der Erde stürzen würde.

Es gab hohe Balken für die Verurteilten, die man den Blicken aller aussetzen wollte. Und weniger hohe, die im Allgemeinen skrupellosen Mördern vorbehalten waren, damit jeder, der dies wollte, diesen ins Gesicht spucken konnte. Insgesamt waren es zwölf. Manchmal hatte sich der Golgatha gegen zu viele Gekreuzigte gesträubt, die in der Regel Zeloten waren.

Für jenen Tag waren nur drei Kreuze vorgesehen. Zwei hatte man bereits aufgerichtet. An dem einen hing Jesus bar Harkan, an dem anderen ein Zelot namens Zakas, der Mörder eines römischen Soldaten, der sich in der Nacht auf der Straße nach Jericho verirrt hatte. Das Loch, in das man das dritte Kreuz stecken würde, klaffte frisch ausgehoben, drei Fuß tief. Diese Löcher waren immer gleich.

Die Augen auf das Ziontor gerichtet, warteten der Zimmermann und ein halbes Dutzend Handlanger auf den dritten Verurteilen, um ihre Arbeit beenden und nach Hause gehen zu können.

Der Himmel war schieferfarben, die Erde auf der Anhöhe von einem schmutzigen Schwarz.

Der Hinrichtungsordnung folgend, lieferten zwei Legionäre den vier Ellen langen Querträger des Kreuzes in die Kaserne. Nur der Allmächtige oder sein Sohn, der Dämon, wussten, wie viele Male er bereits gedient hatte: Die eingelassenen Löcher, um ihn am tragenden Pfosten befestigen zu können, waren durch den häufigen Gebrauch schwarz geworden.

»Du trägst ihn bis Golgatha«, gebot einer der Legionäre Jesus und ließ den Balken fallen. »Heb ihn auf, los!«

Er war ein junger Mann mit zahlreichen Narben im Gesicht, den der Krieg, dieses Schauspiel der Grausamkeit, des Verbrechens und des Elends, blind gemacht hatte für menschliches Leid, sofern es nicht sein eigenes war.

Jesus versuchte, den Balken hochzuheben. Seine Finger umklammerten das Holz, seine Muskeln traten hervor. Endlich gelang es ihm, ihn ein Stück anzuheben, doch dann ließ er ihn wieder fallen. Zu schwer. Jesus war erschöpft. Er versuchte es noch einmal am äußersten Ende, in der Hoffnung, den Träger so besser handhaben zu können, und bemühte sich, ihn auf die Schulter zu hieven. Doch der Schmerz in seinen noch frischen Wunden war unerträglich.

»Du musst ihn aber tragen«, sagte der Legionär in tadelndem Ton.

Jesus atmete tief ein und konzentrierte sich. Schließlich gelang es ihm, den Balken auf eine Stelle seiner Schulter zu balancieren, die unverletzt war.

»Wo sind die beiden anderen?«, rief der Legionär.

»Die sind bereits seit zwei Stunden dort«, erwiderte sein Kamerad, »und hängen bestimmt schon am Kreuz. Wir sind verdammt spät dran.« Und zu Jesus gewandt: »Los, Beeilung!«

Jesus schlüpfte in seine Sandalen und folgte den beiden. Zwei weitere Legionäre warteten an der Tür. Sie begleiteten ihn also zu viert, für den Fall, dass ein paar Verwegene einen Gewaltstreich versuchen sollten. Die Stufen, die zur Straße führten, waren am schwierigsten zu bewältigen. Fast hätte Jesus das Gleichgewicht verloren und den Balken erneut fallen gelassen. Einer der Männer konnte ihn gerade noch auffangen. Schließlich gelangten sie auf die Straße, an der eine Menschentraube wartete. Der Weg zum Golgatha war nicht weit, von einem gesunden Mann in kurzer Zeit zu bewältigen, aber Jesus konnte sich kaum auf den Beinen halten. Ein Mann aus der Menge wurde von Mitleid erfasst und nahm ihm seine Last ab, ohne dass ihn jemand darum gebeten hätte. Die Legionäre erhoben keinen Einwand. Sie waren schließlich in Eile.

Jesus blickte geradeaus und sah weder nach links noch nach rechts. Er wusste, wessen Gesichter, tränenüberströmt und angstverzerrt, er sehen würde. Ihre Schmerzen würden ihn stärker quälen als seine eigenen.

Der kleine Zug ging durch das Ephraimtor, an dem sich die Jünger versammelt hatten, unfähig zu verstehen, was sich hier ankündigte, und gelangte schließlich auf die Anhöhe. Die Legionäre betrachteten einen Augenblick lang die beiden Verurteilten an ihrem Kreuz. Sie waren vollkommen nackt, hatten den Mund weit aufgesperrt und schnappten nach Luft, als wären sie am Ertrinken. Der Zimmermann und seine Helfer, die auf der Erde gesessen hatten, erhoben sich sichtlich ungeduldig. Der Unbekannte, der den Querbalken getragen hatte, stellte ihn ab.

»Wie heißt du?«, fragte Jesus ihn.

»Simon. Simon von Zyrene.«

Jesus legte ihm die Hand auf die Schulter.

»Hierher«, rief der Zimmermann.

Zwei in Tränen aufgelöste Frauen kamen herbei. Die ältere trug einen Krug und einen Becher. Sie blieben vor Jesus stehen.

»Herr«, sagte die ältere mit brüchiger Stimme, »das ist Myrrhenwein. Er lindert die Schmerzen.«

Jesus hob den Kopf. Kannten sie ihn? Eine nichtige Frage. Er wusste, was es mit diesem Wein auf sich hatte, dem Wein der Verurteilten, der die Pein minderte. Er hatte von den frommen Frauen gehört, die den Anblick des Schmerzes nicht ertrugen, den der Mensch dem Menschen zufügt, und die sich zusammengetan hatten, um den Verurteilten, auch wenn es sich um Verbrecher handelte, eine letzte Linderung zu bieten.

Das Ziel der Kreuzigung war die Herbeiführung eines langsamen Todes durch allmähliches Ersticken, das sich über Tage erstreckte, während die Muskeln des Brustkorbs allmählich ihren Dienst versagten. Dennoch hatten weder Pilatus noch Kaiphas, der sich in der Öffentlichkeit jeder Äußerung dazu enthielt, etwas gegen den dargebotenen Betäubungstrank einzuwenden. Für sie war das Wichtigste, sich der Übeltäter zu entledigen.

Jesus betrachtete die beiden Frauen, die das Leiden der Gekreuzigten quälte und innerlich zerriss.

Dieses Leiden, diese Zerrissenheit des Menschen zwischen seiner Körperlichkeit und der Beherrschung des Geistes. Das Nichts und das Jenseits. Er fühlte sich bereits geschwächt.

»Beeilen wir uns!«, rief der Zimmermann, der spürte, dass sich im Schlund Satans ein Sturm zusammenbraute, und der schnell nach Hause kommen wollte.

Jesus streckte die Hand aus. Die Frau füllte den Becher mit einem fast schwarzen Wein. Er leerte ihn in zwei Zügen. Einer der Legionäre ergriff seinen Arm und schubste ihn zu dem Kreuz, das auf der Erde lag. Der Zimmermann hatte gerade den Querträger befestigt. Der vertikale Balken war länger als üblich. Wollte man damit die Aufmerksamkeit des Volkes erregen. Aber wer? Ein paar Helfer des Zimmermanns zerrten Jesus seinen Mantel und sein Gewand vom Leib. Mit nackten Füßen stand er da, das Lendentuch mit beinahe schwarzem Blut befleckt.

»Leg dich auf das Kreuz.«

Er tat, wie ihm geheißen. Ein Zittern durchlief ihn. Es war kühl und das Holz eiskalt. Einer der Männer nahm seinen Arm, und plötzlich verkrampfte sich der Oberkörper Jesu vor Schmerz. Ein Nagel war durch sein rechtes Handgelenk getrieben worden, kurz danach ein weiterer durch das linke. Er heulte auf. Man riss ihm sein Lendentuch herunter, legte seine Füße übereinander auf den Pfosten und trieb einen einzigen langen Nagel hindurch.

Sein eigener Schrei gellte ihm in den Ohren. War das wirklich seine Stimme? Er hätte es nicht sagen können. Der Myrrhenwein zeigte bereits Wirkung und trübte seine Sinne.

»Ihr könnt ihn jetzt aufrichten.«

»Moment!«, rief eine Stimme auf Griechisch. »Was soll das Schild?«

»Es wurde von Pilatus in Auftrag gegeben.«

»Was bedeutet es?«

»Iesus Nazarenus Rex Judaeorum.«

»Das ist unzulässig. Dieser Mann ist nicht unser König.«

»Ach ja? Aber der Statthalter sagt es.«

»Ich bin der Vertreter des Hohepriesters Kaiphas. Ich widersetze mich offiziell …«

»Klär das nachher mit Pilatus. Der Verurteilte wird nach römischem Recht hingerichtet, und hier befiehlt Pilatus. Ich führe nur Befehle aus.« Er wandte sich zu seinen Männern. »Hebt jetzt das Kreuz hoch. Wir wollen hier nicht übernachten.«

Kaiphas' Mann erging sich in Protesten, die er mit Verwünschungen würzte. Vergeblich.

Seile wurden am Querbalken befestigt. Mit ihrer Hilfe wurde das Kreuz langsam hochgezogen, bis die untere Seite des Pfostens ruckartig in das Loch rutschte.

Jesu Kehle entrang sich ein heiseres Schluchzen, als das Gewicht seines Körpers mit einem Mal nur noch an den beiden Nägeln hing, die seine Handgelenke durchbohrten.

Nach einigen gezielten Hammerschlägen stand das Kreuz gerade. Die Helfer des Zimmermanns füllten das Loch mit Erde und klopften sie mit ihren Schaufeln fest.

Der Gekreuzigte wurde von einem unerträglichen Schmerz ausgefüllt wie ein Kelch.

Ein Kelch, der zur Hälfte mit Myrrhenwein gefüllt war und zur Hälfte mit einem Extrakt, den er vor langer Zeit dank des Weins der Erlösung in sich aufgenommen hatte.

Sie standen am Ephraimtor, zweihundert Schritte von den Kreuzen entfernt, den Blick verhangen, die Gesichter grau, leichenähnlich.

Die leuchtende Güte, das Brot des Lebens war dem Dämon ausgeliefert.

Josef von Arimathäa, Maria von Magdala, Martha, Lazarus, Nikodemus, Johannes und Thomas. Und Simon und Judas, die Brüder Jesu. Und Lydia und Lysia. Am Boden zerstört durch den Anblick, der sich ihnen bot. Ihr Herr, nackt an einem Kreuz, zwischen zwei Straßenräubern. Und, etwas abseits, Judas. Er spürte eine tiefe Verachtung für diese Menschen, zu denen er gehört hatte. Eine Verachtung ohne Hass. Als hätte er während eines Sturms Staub gegessen, als sei er in der Wüste gestorben und habe den Mund voller Sand.

Der Zimmermann und seine Männer sammelten ihre Werkzeuge ein und ließen nur die Leiter und die Zange da, die dazu dienten, den Gekreuzigten vom höchsten Kreuz zu lösen: Jesus bar Josef. Die beiden anderen befanden sich praktisch in Mannshöhe. Sie gingen den Hügel hinunter, gelangten zum Ephraimtor und bahnten sich einen Weg durch die Zuschauer. Dabei schubsten sie Judas beiseite, den es vor Abscheu fröstelte.

Auf Golgatha bewachten zwei Legionäre die drei Kreuze. Wozu diese Bewachung? Wer würde schon Gekreuzigte stehlen wollen?

Die Jünger? Sie hatten auf dem Platz vor der Terrasse des Statthalters ein wenig herumgeschrien. Aber seit Pilatus das Urteil verkündet hatte, verhielten sie sich eher wie verschüchterte Schafe.

Und die Zweiundsiebzig? Verschwunden. Oder waren sie noch da, in seiner Nähe, aber tatenlos? Eingeschüchtert von der Möglichkeit einer Festnahme. Kaiphas würde sicher gegen die Jünger des Herrn wüten. Der Heilige Geist hätte sie mit einer schrecklichen Wut erfüllen müssen, sie hätten nach Golgatha eilen und ihren Herrn vom Kreuz nehmen müssen.

Eisiger Wind kam auf.

Und Josef von Arimathäa? Martha? Lazarus? Johannes? Thomas? Und alle anderen? Warum unternahmen sie nichts? Sie waren ihm doch am meisten ergeben gewesen. Sie hatten genügend Bedienstete, um zu handeln ... Was würden sie jetzt tun?

Was würde jeder Einzelne tun?

Als die Männer die Nägel in Jesu Handgelenke geschlagen hatten, war Judas getaumelt.

Er hoffte auf den Tod.

Der Tod, ein alter Komplize, ohne den kein menschliches Wesen menschlich wäre.

Aber er hatte nicht das Recht, sich den Tod zu wünschen, denn das hieße die Hoffnung in seinen Herrn verloren zu haben. Die Verzweiflung wäre der Tod des Geistes in ihm.

Er betrachtete die Hinrichtungsstätte, aber aus dem Blickwinkel einer anderen Zeit, einer Zeit, als Jesus ihn gelehrt hatte zu sehen.

Er verharrte eine Ewigkeit so und nahm die Gespräche um sich herum nur wie durch einen Schleier wahr.

Die Anhänger des Tempels entrüsteten sich noch immer über das Schild am Kreuz: I.N.R.I.

»Wieder ein Schachzug von Pilatus, um uns zu kränken.«

Zwei oder drei unter ihnen erwogen den Gedanken, die Leiter zu ergreifen und das beleidigende Schild abzuschrauben.

Irgendwann hob Jesus den Kopf und schrie. Der Wind trug seine Worte zum Ephraimtor: »*Elaouia, elaouia, limash baganta.*«

Judas zitterte. Es waren die Worte, die er, Jesus und einige andere einst in der Wüste gesprochen hatten, als sie den Wein der Erlösung tranken, als dieses Getränk den Geist in ihnen freisetzte. Die göttliche Essenz, die damals in ihnen entbrannt war, erhob sich nun wie eine reine Flamme …

Der Geist glühte in Jesus.

Judas' Brust schwoll an. Er straffte die Schultern, von einem Atem angehaucht, der auch ihn erfüllte; Tränen rollten über seine Wangen. Er ging auf seinen Herrn zu, glitt in seinen Körper …

Sie vereinigten sich im Geist.

Er wurde von dem seltsamen Gefühl beseelt, dass Jesus den Tod besiegt hatte.

Niemand anderer begriff diese Worte. Rief der Gekreuzigte Elias an? Warum diesen Propheten? Einige der Tempelwächter spotteten, gefühllos gegenüber den Wehklagen der Frauen.

»Ruft er jetzt Elias an? Glaubt er, der Prophet werde kommen und ihn befreien?«

Aber was bedeuteten die Worte *limash baganta*?

»Was hat er gesagt?«, fragte Nikodemus leise.

Josef zuckte als Zeichen, dass er es nicht wusste, die Schultern. Er wandte sich zu Judas, der vielleicht den Sinn dieses Rufes kannte, und wurde von Grauen gepackt. Der innig geliebte Jünger war wieder voller Blut. Josef stieß einen schaurigen Laut aus. Die anderen musterten ihn überrascht, suchten in seiner Miene die Ursache für seine Erschütterung zu ergründen. Dann sahen sie Judas, der sein Gesicht mit den Händen verhüllte.

Blut rann aus zwei Wunden an seinen Handgelenken.

»Judas!«

Josef blinzelte, als erwachte er aus einem Traum, selbst überrascht von seinem Ruf.

»Judas, deine Hände …«, sagte Maria.

Maria, die Mutter Jesu, heulte vor Entsetzen auf. Thomas reckte den Hals, seine Kiefer klappten nach unten.

Judas betrachtete seine beiden Handgelenke und hob langsam den Kopf, den Blick gesenkt.

»Schaut, seine Füße«, rief Josef mit erstickter Stimme.

Auch Judas' Füße bluteten. Durch die Riemen seiner Sandalen sah man die Wundmale.

Sie begriffen. Maria begann zu weinen. Lazarus legte den Arm um Judas' Schulter.

»Judas, Judas …«, murmelte er.

Nur einige Schritte entfernt rätselten die Tempelwächter noch immer über den Sinn der geheimnisvollen Worte Jesu.

»Es ist ein Schrei der Verzweiflung«, versicherte Kaiphas' Vertreter Gedalja schulmeisterlich. »Er bedeutet: ›Warum nur hast du mich verlassen?‹ Dieser Schwachkopf bildete sich ein, der Allmächtige werde ihn vom Kreuz erlösen.«

»Das sind aber nicht die Worte, die wir gehört haben«, wandte ein anderer ein. Er sagte *limash baganta* und nicht *lamma sabbachtani.*«

»Ja, ja. Aber der Schmerz verzerrt seine Stimme, er kann nicht mehr deutlich reden. *Limash baganta* ergibt keinerlei Sinn.«

Worte wurden durch den Wind zu ihnen getragen.

»Ich habe Durst.«

Hatte Jesus sie gesprochen? Oder einer der anderen?

Kurz danach fiel Jesu Kopf auf seine Brust.

»Er ist tot«, rief einer der Zuschauer.

Judas betrachtete seinen Herrn. Er schloss die Augen. Nein, der Herr war nicht tot. Nein. Der Tod am Kreuz trat erst nach mehreren Tagen ein.

Niemand wusste, wie spät es war, weit und breit gab es keine Sonnenuhr, und zudem wäre der Zeiger unter diesem schwarzen Himmel ohne Schatten gewesen. Vermutlich war es um die zweite Stunde des Nachmittags.

Die Tempelwächter fanden, dass es an der Zeit war, sich zu stärken. Sie waren zudem sicher, dass der falsche Messias verschieden war.

Josef von Arimathäa gab erst Nikodemus, dann Maria von Magdala ein Zeichen. Er drückte Lazarus' Arm, dann stahlen sie sich, gefolgt von ihren Bediensteten, davon.

Von den ursprünglich etwa hundert Schaulustigen waren nur noch wenige übrig. Auf ein Zeichen von Maria zog sich ihre kleine Gruppe ebenfalls zurück.

Das Ephraimtor war verwaist, fast.

Der Wind zerrte an Judas' Mantel und Gewand. Reglos lehnte er an einer Mauer und konnte den Blick nicht von seinem Herrn wenden.

Der Wind, der Wind des Geistes wehte auch dort oben über den drei Kreuzen.

Elaouia, elaouia, limash baganta …

18

Blutsonne

Maria von Magdala ging in dem großen Saal in der ersten Etage von Nikodemus' Residenz in der Oberstadt auf und ab. Maria, die Mutter Jesu, lag ausgestreckt auf einer Bank, Maria von Kleophas zu ihren Füßen.

Lazarus hatte auf einem Stuhl Platz genommen und versuchte die Gedanken zu ordnen, die ihm im Kopf herumschwirrten: Josef von Arimathäa und Nikodemus waren auf dem Weg zu Pilatus, um ihn um die Erlaubnis zu bitten, Jesu Körper vom Kreuz nehmen zu dürfen, damit sie ihn ehrerbietig bestatten konnten. Sie wussten nicht, ob Jesus noch am Leben war, aber Josef hatte den Legionär bestochen, damit er dem Gekreuzigten nicht die Schienbeine brach, wie es nach dem Tod am Kreuz üblich war. In etwa drei Stunden würde die Sonne untergehen. Und da man aus Respekt vor dem Brauch der Juden keine Verurteilten am Passahfest am Kreuz hängen ließ, drängte die Zeit: Sie mussten Jesus vor Sonnenuntergang vom Kreuz genommen haben. Das war Lazarus' Hauptsorge. Ihn beschäftigten aber auch Judas' plötzlich auftretende Wunden, deren Herkunft rätselhaft war; Wunden einer Auspeitschung und Wunden einer Kreuzigung, wiewohl er keines von beidem durchlitten hatte. Es war ein Wunder. Gewiss schmerzhaft, aber dennoch ein Wunder. Und überdies zeugte es von der innigen Verbundenheit zwischen dem Jünger und seinem Herrn.

Aber wo war Judas? Vermutlich war er beim Ephraimtor zurückgeblieben und würde so lange dort bleiben, bis Jesu Leichnam vom Kreuz genommen worden war.

Lazarus war versucht, den innig geliebten Jünger zu suchen. Aber er hatte mit Josef vereinbart, auf dessen Rückkehr oder auf die Ankunft eines Boten zu warten, der ihn über die Ergebnisse des Vorsprechens beim Statthalter unterrichten würde.

Er bemühte sich also, sich ins Unvermeidliche zu fügen, und brütete weiter über Fragen ohne Antworten.

Judas hatte sich tatsächlich nicht von der Stelle gerührt. Seine wunden Füße bluteten zwar nicht mehr, aber dennoch empfand er einen dumpfen Schmerz. Ein Platzregen ging über ihm nieder und zwang ihn, sich in eine Ecke des Ephraimtors zu flüchten, in die Nähe des aus Stein gebauten Schilderhauses der Legionäre.

Etwa eine halbe Stunde nachdem sich Josef und Nikodemus auf den Weg zu Pilatus gemacht hatten, eilte ein Zenturio zum Kreuzigungsort und redete wild gestikulierend auf die beiden Legionäre der Wache ein. Offensichtlich ging es um Jesus. Dann griff er nach der Lanze eines der beiden, stellte sich unter Jesu Kreuz und stach sie ihm in die rechte Seite.

Judas, der dies alles beobachtete, hätte beinahe aufgeschrien. Doch Jesus reagierte nicht.

Der Zenturio betrachtete ihn einen Moment lang, rief den Wachen etwas zu, das Judas nicht verstand, und entfernte sich wieder im Laufschritt.

Was hatte all dies zu bedeuten? Wollte der Zenturio sich davon überzeugen, dass Jesus tot war? Wozu? Und weshalb in diesem Augenblick?

Aber immerhin hatte er sich wieder entfernt, und Judas verfiel wieder in seine stumpfe Benommenheit. Kurz vor der vierten Stunde kam eine Gruppe von Männern auf ihn zu, die gegen den heftigen Wind ankämpften, der neuen Regen ankündigte. Sie zogen einen Esel hinter sich her und schienen ebenfalls in Eile zu sein. Judas erkannte Josef von Arimathäa und Nikodemus, doch die beiden bemerkten ihn nicht und hasteten auf Golgatha zu.

Der Anblick dieser seltsamen Gruppe riss Judas aus seiner Dumpfheit. Was wollten sie dort oben tun? Glaubten sie, Jesus sei tot?

Er beobachtete, wie sich Josef an die Legionäre wandte. Einige Sekunden später deutete einer dieser Männer auf die Leiter, die am Boden lag. Ein Bediensteter lehnte sie an die linke Seite des Kreuzes und begann hinaufzuklettern. Sein Mantel bauschte sich im Wind. Josef reichte ihm mit einer Hand die Zange und hielt mit der anderen die Leiter fest. Als der Mann oben angelangt war, führte er ein gefährliches Unterfangen durch: Er klammerte sich links am Querbalken des Kreuzes fest und bemühte sich, den Nagel, der durch das rechte Handgelenk des Gekreuzigten geschlagen war, herauszuziehen. Endlich hatte er Erfolg, und Jesu Arm fiel leblos herab. Doch jetzt wurde es schwierig, denn der Bedienstete musste den Körper des Gekreuzigten, der nur noch an dessen linkem Handgelenk festgenagelt war und nach vorn sackte, unter den Achseln packen, um ihn aufzufangen. Es bestand sonst die Gefahr, dass das Handgelenk unter dem Gewicht des Körpers riss. Und bei all dem stand der Mann hoch oben auf einer Leiter im stürmischen Wind.

Ein weiterer Bediensteter bemühte sich, zusammen mit seinem Herrn, die Leiter festzuhalten.

Wie gebannt beobachtete Judas die Szene.

Auch die beiden Legionäre verfolgten das Geschehen, aber nicht aus Mitgefühl, sondern voll des Spottes.

Der Mann auf der Leiter musste beinahe Unmögliches vollbringen. Er musste, während er Jesu Oberkörper fest umklammert hielt und dessen Kopf auf seiner Schulter ruhte, den Nagel am rechten Ende des Querbalkens lösen. Doch dazu musste er seinen rechten Arm freibekommen.

Judas hörte, wie Josef rief: »Lass die Zange fallen.«

Der Bedienstete gehorchte. Und mit unglaublichen Verrenkungen gelang es ihm nun, Jesu Gewicht von seinem rechten auf den linken Arm zu verlagern.

Judas stürzte auf das Kreuz zu. Zu Josefs Verblüffung griff er nach der Zange, kletterte flink wie ein Affe die Leiter hoch und reichte sie dem Bediensteten.

Dieser machte sich mit größter Anstrengung daran, den Nagel aus Jesu linkem Handgelenk zu ziehen. Dabei stützte er immer noch Jesu Körper.

Eine Ewigkeit verging. Doch endlich fiel der lange Nagel mit einem dumpfen Geräusch auf den nassen Boden.

»Gib mir die Zange«, rief Judas.

Und wie in Trance schickte er sich unter den erstaunten Blicken von Josef von Arimathäa, Nikodemus, der Legionäre und der Bediensteten an, den Nagel herauszuziehen, der in Höhe seines Gesichts die Füße Jesu festhielt. Ein großer viereckiger Nagel, so lang wie seine Hand.

Wo nahm er die Kraft her, nachdem ihn noch vor wenigen Stunden die Erschöpfung an den Rand des Todes getrieben hatte? Schließlich gab der Nagel nach. Judas zog ihn mit der Behutsamkeit einer Hebamme heraus und ließ ihn in seine Manteltasche gleiten.

Waren es Regentropfen oder Tränen, die ihm über die Wangen rannen?

Sanft nahm er Jesu Füße in seine Hände und küsste sie.

Zutiefst verwundert sah er, dass sie bluteten. Doch ein Leichnam blutete nicht. Er hatte es gewusst, Jesus war nicht tot!

»Helft mir«, rief der Bedienstete über ihm, als er die Leiter hinabkletterte.

Sie warteten unten. Und fingen Jesu Körper mit ihren ausgebreiteten Armen auf.

Die Legionäre kümmerten sich nicht weiter um das eigenartige Geschehen. Sie liefen den Hügel hinab und flüchteten sich vor dem wieder einsetzenden Regen unter das Ephraimtor.
  Der Wolkenbruch wusch den nackten Körper Jesu und durchweichte die Mäntel der anderen.
  Der Esel war im Nu völlig durchnässt.
  Jesu Körper wurde auf ein Leichentuch gebettet, das man auf dem Gras ausgebreitet hatte. Einer der anwesenden Männer, zweifellos ein Arzt, kniete nieder, um die Wunden zu untersuchen. Er widmete sich intensiv dem Lanzenstich auf der rechten Seite. Auch er war verwundert, dass die Wunden zu bluten begonnen hatten. Das Blut war dunkelrot. Verwirrt blickte er zu Josef von Arimathäa und Nikodemus hoch, die das Phänomen ebenfalls beobachtet hatten.
  »Beeilen wir uns«, befahl Josef. »Die Tempelwächter können jeden Moment eintreffen.«
  Der Arzt strich mit der Fingerspitze eine Salbe auf die Wunden. Dann schlug er das untere Ende des Leichentuchs, dessen obere Hälfte Jesu Gesicht und Kopf bedeckte, über den geschundenen Leib. Das entsprach nicht dem vorgesehenen Ritual: Sie hätten den Leichnam mit parfümiertem Wasser waschen, dann ein Tuch, das *soudarion,* über das Gesicht breiten und schließlich das Leichentuch vernähen und die Gebete sprechen müssen … Doch das ließ die Situation nicht zu. Und zudem würde man einen Lebenden nicht in ein Leichentuch nähen. Der eingehüllte Körper wurde so auf den Esel geladen, dass Jesu Kopf auf dessen Hals zu liegen kam. Vier Männer, darunter Judas, sorgten dafür, dass er nicht herunterfiel.
  »Da unten sind sie«, brummte Nikodemus plötzlich.

Die Köpfe wandten sich dem Ephraimtor zu: Dort standen etwa ein halbes Dutzend Menschen und beobachteten die Szene. Sicherlich hatte ihnen jemand berichtet, dass man Pilatus um die leibliche Hülle Jesu gebeten hatte, und jetzt waren sie dort versammelt, um zu sehen, was dieses ungewöhnliche Vorgehen zu bedeuten hatte: Zwei Mitglieder des Hohen Rats hatten sich am Tag vor dem Passahfest zwei oder drei Stunden vor Sonnenuntergang in ein heidnisches Haus gewagt? Und noch schlimmer: Die beiden jüdischen Honoratioren hatten einen Leichnam berührt! Sie würden das Passahfest nicht begehen können, da die Reinigungsrituale mindestens vierundzwanzig Stunden dauerten!

Letztlich war der Regen der Verbündete von Jesu Rettern, denn er zwang die Anhänger des Tempels, sich zurückzuziehen.

»Du kommst mit uns«, sagte Josef von Arimathäa zu Judas.

Der Zug, insgesamt acht Männer, Josef, Nikodemus, Judas, der Arzt und vier Bedienstete, setzte sich in Bewegung. Wohin? Judas wusste es nicht, aber es spielte auch keine Rolle. Er war fest entschlossen, keinen Moment von Jesu Seite zu weichen. Josef hatte dies offenbar erkannt und ihn deshalb nicht fortgeschickt.

Judas ging voraus, neben dem Esel. Der Morast, durch den er, genau wie die anderen, watete, ließ ihn gleichgültig. Seine Hand glitt unter das Leichentuch und hielt Jesu linken Arm. Stumm betrachtete er den Abdruck, den das innig geliebte Gesicht in dem neuen, weichen Leinen hinterließ.

Nach einer knappen halben Stunde Marsch rutschte plötzlich ein Zipfel des Leichentuchs zur Seite. Judas' Herzschlag stockte, als er sah, wie sich Jesu Mund, der gerade noch halb geöffnet gewesen war, schloss und die Zunge dabei über die Oberlippe fuhr. Sein Verstand hatte ihm gesagt, dass sein Herr noch lebte, aber der Mensch ist so beschaffen, dass der Verstand nur glauben will, was die Augen sehen. Judas frohlockte.

Hatten die anderen dieses Lebenszeichen ebenfalls wahrgenommen? Er wollte sie nicht danach fragen. Wenn sie es nicht gesehen hatten, war es jetzt sein Geheimnis.

Aber wohin führte Josef sie? Wie würde das alles enden? Der Verwundete musste unbedingt behandelt werden. Die kleine Gruppe ging jetzt an der Südmauer Jerusalems entlang und folgte dem Weg, der zum Kidrontal führte. Die Wolken lösten sich auf, die untergehende Sonne tauchte ihre Umrisse in goldenes Rot, und endlich sah man wieder einen freien Himmel.

»Schau dich unauffällig um«, befahl Nikodemus einem seiner Bediensteten, »und vergewissere dich, dass man uns nicht folgt.«

Kurz danach hörte er die Antwort: »Niemand folgt uns, die Straße ist menschenleer.«

Josef löste eine kleine bauchige Lederflasche, die an der Seite des Esels befestigt war, und ließ sie herumreichen. Nachdem Judas einen Schluck daraus getrunken hatte, wurde ihm bewusst, dass er seit dem Morgen nichts mehr gegessen hatte. Er wühlte in seiner Tasche und fand ein Stück Brot. Er wollte gerade hineinbeißen, als er an Jesus dachte: Auch er hatte seit Stunden nichts mehr zu sich genommen. Sofort steckte er das Brot zurück.

Nachdem sie kurze Zeit später den Kidron überquert hatten, trug ihnen der Wind eine seltsame Musik zu, die wie die Posaunen der Erzengel klang. Sie hallte im Tal wider. Judas zuckte entsetzt zusammen. Dann begriff er: Es waren die *chofars*, die großen Hörner, die an allen vier Ecken der Stadt geblasen wurden, um den Beginn des Großen Sabbats anzukündigen.

Wie konnten jene, die die Verkörperung des Heiligen Geists, den Menschensohn Jahwes, hingerichtet hatten, sich erdreisten, ein Fest zu feiern? Abel hatte Kain den Gerechten geopfert, und die Anhänger des Tempels ließen die Fanfaren erklingen, die zu ihrer eigenen Beerdigung riefen.

Schließlich gelangten sie zu ihrem Ziel: dem Friedhof am Ölberg mit den in den Fels eingelassenen Gräbern. Josef brachte den Esel vor einem davon zum Stehen: Es war keine prachtvolle Grabstätte mit Giebeldreiecken an der Vorderseite und Pilastern, sondern eine schlichte Höhle, die mit einem runden Stein, dem *dopheq*, verschlossen war. Die Dämmerung nahte. Judas sehnte sich nach der Nacht wie nach einem großen Laken, in das er sich einwickeln würde, um zu schlafen und die Schrecken des Lebens zu vergessen.

Wie gern hätte er in diesem Augenblick die Entrückung des Weins der Erlösung erlebt.

Elaouia, elaouia, limash baganta ...

19

Die Mahlzeit am Grab

Zu seinem großen Entsetzen tauchten zwei Männer aus einem Gebüsch auf, auf das sich bereits der Schatten gesenkt hatte. Sie kamen ein paar Schritte näher, dann blieben sie stehen.

»Wer seid ihr?«, rief Nikodemus ihnen zu.

»Neugierige«, erwiderte einer der beiden herausfordernd. »Wir sind hier, um mitzuerleben, wie ihr den König der Juden bestattet.«

Seine Worte wurden von Gekicher begleitet.

»Wenn ihr fromme Juden wärt«, herrschte Josef von Arimathäa sie an, »müsstet ihr zu dieser Stunde innerhalb der Mauern Jerusalems sein, ins Gebet versunken. Aber wir wissen genau, wer ihr seid: Schnüffler von Annas und Kaiphas.«

»Auch ihr solltet in der Stadt ins Gebet vertieft sein, Josef«, sagte der kühnere der beiden. »Was macht ihr hier mit einem Leichnam, dessen Freigabe ihr in einem heidnischen Haus gefordert habt?«

Josef ging auf die beiden zu: »Dem Talmud gemäß erlaubt die Ehrerbietung die Übertretung der Riten. Aber ihr könnt diesen Grund nicht anführen, um eure Anwesenheit hier zu rechtfertigen.«

Der Mann musterte ihn abschätzend. Nikodemus, der Arzt, Judas und die Bediensteten nahmen bereits eine drohende Haltung ein, und er rechnete sich zweifellos aus, dass er und sein Gefährte es nicht mit acht Männern aufnehmen konnten. Sie liefen Gefahr, eine tüchtige Tracht Prügel zu beziehen, ja vielleicht sogar ermordet und in einem unbekannten Grab verscharrt zu werden.

»Wenn du glaubst, dass du mich einschüchtern kannst, täuschst du dich«, brüstete er sich dennoch, »bald taucht hier eine römische Patrouille auf. Ich empfehle dir und deinen Freunden, euch friedlich zu verhalten.«

Es wurde immer dunkler. Einer der Bediensteten rieb Feuersteine aneinander und entzündete eine Fackel. Josef wandte den Eindringlingen den Rücken zu.

»Abschaum«, brummte er in seinen Bart. »Schau dich ruhig um, bis dir die Augen aus dem Kopf fallen. Erzähl ruhig deinem Herrn, was du hier gesehen hast.« Dann befahl er den Bediensteten: »Tragt den Herrn hinein.«

Der *dopheq* wurde zur Seite gerollt. Unter den Blicken der beiden hoben Judas und zwei Bedienstete Jesus vom Esel und trugen ihn in die Grabhöhle. Dort betteten sie ihn auf das Steinlager, das in den Felsen eingelassen war. Dann gingen sie wieder hinaus und verschlossen den Eingang. Das Knirschen des schweren Steins, der von drei Männern gerollt werden musste, klang bedrohlich.

Josef musterte die Kundschafter. »Also dann, gute Nacht.«

»Wollt ihr den Leichnam da drin ungewaschen lassen?«, erkundigte sich einer der beiden.

»Euer Interesse an dem Ritual rührt uns, ihr Heuchler. Nach dem Passahfest kehren wir zurück, um ihn zu waschen.«

Damit endete das Wortgefecht. Jesu Anhänger folgten dem Bediensteten, der die Fackel trug, in Richtung Jerusalem. Die beiden anderen blieben zurück.

In Judas brodelte es. Kaum war der Zug auf der Straße, da packte er Josef von Arimathäa am Arm: »Josef«, rief er, »Jesus lebt! Sollen wir ihn in dem Zustand, in dem er sich befindet, in der Grabstätte zurücklassen?«

»Nein, Judas. Sobald diese Dreckskerle auf dem Rückweg in die Stadt sind, um Kaiphas von den Ergebnissen ihrer Mission zu berichten, gehen wir zurück. Versteh doch, wir können uns nicht anders verhalten. Wenn Kaiphas und sein Schwiegervater erfahren würden, dass Jesus noch lebt, wären sie durchaus imstande, ihn ein zweites Mal zu kreuzigen.«

Daran hatte Judas nicht gedacht; der Gedanke an eine erneute Hinrichtung ließ ihm das Blut in den Adern gefrieren.

»Und wenn sie plötzlich auf die Idee kämen, das Grabmal zu öffnen, um sich von Jesu Tod zu überzeugen?«, beharrte er.

»Ich bezweifle, dass diese beiden Männer die Kraft hätten, den *dopheq* zur Seite zu rollen. Und da sie gesehen haben, dass wir uns zurückziehen, werden sie wohl kaum annehmen, dass Jesus noch lebt.«

Judas dachte darüber nach und fuhr fort: »Aber wenn sie uns folgen, sehen sie, dass wir umkehren.«

»Auch das habe ich bedacht, Judas. Wir verstecken uns in dem Wald dort und warten, bis sie vorbeigekommen sind. Dann können wir zurückgehen und uns um Jesus kümmern.«

Josef rief einen Befehl, und die acht Männer verließen die Straße und verschwanden zwischen den Bäumen. Die Fackel wurde am Boden gelöscht.

Das Gras zu ihren Füßen war feucht. Über ihren Köpfen schüttelten die Äste die Tropfen vom letzten Regen ab. Eine Eule schrie. Knackende Zweige reizten die durch Ermüdung und Wachsamkeit angespannten Nerven. Hie und da huschten Tiere an ihnen vorbei: Schlangen, Eidechsen und Füchse.

Inzwischen, überlegte Judas, lag Jesus allein in einem dunklen kalten Grab.
Schließlich waren Schritte, Stimmen zu hören. Die Schnüffler gingen an ihnen vorüber. Kurz danach tauchten die acht Männer auf ein Zeichen von Josef von Arimathäa aus dem Wald auf, zündeten die Fackel wieder an und kehrten zum Friedhof zurück.
»Wir werden vor Hunger und Durst sterben«, sagte Nikodemus.
»Wir haben Wasser und Lebensmittel dabei«, erwiderte Josef. »Wir werden uns etwas stärken können.«
Uns stärken können, wiederholte Judas bei sich. Und Jesus?

Erneut wurde der *dopheq* zur Seite gerollt. Vor der Öffnung der Grabstätte breiteten die Bediensteten eine Decke aus, zündeten zwei Lampen an, löschten ein weiteres Mal die Fackel und legten sich auf die Lauer.
Im fahlen Licht der Lampen schlug Josef von Arimathäa das Leichentuch auseinander, rollte einen Mantel zusammen und schob ihn unter Jesu Kopf. Da das Gewölbe niedrig war, setzte er sich neben Nikodemus und Judas auf den Boden und beobachtete den Heilkundigen, der den verwundeten Körper abtastete.
Der Mann massierte behutsam Jesu Glieder und Brustkorb. Allmählich schien der Körper seine wächserne Blässe zu verlieren. Der Arzt trug erneut eine Salbe auf die Wunden auf und bandagierte die Handgelenke und die Füße. Schließlich versah er die Wunde an der Seite mit einem Pflaster.
»Gebt ihm zu trinken«, sagte er. »Er hat Fieber, lag in der Kälte, in dieser Stellung und mit Schmerzen … Dann müssen wir ihm etwas zu essen geben.«
Judas ging hinaus, um Wasser zu holen. Der Arzt befeuchtete ein Tuch und legte es Jesus auf den Mund. Dieser bewegte leicht die Lippen und saugte daran. Und zum ersten Mal, seit sie

ihn vom Kreuz geholt hatten, schlug er die Augen auf. Langsam wandte er seinen Rettern den Kopf zu.

Er versuchte, den Arm zu heben, um sich das Tuch auf den Mund zu drücken, doch er gehorchte ihm nicht. Judas sprang ihm bei und spürte den heißen Atem seines Herrn auf der Hand.

»Ich möchte mich aufsetzen«, murmelte Jesus.

Sie beugten sich vor, um ihm aufzuhelfen, und hüllten seine Schultern in das Leichentuch. Vorsichtig setzte er die Füße auf den Boden und betrachtete seine Hände. Dann wandte er ihnen das Gesicht zu.

»Ich lebe also.«

Die Worte klangen in dem Grabgewölbe seltsam fremd und verwirrten Judas. War das ein Vorwurf?

»Was ist das für eine Verschwörung?«, wollte er wissen.

»Herr. Ich wusste von nichts«, rief Judas. »Bis zu dem Augenblick, in dem ich den Nagel aus deinen Füßen zog, hatte ich keine Ahnung. Ich wusste nicht, dass du am Leben bist.«

Tränen erstickten seine Stimme. Er hatte bereits den bittersten Schmerz erlitten, als er seinen Herrn dem Hohen Rat ausgeliefert hatte. Sah er sich jetzt der Anklage ausgesetzt, ein Komplott geschmiedet zu haben, um Jesus zu retten?

»Beruhige dich, Judas, das weiß ich doch. Die Frage war an Josef und Nikodemus gerichtet.«

Josef hob den Kopf: »Herr, ihr Durst nach Rache war gestillt, da man dich öffentlich hingerichtet hat«, erwiderte er mit verhaltener Leidenschaft und vielleicht gekränktem Stolz. »Warum sollten wir, die du die Kraft des Geistes gelehrt hast, ihnen auch noch deinen Leib überlassen?«

Die Schwingungen der Worte erfüllten die Höhle. Sie vertrieben die Trauer, stifteten aber Unruhe. Draußen ertönte der Schrei einer Eule.

»Sie hätten dir die Knochen deiner Beine und den Schädel zertrümmert, hätten sich deines Körpers bemächtigt und ihn in das Gemeinschaftsgrab geworfen. Sie hätten deine Jünger hingerichtet, und deine Lehre wäre versandet. Nein, Herr, nein. Weder Maria noch Martha oder Lazarus, weder Nikodemus noch ich konnten zulassen, dass die gottlosen Priester das Fleisch des Jahwe dargebrachten Opfers verzehrten. War das denn dein Wille?«

Sein Ton klang fast prophetisch.

Lediglich das Zittern des Fiebers war auf den Lippen Jesu zu sehen. Josefs wohlgesetzte Worte ließen die anderen erstarren. Sie hatten ganz vergessen, dass er ein Schüler Gamaliels gewesen war.

»Nein, Josef«, sagte Jesus schließlich mit einer Stimme, die tief aus seiner Brust hervorzuquellen schien, eine raue Stimme, düster wie wohl einst die der Magierin von En-Dor, als sie für König Saul den Geist von Samuel heraufbeschwor. »Nein, es war nicht mein Wille, dass die gottlosen Priester das Opferfleisch verzehren. Das Opfer war Jahwe geweiht.«

Er seufzte erschöpft.

»Du hast getan, was du tun musstest. Der Vater wird dies berücksichtigen. Aber warum soll man nicht anerkennen, dass Sein Wille unvorhersehbar ist? Und dass ich darüber erstaunt bin.«

»Herr, hat nicht der Engel die Hand Abrahams festgehalten?«, wendete Josef ein.

Dieses Argument schien Jesus zu verblüffen. »Dieses Mal bist du der Engel, der die Hand des Todes aufgehalten hat. Aber bin ich der neue Isaak?«

Wer hätte es gewagt, darauf zu antworten? Wer hätte es gewagt, über die Abscheulichkeit des entscheidenden Opfers, das eines Menschen und Sohnes, zu richten? Schweigen breitete sich in der Höhle aus, wirkte wie das Öl, das die Wogen des Meeres glättet. Die Flammen der beiden Lampen stiegen senkrecht empor, wie sich die Flammen des Geistes erheben.

»Meine Geschichte ist eine andere«, fuhr Jesus fort. »Was sein sollte, wird nicht sein.«

Sie verstanden nicht: Welche hätte seine Geschichte sein sollen? Und was hätte sein sollen und würde nicht sein?

Er fügte hinzu, wie zu sich selbst: »Die Ignoranz wird lange anhalten. Der Kampf wird deshalb länger und um vieles grausamer sein.«

Sie waren bestürzt, ja fast erschrocken. Judas wagte es nicht, nach dem Sinn dieser Worte zu fragen. Währenddessen drängte die Zeit. So wie seine Gefährten zitterte er bei der Vorstellung, dass Kaiphas' Männer im Morgengrauen zum Grabmal zurückkehren würden. Sie würden sich nicht scheuen, es zu öffnen und den Zustand des mutmaßlichen Leichnams zu untersuchen.

Der Arzt wurde unruhig.

»Herr«, sagte Josef, »wir müssen bald fort von hier. Dein Rücken, deine Hände und deine Füße sind versorgt ... Sobald du dich kräftig genug fühlst, müssen wir die Grabstätte verlassen.«

»So sei es«, erwiderte Jesus nach einer Weile. »Ich habe gehört, dass euch zwei von Kaiphas' Männern bis hierher gefolgt sind, und sie werden wiederkommen.«

Obwohl er saß, schwankte er. Der Arzt sprang vor, um ihn zu stützen, und setzte sich neben ihn auf das steinerne Bett.

»Kannst du etwas essen?«, fragte er. »Du musst wieder zu Kräften kommen.«

Jesus nickte und deutete ein Lächeln an.

»Ist es nicht aufschlussreich, dass wir eine Mahlzeit am Grab nehmen müssen? Und das sind unsere Festessen am Passahfest! Der Geist hat also den Tod besiegt.«

Zwei der Bediensteten packten die Lebensmittel aus, die sie mitgebracht hatten, hart gekochte Eier, Hähnchen, Käse, getrocknete Feigen und Datteln. Jesus nahm etwas Brot und Käse. Seine Hände zitterten.

»Esst auch ihr«, forderte er sie auf. »Judas, iss etwas.«

Dieser betrachtete ihn, als verstehe er seine Sprache nicht mehr. Würde er Nahrung zu sich nehmen können, um weiterzuleben? Zu leben? Er war das Werkzeug der Hinrichtung gewesen, er war die Peitsche gewesen, das Kreuz und die Nägel. Das Opfer des Schmerzes, den er zugefügt hatte, saß hier vor ihm, und er sollte essen?

»Judas, ich weiß, was in deinem Herzen vor sich geht. Ich will deinen Schmerz lindern. Du hast nach meinem Willen gehandelt. Iss, ich befehle es dir.«

Judas kroch zu seinem Herrn, ergriff dessen Hand und küsste sie. Jesus legte sie dem Jünger auf den Kopf. In diesem Augenblick entdeckte er auf Judas' nacktem Fuß eine Narbe, die seiner glich.

Mit brüsker, ungeschickter Geste packte er das Handgelenk des Jüngers und untersuchte die Wunde.

»Was ist das? Hat man dich ebenfalls ans Kreuz geschlagen?« Aber Judas vermochte nicht zu antworten. »Zeig mir das andere Handgelenk.«

Judas tat, wie ihm geheißen.

Ihre Blicke versanken ineinander.

»Herr, das ist geschehen, als man dich ans Kreuz schlug«, erklärte Josef.

Einige Zeit lang herrschte Schweigen. Niemand rührte sich. Schließlich seufzte Jesus und begann wieder zu essen.

»Iss«, wiederholte er, an Judas gewandt, der wieder Platz genommen hatte.

Judas steckte sich ein Stück Brot in den Mund, gequält von

der Erinnerung an das Brot, das Jesus ihm beim Abendmahl in Jerusalem gereicht hatte. Er kaute daran, als wäre es das Fleisch seines Herrn. Er verfiel in die alte Gewohnheit, Nahrung zwischen den Zähnen zu zermahlen, doch der Geschmack schien ihm völlig fremd. Zu viele Gedanken wirbelten ihm im Kopf herum, zu viele Fragen, vermischt mit einer Unruhe, die er nicht deuten konnte.

Aber die anderen verzehrten ihr Essen voller Gier; auch die Bediensteten stärkten sich. Also beschloss Judas zu essen, mochte das Mahl auch noch so bescheiden sein.

»Ja«, sagte Jesus, »wir müssen diese Grabstätte verlassen. Der böse Geist wird sich nicht so schnell beruhigen. Sie werden wiederkommen, dieses Mal vielleicht sogar mit Waffen. Wo sind Maria, Martha und Lazarus?«

»In Jerusalem. Sie warten ab, bis wir dich an einen sicheren Ort gebracht haben, damit du dich dort erholen kannst.«

»Was für einen Ort habt ihr im Sinn?«

»Bet-Basi, Herr«, erwiderte Nikodemus. »Dort gibt es einen Bauernhof, der Simon von Joschafat gehört, einem deiner Jünger. Wenn wir uns beeilen, können wir am Morgen dort sein.«

»Ich kann nicht gehen, aber ich könnte mich auf einem Esel halten.«

Der Arzt zog eine Phiole aus seiner Tasche und goss eine großzügige Menge in einen Becher mit Wasser, den er Jesus reichte.

»Das ist Raute, Chinarinde und weiße Weide, Herr.«

Jesus lächelte. Er kannte die Eigenschaften dieser Pflanzen, die eine stärkte die Lebenskräfte, die beiden anderen waren Fiebermittel. Er leerte den Becher.

»Kleidet mich an«, bat er.

Josef rief die Bediensteten. Er hatte neue Gewänder besorgt, was Judas irritierte: Josef hatte also vorausgesehen, dass Jesus nicht am Kreuz sterben würde.

Das Ankleiden erforderte weniger Zeit, als sie befürchtet hatten. Jesus legte fast mühelos ein Lendentuch und ein Gewand an. Aber als es ihm nicht gelang, in die Sandalen zu schlüpfen und sich aufrecht zu halten, musste er erkennen: Seine Füße, durchbohrt und wegen der Verbände unbeweglich, trugen ihn nicht. Judas und Nikodemus stützten ihn, während Josef ihm einen Mantel um die Schultern hängte. Aus dem Grab in die Dunkelheit zu tauchen, war ein gefährliches Unterfangen.

»Sorgt dafür, dass keine Spuren unserer Anwesenheit im Grabmal zurückbleiben«, befahl Josef den Bediensteten.

Es kostete sie einige Kraft, Jesus auf den Esel zu helfen. Immerhin waren erst wenige Stunden vergangen, seit er am Kreuz gehangen hatte. Trotz Jesu außergewöhnlichem Willen konnte sein Körper nicht so schnell wieder zu Kräften kommen. Doch endlich war es geschafft. Josef stieg hinter ihm auf, um ihn während der Reise, mochte sie auch nur kurz sein, festhalten zu können.

Der Horizont färbte sich bereits hell, als der kleine Zug den Weg nach Bet-Basi einschlug.

Als sie dort angelangt waren, drängte sich das Bild des offenen Grabes in Judas' Erinnerung: Sie waren so sehr damit beschäftigt gewesen, jegliche Spuren ihrer Anwesenheit zu verwischen und Jesus auf den Esel zu setzen, dass sie vergessen hatten, den *dopheq* vor die Öffnung zu rollen.

20

»Aber meine Geschichte ist eine andere«

Als sich Jesus auf dem Bauernhof von Simon von Joschafat in sein Zimmer zurückgezogen und der Arzt alle nötigen Vorkehrungen für dessen Rekonvaleszenz getroffen hatte, trafen sich Letzterer, Josef, Nikodemus und Judas im Garten, um über die Fragen und die Gefühle zu sprechen, die immer heftiger in ihnen brodelten, seit sie Jesus am Tag zuvor vom Kreuz geholt hatten.

Endlich zeigte sich die Aprilsonne. Nachdem es tagelang immer wieder geregnet hatte, ging die Saat auf den Feldern auf.

Bis jetzt hatte die Dringlichkeit, Jesus zu retten, bei seinen Jüngern jede andere Sorge verdrängt. Es war nur darum gegangen, den innig geliebten Herrn den Fängen von Annas und Kaiphas und den opportunistischen Gemeinheiten des Pilatus zu entreißen. Jetzt, da sie zum ersten Mal seit seiner Festnahme am Ölberg aufatmen konnten, hatten sie die Muße, sich ganz und gar ihrer Ratlosigkeit hinzugeben.

Es gibt kein allgemeingültiges Maß für Qualen; jeder hat sein eigenes. Doch Judas' Qualen drohten ihn zu ersticken. Welchen Sinn auch immer er dem Wort »Komplott« geben mochte, Tatsache war, dass Josef von Arimathäa, Nikodemus, Maria von Magdala, Martha und Lazarus einen Plan geschmiedet hatten, um Jesus vom Kreuz zu retten. Und Judas hatte nichts davon gewusst, genauso wenig wie Jesus.

Die irdische Liebe zum Herrn hatte über die himmlische zum Vater gesiegt.

Und die Unermesslichkeit dieses unvorstellbaren Konflikts machte ihm zu schaffen.

Was blieb nun vom göttlichen Opfer Jesu? Er konnte sich weder Josef noch Nikodemus anvertrauen, da sie nicht wie er einst die Weihe in der Wüste erhalten hatten. Der Beweis war, dass sie die Worte Jesu am Kreuz nicht verstanden hatten ...

Nikodemus ergriff als Erster das Wort. »Ich kann das Mysterium, mit dem wir es hier zu tun haben, nicht erklären«, sagte er. »Wie kann es sein, dass der Herr, der Lazarus aus dem Grab geholt, der Blinde und Lahme geheilt hat, ganz zu schweigen von anderen Wundern, seine eigenen Wunden nicht genauso schnell heilen kann?«

»Ihr habt ihn doch gehört«, sagte Judas. »Die ersten Worte, die er geäußert hatte, galten dem Erstaunen, noch am Leben zu sein. Das bedeutet, dass Jahwe einen anderen Plan hegte, als Jesus geglaubt hatte. Ihr habt ihn körperlich dem Tod entrissen, aber mit seinem Geist ist er noch nicht zu uns zurückgekehrt.«

Josef nickte bedächtig.

»Josef, du warst ein Werkzeug des Willens Jahwes, aber du hast Jesus verunsichert, denn du hast dem Schicksal entgegengewirkt, das er für sich vorgesehen hatte.«

»Habe ich mich ihm gegenüber nicht gerechtfertigt? Wie hätte ich zulassen können, dass unser Herr durch die mörderische Gehässigkeit des Annas und des Kaiphas geopfert wird!«, rief Josef. »Wirfst du mir vor, ihn gerettet zu haben?«

»Nein, Josef, das weißt du doch genau. Ich erkläre dir, was ich zu wissen glaube. Aber ich weiß nicht alles. Ich verstehe den Sinn seiner Worte nicht: *Aber meine Geschichte ist eine andere. Was sein sollte, wird nicht sein.* Vielleicht erklärt er sie uns.«

Sie grübelten über diesen Rätseln, als Simon von Joschafat ihnen einen Boten aus Jerusalem brachte. Am Sabbat des Passahfests ein Bote? Das war höchst merkwürdig. Aber der junge Mann namens Ahmed war ein Nabatäer, der in Jerusalem in Nikodemus' Diensten stand. Er war also weder der obligatorischen Andacht des Festes und des Sabbats unterworfen, noch musste er das Verbot beachten, sich nicht mehr als hundert Schritte vom Haus des Nikodemus zu entfernen. Das war auch der Grund für seine Anstellung. Viele große Familien in Judäa, Galiläa, Samaria und Peräa sowie anderen Provinzen beschäftigten Heiden für die Aufgaben, die fromme Juden oder solche, die sich bemühten, so zu wirken, am Sabbat nicht verrichten durften.

Aus demselben Grund bestand Sauls Miliz aus Götzendienern, aus Nabatäern, Syrern, Kilikiern und anderen Heiden.

»Dein Haus ist von den Schergen des Tempels umzingelt«, sagte er zu seinem Herrn. »Sie überwachen den ganzen Umkreis, und ich hatte die größte Mühe, sie mir vom Hals zu schaffen. Sie herrschten mich an und wollten wissen, wie ich es wagen konnte, am Sabbat des Passahfests aus dem Haus zu gehen. Als ich ihnen erklärte, ich sei Nabatäer, schienen sie enttäuscht, dass sie mich nicht wegen Gottlosigkeit festnehmen konnten. Sie fragten mich auch, wohin ich ginge und wo du wärest. Ich erwiderte, du wärest nach Cäsarea aufgebrochen und ich wolle meinen Vater in der Dekapolis besuchen«, berichtete der Junge mit einem listigen Grinsen. »Lazarus und seine Schwestern sind in größter Sorge. Sie wissen nicht, wo du bist und wie es um deine Freunde und deine Mission bestellt ist.«

Er wusste offensichtlich nicht, was sich hinter dem Wort »Mission« verbarg.

Josef, Judas, der Arzt, Simon von Joschafat und Nikodemus schauten sich fragend an.

»Haben sie dich gesandt?«

»Nein, mein Herr. Doch deine Gattin war wegen der Verunsicherung deiner Gäste beunruhigt. Ich habe es daher auf mich genommen, hierher zu kommen.«

»Woher hast du gewusst, dass ich hier bin?«, fragte Nikodemus.

»Mein Herr, du hattest meinem Bruder erzählt, dass du das Passahfest im Haus des Simon von Joschafat verbringen würdest, und ich habe mich daran erinnert.«

»Hast du irgendjemandem gesagt, wohin du gehst?«

»Nein, mein Herr. Da deine Frau und deine Gäste es nicht wussten, habe ich mir gedacht, dass du deinen Aufenthaltsort geheim halten wolltest.«

»Gut«, sagte Nikodemus, »das hast du sehr gut gemacht.«

Er gab dem jungen Ahmed ein Silberstück und entließ ihn, um sich mit seinen Freunden zu beraten.

»Wenn wir den Jungen jetzt zurückschicken, werden Sauls Schergen ihn erneut aufhalten«, sagte er. »Und dieses Mal werden sie keine Gnade walten lassen. Sie werden ihn foltern, damit er verrät, wo er gewesen ist.«

»Offensichtlich«, bemerkte Josef, »wurde in Jerusalem Alarm geschlagen, und Annas und Kaiphas vermuten, dass sie hinters Licht geführt wurden. Sie werden alle Personen, die unserem Herrn nahestehen, befragen und aushorchen. Nichts könnte sie mehr in Aufregung versetzen als die Tatsache, dass Jesus am Leben ist.«

Kaum hatte er diese Worte gesprochen, da tauchte Jesus auf. Obwohl er im Morgengrauen noch keinen Fuß auf die Erde hatte setzen können, bewegte er sich jetzt zur allgemeinen Verblüffung, wenn auch auf einen Stock gestützt, recht geschmeidig.

Er hatte Josefs letzte Worte vernommen.

»Nur die Ruhe des Herrn hält diese Hyänen von Priestern noch auf«, meinte er. »Aber ab morgen werden sie ihre Kundschafter über das ganze Land verteilen. Nicht nur werde ich schlimmer als je zuvor ihren Verfolgungen ausgesetzt sein, sondern es werden auch alle, die mir folgten, und erst recht jene, die die Kühnheit besaßen, mich lebend vom Kreuz zu holen, die schlimmsten Schmähungen dieser Leute erdulden müssen. Ich muss mich noch weiter von Jerusalem entfernen.«

»Herr«, rief Judas. »Herr, heute Morgen noch ...«

»Ruhig, Judas, ein paar Schmerzen mehr sind bei Weitem leichter zu ertragen, als erneut Annas, Kaiphas und den hartherzigen Götzendienern gegenüberzustehen, die sie um sich sammeln.«

»Herr, wohin willst du gehen?«, fragte Josef.

»Bis der Hass meiner Verfolger nachgelassen hat, bin ich in einem anderen Land sicherer. Ich werde mich zu Dositheus in der Nähe von Damaskus begeben.«

»Ist das nicht weit weg?«, wollte Nikodemus wissen.

Jesus lächelte: »Nikodemus, ich werde nie fern von euch sein.«

»Herr, erlaube, dass meine Diener dich dorthin begleiten«, bot Josef an.

Jesus erklärte sich einverstanden.

»Darf ich ebenfalls mit dir kommen?«, fragte Judas.

Jesus überlegte. »Nein, aber du kannst nachkommen, allein, später. Denn wenn der Hohe Rat, wie ich vermute, seine Männer nicht nur in der Stadt, sondern auch im Umkreis von Jerusalem postiert, fürchte ich, dass einer dich erkennen wird. Dann ist dein Schicksal nicht beneidenswerter als meines.«

Josef, Nikodemus und der Arzt hielten es für ratsam, dass sich Jesus nur mit zwei Männern auf den Weg machte, um keine Aufmerksamkeit zu erregen.

Simon von Joschafat schlug vor, aufgrund der ungewöhnlichen Umstände das traditionelle Passahmahl vor Jesu Abreise zu begehen. Es sollte in der ersten Stunde des Nachmittags stattfinden. Jesus willigte gern ein.

»Gemäß den von den gottlosen Priestern auferlegten Riten«, sagte er spöttisch, »wäre ich unwürdig, mich zum Passahmahl an den Tisch zu setzen, da ich gerade einem Grab entstiegen bin. Aber der Fall, dass ein Mensch lebend in ein Grab kommt und es lebend wieder verlässt, ist von den Rechtsgelehrten nicht vorgesehen. Wir sind folglich alle frei von Unreinheit.«

Sie lachten still in sich hinein.

Hingerissen betrachteten Simon und seine Söhne, Josef, Nikodemus, der Arzt und Judas, wie Jesus sich an den ihm vorbehaltenen Platz setzte und das Mahl segnete. Sie konnten es kaum glauben: Nur einen Tag zuvor war dieser Mann noch ans Kreuz genagelt gewesen. Er war leichenblass und von Fieber geschüttelt gewesen ... Sie beobachteten, wie er das Brot brach, es verteilte, sich Oliven, Salat und Lamm auf den Teller tat. Vielleicht waren sie alle tot und im Paradies. Vielleicht waren sie alle Opfer einer Illusion. Aber nein. Zwar wirkten seine Bewegungen noch etwas steif, aber er trank Wein, legte die Olivenkerne an den Rand seines Tellers, Fliegen umschwirrten den Tisch ...

Ein junges Mädchen, eine der Letztgeborenen des Hausherrn, kam herein und betrachtete den Unbekannten. Ihre neugierige Miene brachte Jesus zum Lachen. Er rief sie zu sich, fragte sie nach ihrem Namen – sie hieß Rebekka –, strich ihr über den Kopf und segnete sie. Hatten denn die grauenhaften Schmerzen des Vortags keine Spuren in seinem Herzen hinterlassen? Auf jeden Fall hatte er seine Zuneigung zu Kindern bewahrt.

»Herr«, bat ihn Josef«, »hilfst du uns, den Sinn deiner Worte zu begreifen, die du gesprochen hast, als du wieder zu dir kamst: *Meine Geschichte ist eine andere. Was sein sollte, wird nicht sein.*«

Jesus trank einen Schluck Wein. Seine Stimme wurde immer klarer, nahm wieder den vertrauten Tonfall an.

»Das Opfer«, sagte er, »hätte den unmittelbaren Zorn des Vaters und die Bestrafung der Lügner durch ihn hervorrufen sollen. Josef, Nikodemus – und Maria, denn ich errate auch ihre Rolle bei euren Bemühungen –, ihr habt das verzögert. Ihr habt die anderen Söhne des Schöpfers und den unheilvollen Diener getäuscht, der die Herzen meiner Richter mit Hass erfüllt. Aber es war Liebe, die euch dazu gebracht hat, den Lauf der Gerechtigkeit des Vaters zu verändern. Diese wird nun erst in den kommenden Jahrhunderten walten. Das, was sein sollte, ist also nicht eingetreten. Israel wird seinen Fehler nur durch Leiden erkennen. Jerusalem wird viele Male fallen, bevor es sich wieder aufrichtet.«

Die letzte Vorhersage erfüllte ihn mit Trauer. Er blickte mit zweifelnder Miene auf sein Essen.

»Und deine anderen Worte«, meldete sich jetzt Judas: »*Die Ignoranz dauert lange. Der Kampf wird deshalb länger und um vieles grausamer sein?*«

»Das ist eine andere Version dessen, was ich bereits gesagt habe. Die Ignoranz ist die Ursache der Schmerzen. Die schlimmsten Blinden sind jene, die glauben, den Weg zu kennen. Das Fünfte Buch war als Krönung der vorherigen gedacht, aber kaum einer hat es gelesen, und diejenigen, die es gelesen haben, wollten es nicht verstehen. Der Geist ist einmalig und kann nicht mit einem Plural bezeichnet werden. Eloha kann nicht die Elohim sein. Die Elohim sind die Götter der Heiden. Der Geist ist die Liebe und kann also nicht der Gott der Heerscharen sein, die töten. Der Geist ist nicht rachsüchtig. Der Dämon ist der Rächer.«

»Und die Propheten?«, wollte Simon von Joschafat wissen. »Haben sie das Fünfte Buch nie berücksichtigt?«

»Sie haben sich geirrt, Simon. Erinnere dich, dass Jesaja gesagt hat: Ich bin der Herr, der das Licht und die Dunkelheit geschaffen hat, ich bin der Ursprung von Wohlstand und Unglück. Nein, der Herr Jahwe kann nicht der Ursprung des Unglücks sein.« Er nahm ein Stück Lamm zu sich und fuhr fort: »Erinnere dich auch, dass Jeremias hinauszuschreien gewagt hat: *Geht und verkündet den Menschen in Judäa und den Bewohnern von Jerusalem: ›Ich bin der Formende, ich bereite das Unheil für euch vor und wende meine Pläne gegen euch.‹ Der Herr Jahwe ist das Gute und die Güte, und er kann nicht das Unheil auf sein Volk lenken.*«

Die Beispiele machten sie betroffen. Die Propheten hatten also geglaubt, dass der Herr den Untergang seines Volkes wünschte.

»Erinnere dich auch, dass Ezechiel dem Herrn die abscheulichen Worte in den Mund legte: *Ich habe ihnen Satzungen gegeben, die keine guten Satzungen waren, und Gesetze, denen zufolge sie ihren Lebensunterhalt nicht verdienen können. Ich habe sie gezwungen, sich ihren ältesten Söhnen zu unterwerfen, um sie mit Entsetzen zu erfüllen. Auf diese Weise werden sie wissen, dass ich der Herr bin.* Nein, Simon«, rief Jesus, plötzlich von Zorn gepackt, »die Propheten haben die Wahrheit nicht gesehen. Der Herr Jahwe kann nicht derart heimtückisch sein und nach dem Untergang seines Volkes trachten. Das Buch der Könige hat es begriffen: *Der Herr hat den Geist der Lüge in den Mund aller Propheten gelegt.* Aber das Buch der Könige selbst ist vom Dämon inspiriert, denn der Herr Jahwe kann niemandem den Geist der Lüge in den Mund legen.«

Diese unwiderrufliche Verdammung der Bücher, denen sie nach wie vor einigen Respekt zollten, machte sie sprachlos.

Doch sie verstanden ihn jetzt in ihrem Herzen: Der Herr Jahwe konnte dieser Gott nicht sein.

Jesus öffnete die Augen: Er war das Wasser, das den Schleier der Unklarheit entfernte, der blind machte.

Als sich ihre Gemüter allmählich beruhigten, widmeten sie sich wieder ihrem Mahl.

»Die gottlosen Priester«, sagte Jesus, »haben die Worte der vier ersten Bücher, die das fünfte ankündigten, gelesen, aber nicht verstanden. Erinnert euch daran, was Jakob zugestoßen ist, als seine Familie die Furt des Jabbok durchquerte und er am anderen Ufer geblieben war. Ein Wesen, das seinen Namen nicht sagen wollte, griff ihn an, und Jakob musste bis zum Tagesanbruch gegen dieses Wesen kämpfen.«

»War es kein Engel?«, wollte Simon wissen.

»Nein, Engel handeln nicht so verstohlen. Und auf jeden Fall greifen sie nur auf Befehl ihres Herrn ein. Nein, es war kein Engel, wie die Fortsetzung des Berichts beweist, es war El, der Allmächtige, denn am Morgen hat er Jakob, nachdem ihn dieser gezwungen hatte, ihm seinen Segen zu geben, verkündet: *Du heißt künftig nicht mehr Jakob, sondern Ezra-El. Dieser Name bedeutet Der gegen el Kämpfte.* Versteht ihr? Die gottlosen Priester haben das Beispiel von Jakob vergessen, sie haben vergessen, dass man gegen den Allmächtigen kämpfen muss. Unser Beschützer ist Jahwe. Gegen ihn müssen wir nicht kämpfen.«

Gegen den Allmächtigen kämpfen, na so was! Sie waren über die fast gotteslästerliche Kühnheit dieser Idee verblüfft. Und doch stand sie in den Büchern geschrieben. Sie kannten die Geschichte Jakobs nur deshalb, weil die Rabbiner in der Synagoge manchmal darauf anspielten, aber bis jetzt hatten sie ihren Sinn nicht begriffen. Und wer unter ihnen hätte genug Erkenntnis, es zu wagen, sich in den Thorarollen kundig zu machen.

»Herr, du hast einmal gesagt: *Niemand kann zu mir kommen, wenn der Vater, der mich gesandt hat, ihn nicht ruft*«, bemerkte Josef. »Bedeutet das, dass der Vater auf geheimnisvolle Weise jene auswählt, die zu dir kommen?«

Jesus schüttelte den Kopf: »Nein, ich sagte: *Niemand kann zu mir kommen, wenn es der Vater nicht will.* Die Pläne Jahwes können nicht geheimnisvoll sein, denn sonst wären sie ungerecht. Es war diese Ungerechtigkeit des Allmächtigen, gegen die sich Jakob gewandt hatte.«

Nach einer Weile sagte Nikodemus: »Herr, ich erinnere mich an eine deiner Reden. Du hast uns gesagt, das Fünfte Buch korrigiere die Fehler der vorherigen. So stehe im vierundzwanzigsten Kapitel geschrieben, dass die Väter nicht wegen ihrer Söhne hingerichtet werden sollen und die Söhne nicht wegen ihrer Väter: Jeder sterbe für seine eigene Sünde. Während im Ersten Buch, Kapitel zwanzig und vierundzwanzig, steht, dass die Söhne für die Sünden ihrer Väter bis in die dritte oder vierte Generation sühnen müssen.«

»Ein Lob deinem Gedächtnis, Nikodemus«, nickte Jesus anerkennend. »Diese formellen Widersprüche sind der Beweis, dass das Fünfte Buch weit stärker maßgebend ist als die vorhergehenden.«

»Aber Herr, warum lehrt man dann immer noch das Erste und die drei anderen Bücher und die Propheten und berücksichtigt nicht das Fünfte?«

»Wegen des Starrsinns der Priester, die nicht auf die Privilegien verzichten wollen, die ihnen durch das Leviticus und die Numeri gewährt werden. Sie haben verschiedene Verse des Ersten und Zweiten Buches in diesem Sinne umgeschrieben.«

Die vier Männer mussten das alles erst einmal verdauen.

»Herr«, ergriff Judas wieder das Wort, »da du deine Verfolger besiegt hast, warum kehren wir nicht nach Jerusalem zurück, um den Kampf zu Ende zu führen?«

»Judas, es obliegt nicht den Menschen, diesen Kampf zu führen«, erwiderte Jesus. »Hast du mich nicht verstanden? Der Geist ist nicht rachsüchtig. Ein erneuter Kampf wäre nicht sicherer als der, der mich ans Kreuz gebracht hat. Die gottlosen Priester würden sich erneut des Bündnisses der Römer versichern, um die Ordnung durch Brutalität aufrechtzuerhalten. Was würde es nutzen, mich ein zweites Mal ans Kreuz zu schlagen?«

Judas fröstelte, auch die anderen schauderte bei dieser Vorstellung.

»Aber wie kann dein Wort sonst siegen?«, fragte dann Josef.

»Nicht meines, Josef, sondern das Wort Jahwes. Es wird siegen, denn es ist das Wort der Güte und der Liebe. Aber wie ich bereits gesagt habe, der Kampf wird lang sein, länger als ein Menschenleben. Er wird grausam sein, und ihr werdet noch erleben, wie Jerusalem sich unter den Schlägen krümmt.«

Sie wagten nicht, daran zu denken, ihre Augen waren vor Entsetzen weit aufgerissen.

»Jerusalem?«, murmelte Nikodemus.

»Jene, die mich in den Tod geschickt haben, gehen im Augenblick über ihre eigenen künftigen Gräber«, sagte Jesus in dem heftigen Ton, den sie einst bei ihm gekannt hatten. »Sie sollten sich keinen Täuschungen hingeben: Die Ungerechtigkeit wird nicht ewig dauern. Der falsche Glaube siegt durch das Schwert, aber immer ist das Schwert ein Verhängnis für ihn. Der Geist siegt nur durch den Geist.«

Diese Voraussagen bedrückten sie.

Das Überleben dieses Mannes, den sie mit allen Fasern ihres Herzens verehrten, wurde für sie zur höchsten Prüfung ihres Lebens.

Sie hatten keineswegs erwartet, dass er sie auf einen mit Jasmin und Rosen gesäumten Weg führen würde. Aber sie hatten diese höchste Prüfung, mit der er sie konfrontierte, noch nie so klar vor sich gesehen. Seine Aufforderung zu geistiger Anstrengung, um diese Welt zu besiegen, dieses materielle niedere Reich eines der Söhne des Allmächtigen, betraf nicht nur ihre

Person, sondern auch die Dinge, die ihnen am meisten am Herzen lagen.

Wenn sie nicht seine treuesten Anhänger, ja sogar seine Soldaten sein würden, würden sie Jerusalem verlieren. Das war unvorstellbar und erschreckend.

Was konnte man mehr verlieren?

21

Der Unbekannte von Bet-Basi

Das Gespräch und die Erläuterungen Jesu zur Heiligen Schrift entfachten bei den Freunden wieder jenes Feuer, das sie an jenem verfluchten Freitag für immer verloren zu haben geglaubt hatten.

Nein, die Geschichte war nicht stehen geblieben, und diese Aussicht begeisterte Judas. »O Herr. Ich nahm dummerweise an, dass du uns alles gesagt hattest, aber bei jedem deiner Worte spüre ich meinen Irrtum«, rief er.

»Wie könnte man hier unten alles über das Geheimnis des Geistes gesagt haben? Meine Lehre möge euch dazu führen, in euch selbst klar zu sehen. Wenn ihr vom absoluten Vorrang des Geistes überzeugt seid, bewahrt meine Worte in euren Herzen, denn sie stammen nicht von mir, sondern vom Vater, der die Güte selbst ist.«

Simon von Joschafat wollte ihn nach dem Sinn des Opfers durch die Kreuzigung fragen. Aber der Arzt wandte ein, dass Jesus bereits viel geredet habe und Ruhe benötige, da er am nächsten Tag eine lange Reise vor sich habe.

Jesus lächelte. »Hier kümmern sich die Ärzte des Leibes um die Seele.«

Diese Bemerkung des Propheten, der den Leib durch die Seele geheilt hatte, prägte sich ihnen ein und ließ auch sie wieder lächeln, besonders den Arzt.

Jesus gab ihnen seinen Segen und zog sich zurück. Seinem Beispiel folgend ergaben sich auch Josef von Arimathäa, Nikodemus, Judas und der Arzt der tiefen Erschöpfung durch die Dinge, die sie erlebt hatten, durch die schlaflose Nacht, die Angst und die körperlichen Anstrengungen.

Als Jesus gegen Abend erwachte, vollzog er die Reinigung – zum ersten Mal nach seiner Festnahme. Die anderen taten es ihm nach. Ihr Gastgeber Simon ließ ein Abendessen auftragen.

»Ich mache mir Sorgen um euch«, sagte Jesus. »Falls Annas und Kaiphas den Verdacht hegen sollten, dass ich bei der Hinrichtung nicht gestorben bin, wird diese Angst ihren Zorn noch schüren. Sie werden gegen jene wüten, die ihre Rache vereitelt haben könnten, und gegen alle anderen, die mich unterstützten. Ich denke dabei insbesondere an euch, Josef, Nikodemus, Simon, und an die Mitglieder eurer Familien. Aber ich denke auch an Maria, an Martha, an Lazarus und an meine Jünger, an die Zwölf und die Zweiundsiebzig.«

»Herr, wir werden uns verteidigen«, erwiderte Josef.

»Ich glaube, es wird leichter für euch zu bewerkstelligen sein, wenn diese Hyänen nicht *beweisen* können, dass ich noch am Leben bin. Auch wenn euer Bedürfnis, zu verkünden, dass ich lebe, noch so stark ist, rate ich euch, den Mund zu halten. Euer Blut darf nicht fließen, um ihren Rachedurst zu stillen.«

Sie nickten.

»Aber Herr, sie werden uns sowieso angreifen, wenn wir deine Lehre verbreiten«, bemerkte Judas.

»Das ist etwas anderes, denn das, was ihr verteidigen werdet, ist der Vater und der Geist, und nicht meine Person.«

Josef kam auf die Reise am nächsten Tag zu sprechen, er hatte schon die ersten Etappen geplant: Jericho, Gadara, Gerasa.

»Wenn du erst mal in der Dekapolis bist«, sagte er, »bist du weit weg von Kaiphas' Machenschaften. Der Weg nach Norden, nach Syrien, ist ohne Hindernisse.«

Darin waren sie einer Meinung. Bald darauf gingen sie schlafen.

Judas legte seinen Strohsack zu Füßen seines Herrn nieder und schlief dort, wie einst in Qumran. War das Überleben Jesu nicht ein weiteres Wunder? War nicht alles, was Josef von Arimathäa und Nikodemus dazu unternommen hatten, in Wirklichkeit nur Augenwischerei, um die Unsterblichkeit des Herrn zu kaschieren? Wie würde sein Leben nach Jesu Abreise aussehen? Welchen Sinn hätte es? Welchen Nutzen? Die Schwere dieser Fragen hatte das Denken in ihm ausgeschaltet. Er befand sich in einem Schockzustand. Er lebte nur noch durch die Liebe einer Blume zur Sonne, welche sie erblühen lässt.

Er konnte das Glück nicht fassen, so nah bei dem Mann zu liegen, der – welche Gotteslästerung – sein einziger Gott geworden war. Lediglich die Grenzen seines Wesens als Mensch beendeten seine Glückseligkeit, indem er in Schlaf sank.

Als er erwachte, war er allein.

Er hatte nicht gemerkt, dass sein Herr sich vor ihm erhoben hatte. Welch eine Schande!

Noch bevor sich ein Schuldgefühl in ihm regen konnte, vernahm er Rufe im Obstgarten. Eilends lief er aus dem Zimmer.

Josef, Nikodemus, Simon und der Arzt umringten einen Unbekannten. Einen bartlosen Mann. Dennoch behandelten sie ihn mit einer Mischung aus Überraschung und Achtung. Wer war der Fremde?

»Du hast gut geschlafen, Judas«, sagte dieser lächelnd zu ihm.

Judas krauste die Stirn. Woher wusste der Mann seinen Namen? Dieses Gesicht mit dem energischen Kinn, dieser entschlossene und doch sensible Mund waren ihm unbekannt. Und die Augen? Der Blick, der auf ihm verweilte. Plötzlich entdeckte er die Narben an den Füßen.

Er stieß einen überraschten Schrei aus. »Herr«, stammelte er verwirrt. »Herr ...«

»Ja, Judas, ich bin es.«

Jesus hatte sich den Bart abnehmen lassen und glich nun einem Juwelier oder einem Gärtner, kurzum, einem dieser Leute, denen ihr unreines Gewerbe das Tragen eines Bartes verbot.

Judas fehlten nicht nur die Worte, sondern auch Fantasie.

»Der Herr hat es als erforderlich erachtet, sein Aussehen zu verändern, um die Gefahr nicht zu vergrößern«, erklärte der Arzt.

Jesus erriet die Verwirrung des Jüngers: »Sag, Judas, hingst du an meinen Worten oder an meinem Bart? Kaum habe ich mich rasieren lassen, erkennst du mich nicht mehr?«

»Verzeih mir, Herr ...«

»Ich verzeihe dir, das weißt du. Aber dieser Vorfall ist von Nutzen, denn er hat dir mal wieder die Schwäche des menschlichen Geistes bewiesen.«

»Lasst uns jetzt unsere Morgenreinigung vollziehen«, sagte Josef. »Der Herr hat seine bereits erledigt.«

Während sich Judas am Brunnen wusch, gelang es ihm nicht, seine Gedanken zu ordnen. Seit Tagen wurden sein Herz und sein Verstand grausamen Prüfungen unterzogen. Die letzte Überraschung hatte ihn völlig aus der Fassung gebracht. Er musste sich für die Zukunft ein Bild Jesu einprägen, das anders war als jenes, das er geliebt hatte.

Nachdem er angekleidet war, gesellte er sich zu den anderen, die bereits das Morgenmahl einnahmen: Milch, Brot, Käse und getrocknete Feigen.

Am Stand der Sonne konnte man erkennen, dass sich die

neunte Stunde nach Mitternacht näherte. Die Bediensteten meldeten, dass die Reisevorbereitungen abgeschlossen waren.

Und plötzlich ging alles drunter und drüber.

Eine Frau traf ein und rang keuchend nach Luft, sei es vor Aufregung oder vor Erschöpfung. Die Bediensteten Simon von Joschafats, alarmiert durch die Ankunft der Fremden, die offensichtlich außer sich war, führten sie zum Hausherrn. Mit Ausnahme Simons kannten sie alle: Maria von Magdala. Josef von Arimathäa stand als Erster auf, um sie zu begrüßen.

»Wo ist mein Herr?«, rief sie. »Was habt ihr mit ihm gemacht? Die Grabstätte ist leer.«

Sie musterte Simon von Joschafat, dann Jesus und die anderen mit verwirrtem Blick.

»Maria!«, rief Jesus energisch.

Ein Blitz hätte keine stärkere Wirkung haben können. Ihre Aufregung legte sich, aber ihre Verwirrung nicht.

Ihr Gesicht erstarrte, und sie war sprachlos. Sie blickte auf den Mann, der sie angesprochen hatte.

»Maria«, sagte er, dieses Mal sanfter.

Sie schien fassungslos. Mit unendlich langsamen Schritten ging sie auf ihn zu, und er streckte ihr die Arme entgegen. Da sah sie die Narben an seinen Handgelenken. Sie warf sich ihm zu Füßen und umklammerte seine Beine. Dann wurde sie von Schluchzern geschüttelt. Als er sie hochzog, durchflutete sie ein Gefühl jenseits der Freude und heftig wie Schmerz. Sie hob den Blick zu ihm und musterte ihn lange.

»Du lebst«, flüsterte sie. »Du lebst.« Dann legte sie den Kopf an seine Schulter.

Jesus forderte sie auf, sich zu setzen und Milch zu trinken.

»Sprich«, sagte er.

Sie wischte sich mit dem Revers ihres Mantels übers Gesicht.
»Ich bin im Morgengrauen aufgebrochen, sobald es erlaubt war, wieder auszugehen. Ich hatte keine Nachrichten von euch. Ich bin zum Ölberg gegangen, weil Josef mir gesagt hatte, dass man deinen Leib dort hinbringen würde. Ich suchte nach einer neuen Grabstätte ... Ich habe tatsächlich eine gefunden, aber der Stein war zur Seite gerollt ...«

Josef zuckte erschrocken zusammen.

»... ich habe hineingeschaut. Die Grabkammer war leer. Ich wusste nicht, was ich davon halten sollte. Ich habe mich gesorgt, habe befürchtet, dass ihr angegriffen wurdet, dass man den Leib gestohlen hatte, ich weiß nicht ...«

Sie unterbrach sich, um Atem zu holen. Ängste und Sorgen hatten ihre Schönheit angegriffen: Sie wirkte abgezehrt.

»Warst du allein?«, fragte Jesus.

»Ja, die Tempelwächter und Sauls Schergen bewachen die Stadt, da hat Lazarus es vorgezogen, mich nicht zu begleiten, denn dann wären sie uns sicher gefolgt – wenn sie uns nicht gar festgenommen hätten.«

Genau das hatten auch Josef von Arimathäa und Nikodemus befürchtet. Maria fuhr in ihrem Bericht fort: »Wieder zu Hause, fand ich deine Mutter, Johannes und Petrus vor, die am Grab beten wollten. Ich erzählte ihnen, dass ich gerade vom Ölberg komme und nur ein leeres Grab vorgefunden habe. Sie beschlossen, sich mit eigenen Augen davon zu überzeugen. Sie haben die Grabstätte betreten. Johannes hat ein Schweißtuch aufgehoben, das zusammengefaltet neben dem Zugang lag, dann haben er und Petrus das Leichentuch gefunden, das ihr zurückgelassen habt, und Johannes rief: *Das ist das richtige Grab. Sie haben das Schweißtuch fallen gelassen, weil es nicht gebraucht wurde. Aber wo ist der Herr?* Eilig kehrten sie nach Jerusalem zurück. Sie sagten, du seiest auferstanden.«

Die kleine Versammlung war bestürzt. Johannes und Petrus hatten die Neuigkeit mit Sicherheit verbreitet, und Kaiphas war zweifellos längst auf dem Laufenden.

»Woher wusstest du, wo du uns finden würdest?«

»Ich hörte, wie einige von Nikodemus' Bediensteten sich darüber unterhielten, wo ihr Herr abgeblieben war. Und einer meinte, er sei wohl hierher gekommen...«

»Es wird Zeit aufzubrechen«, mahnte Jesus schließlich.

»Aufbrechen?«, rief Maria. »Aber wohin?«

»Ich muss den Verfolgungen durch Kaiphas und die gottlosen Priester entgehen. Ich muss hier weg. Ich gehe nach Syrien.«

»Ich begleite dich.«

»Nicht sofort, Maria. In einigen Tagen.«

Sie betrachtete ihn verzweifelt.

»Du gehst also allein?«

»Nein, zwei Diener Josefs begleiten mich.«

Nachdem sich Jesus vom Tisch erhoben hatte, nahm er Josef und Nikodemus zur Seite: »Passt auf Judas auf. Jene, die unsere Verbundenheit nicht kennen, könnten seine Handlungen missdeuten und Streit mit ihm suchen. Sobald ihr könnt, sagt bitte den anderen Jüngern, dass ich bei Dositheus sein werde. Andernfalls sehe ich sie wieder, wenn ich zurückkehre.«

Weder der eine noch der andere vertieften das Vorhaben der Rückkehr; das würde zu viele Fragen aufwerfen, und die Zeit drängte. Nikodemus reichte dem Reisenden eine Börse. Jesus betrachtete ihn einen Moment lang mit diesem ernsten Blick, der zuweilen befürchten ließ, er würde einen Vorwurf machen.

»Die Reisenden auf dieser Erde müssen ihre Reise bezahlen«, sagte Nikodemus.

»Ja«, erwiderte Jesus schließlich mit einem müden Lächeln, »beim Fürsten dieser Welt muss man sogar den Staub an seinen Sandalen kaufen.« Und an Maria gewandt: »Sag meiner Mutter und meinen Geschwistern, dass es mir gut geht und dass sie mich sicher bald wiedersehen werden.«

Er nahm die Börse und befestigte sie an seinem Gürtel. Kurz danach stieg er auf den Esel, dieses Mal mit Leichtigkeit. Die beiden Diener nahmen das Reittier in ihre Mitte.

Maria, Josef von Arimathäa, Nikodemus, Simon von Joschafat, der Arzt und natürlich Judas begleiteten den kleinen Zug bis zur Straße, dann gab Josef den Befehl zur Umkehr.

Judas ergriff die Hand seines Herrn und küsste sie. Mit einer ungewöhnlich liebevollen Geste strich Jesus über den Bart seines innig geliebten Jüngers.

»Geh, Judas, mein Bruder. Pass auf dich auf.«

22

Unruhen in Jerusalem

Judas begleitete Maria zurück nach Jerusalem. Unterwegs sprachen sie wenig. Jeder versuchte für sich, die Welt nach dem Erdbeben dieses Passahfests wieder aufzubauen. Nicht einmal die Freude darüber, dass Jesus lebte und sie ihn vielleicht, ja vielleicht sogar bald in Syrien wiedersehen würden, machte es ihnen leichter. Sie schritten durch den Duft blühender Hügel und den Gesang der Vögel, in einer Sonne, die Eichen und Akazien in silbernes Licht tauchte, doch sie sahen nichts von alledem, als wären sie zwei säumige Reisende auf dem Weg durch die Wüste.

Sie hatten ihr Leben diesem Mann geweiht, da seine Worte und seine Taten sie gefangen genommen hatten. Er pries den Geist, der die Herrschaft über diese Welt, das Reich des Bösen, erringen sollte. Den Geist, den Jahwe verkörperte, der Gott Israels und der Sohn des Allmächtigen Schöpfers, der Herr der Gebote. Während die gottlosen Priester, verwurzelt in ihrem Irrtum, den Allmächtigen priesen, den vielfachen Gott, die Elohim, der seinem anderen Sohn, dem Bösen, die Herrschaft über diese Welt übertragen hatte.

Lediglich ein Opfer für Jahwe konnte Seinen Zorn gegen Sein Volk heraufbeschwören, und das war das höchste Opfer: das Kreuz.

Doch das Lamm war dem Altar entkommen, die Opfertaube war davongeflogen, der Engel hatte die Hand des Opferpriesters festgehalten, und wie einst Isaak hatte Jesus überlebt.

Sie gingen wie in Trance. Die Hoffnung verwandelte sich in eine bodenlose Angst. Und jetzt?

Hatten sie ihn gesehen oder hatten sie ihn geträumt? Aber was bedeutet sehen und was träumen? Sieht man denn nicht auch im Traum?

War er ein Mensch? Oder ein übernatürliches Wesen?

Die Rückkehr in die Stadt befreite sie aus diesem Dämmerzustand. In den Straßen wimmelte es von Tempelwächtern und Sauls Söldnern, so, wie Maria es berichtet hatte. Alle diese Schergen kontrollierten die Passanten, vor allem, wenn sie in Gruppen kamen. Offensichtlich versuchten sie die Jünger ausfindig zu machen, die sie bereits kannten oder zu kennen glaubten. Aber abgesehen von einigen wenigen, wie Lazarus und Petrus, der an seiner glänzenden Glatze zu erkennen war, und zwei oder drei anderen, erwies sich diese Aufgabe als schwierig.

Vielleicht rechneten sie vor allem damit, Jesus selbst zu sehen, Jesus, den König ohne Krone, der zurückgekehrt war, um einen Aufstand im Tempel anzuzetteln. Trotz ihres krankhaften Dünkels quälte sie eine unterschwellige Angst: Wenn dieser Prophet wirklich auferstanden war, nachdem er gekreuzigt worden war, würden sie dann gegen eine göttliche Macht kämpfen müssen, auf die Gefahr hin, mitten auf der Straße vom Blitz erschlagen zu werden?

In Nikodemus' Haus trafen Maria und Judas auf Lazarus, Martha und Maria, die Mutter Jesu, wie sie den Worten der beiden Jünger Jakobus und Thomas über die Auferstehung ihres Herrn lauschten. Die beiden Besucher waren fest davon überzeugt, dass ihr Herr von den Toten auferstanden war, sich seines Leichentuchs entledigt hatte und umgeben von einem blendenden Licht in den Himmel aufgefahren war. Sie waren nicht dabei gewesen, aber sie beschrieben es voller Begeisterung.

Maria nahm Platz, Judas blieb stehen. Jakobus warf ihm einen bösen Blick zu und wandte dann den Kopf ab.

»Woher kommst du?«, fragte Thomas.

»Von der Grabstätte«, antwortete Judas.

»Was hast du gesehen?«

»Nichts, denn sie ist leer. Du hast vorhin vom Leichentuch gesprochen. Wo ist es?«

»Johannes hat es an sich genommen«, warf Jakobus ein.

Maria und Judas stellten sich vor, wie Johannes in Jerusalem herumlief und das Leichentuch als Beweis der Auferstehung zeigte.

»Habe ich es nicht mit eigenen Augen gesehen, Lazarus?«, fuhr Jakobus fort, nachdem er einen Schatten des Misstrauens in dessen Gesicht entdeckt hatte. »Habe ich nicht selbst gesehen, wie der Legionär ihm mit der Lanze in die Seite stach, um seinen Tod herbeizuführen? Habe ich nicht gesehen, wie das Blut aus dieser tiefen Wunde floss? Habe ich nicht gesehen, wie sein Kopf auf die Brust fiel?«

Die Bediensteten des Nikodemus, die sich in der Tür versammelt hatten, lauschten schweigend dem Jakobus, einem der beiden Boanerges, Söhne des Donners – ein Beiname, den Jesus ihm und seinem Bruder Johannes gegeben hatte. Lazarus nickte vorsichtig.

»Und dieser Schrei!«, jammerte Thomas. »Dieser furchtbare Schrei. *Eli, eli, lamma sabbachtani!* Herr, Herr, er schien sich verlassen gefühlt zu haben.«

Er weinte und schlug sich an die Brust. Maria und die Geschwister Jesu stöhnten.

Judas hütete sich, Thomas über seinen Irrtum aufzuklären. Er besaß nicht die Kraft, den wahren Sinn von Jesu Worten am Kreuz zu erklären.

»Aber wenn er auferstanden ist, wo ist er dann?«, fuhr Thomas fort. »Warum kehrt er nicht zurück mit Scharen von Erzengeln, um die Götzendiener zu bestrafen?«

»Es ist ein Mysterium«, rief Jakobus. »Unser Verstand ist zu klein, um den Heiligen Geist zu begreifen.«

Maria und Judas waren völlig erschöpft und hielten es nicht für angebracht, zu berichten, was sie gesehen und erlebt hatten. Eine derartige Neuigkeit würde unweigerlich eine ganze Meute von Jüngern und Gläubigen auf die Straße von Bet-Basi nach Jericho locken. Und dies wiederum würde zweifellos eine Reaktion des Tempels nach sich ziehen, die noch heftiger wäre als die vorherige. Diese Leute waren fähig, Jesus ein zweites Mal ans Kreuz zu schlagen!

Lazarus und Martha errieten es. Sie verzichteten darauf, ihrer Schwester und Judas Fragen zu stellen.

Als die Besucher gegangen waren, erklärte Maria schlicht: »Später. Ich bin zu müde«, und zog sich in ihr Zimmer zurück.

Judas dagegen schien ihnen bestürzt. Und tatsächlich: Die Geschichte von der Auferstehung, die die Jünger so schnell aufgegriffen hatten, brachte ihn aus der Fassung. Ja, dieser Mann war ans Kreuz geschlagen worden; diese Hinrichtungsart war tödlich, und auch wenn er gesehen hatte, dass die Füße bluteten, als er den Nagel herauszog, hatte vielleicht trotzdem eine Auferstehung stattgefunden.

Weder Lazarus noch Martha konnten ihm etwas anderes entlocken als: »Er ist am Leben. Er hat sich erholt. Er ist fortgegangen.«

Bis zur Mittagsstunde war die Nachricht verbreitet, zuerst von den Jüngern, dann von den Zweiundsiebzig. In der Ober- und in der Unterstadt sprach man von nichts anderem als der Auferstehung des Propheten Jesus, der am Sonntag zuvor wie ein König über die Herodeschaussee in Jerusalem eingezogen war.

In den Läden und auf den Märkten fanden die Menschen, die sich aufgemacht hatten, um nach dem Sabbat Lebensmittel einzukaufen, kein anderes Gesprächsthema. Die Angst der Tempelwächter und der Söldner wuchs von Stunde zu Stunde.

Die Händler im Tempel erlebten den schlechtesten Tag in ihrer Geschichte. Die Gläubigen, die gekommen waren, um ihre Gebete zu verrichten, erinnerten sich daran, dass Jesus die Händler vertrieben hatte, und verzichteten auf die Opfergaben, die nur die Folterknechte des heiligen Mannes bereicherten. Eine Gruppe unter ihnen wagte im Hof der Frauen sogar im Chor »Er ist auferstanden!« zu rufen. Die Leviten beeilten sich einzugreifen, aber ohne großen Erfolg.

»Wer ist auferstanden?«, wollte ein nabatäischer Zenturio wissen, der die Szene von der Festung Antonia aus beobachtete.

»Jemand ist auferstanden?«, fragte ein Legionär neugierig dazwischen.

»Der Mann, der letzte Woche die Händler verjagt hat«, erklärte ein Dritter. »Den sie am Freitag ans Kreuz geschlagen haben. Jesus bar Josef.«

»Was soll das heißen: *auferstanden*?«, hakte der Zenturio nach.

»Er ist lebend aus seinem Grab gegangen.«

»Woher will man das wissen?«

Der andere zuckte die Achseln.

»Und wo ist er jetzt?«

»Das würden Kaiphas und Pilatus auch gern wissen«, antwortete der andere und brach in schallendes Gelächter aus.

Das »Haus der dunklen Augenringe« hätte man an jenem Sonntag Kaiphas' Residenz nennen können, sofern man zum Scherzen aufgelegt war. Niemand hatte dort noch erquicklichen Schlaf gefunden, seit die Nachricht vom Besuch von Josef von Arimathäa und Nikodemus bei Pilatus eingetroffen war. Die Tatsache, dass sich diese beiden Mitglieder des Hohen Rats in ein heidnisches Haus begeben hatten, um die Herausgabe eines Leichnams zu fordern, war in höchstem Maß suspekt und beunruhigend. Die Gerüchte über die Auferstehung des Galiläers, die von Saul am Morgen überbracht worden waren, hatten die Ringe unter den Augen nur vertieft. Eine niedergedrückte Stimmung, vergleichbar der bei einem Todesfall, hatte sich im Haus verbreitet. Sie wurde durch eine seltsame Beklemmung zusätzlich verstärkt.

Die Folgen der Kreuzigung Jesu waren fast genauso abscheulich, wie es seine Krönung gewesen wäre. Der Hohepriester und sein griesgrämiger Schwiegervater mussten sich mit Befürchtungen auseinandersetzen, die von drei Möglichkeiten genährt wurden.

Die erste war, dass der Leichnam des Gekreuzigten aus dem Grab geraubt worden war; seine Jünger verbreiteten folglich übersteigerte Gerüchte, die aber umso riskanter waren. Es bestand die Gefahr, dass die Anhänger des Propheten die Bevölkerung aufwiegelten und zu verabscheuenswürdigen Gewalttaten drängten. Erneut drohte, wie schon am letzten Sonntag, ein Blutbad, und dieses Mal gab es keine Garantie, dass Pilatus eingreifen würde. Das Schild, das er über dem Kreuz hatte anbringen lassen, zeigte seine Einstellung gegenüber den Juden nur zu deutlich.

Die zweite Möglichkeit bestand darin, dass Jesus auf die eine oder andere Weise die Hinrichtung überlebt hatte. Kaiphas hatte von Saul erfahren, dass die Schienbeine des Gekreuzigten nicht gebrochen worden waren, was verdächtig war, weil es gegen die Vorschriften verstieß. Irgendjemand hatte vermutlich den mit dieser Aufgabe betrauten Legionär bestochen. Wie auch immer:

Tatsache war, dass dieser Unruhestifter aus Galiläa, sobald seine Wunden geheilt waren, zweifellos die Bevölkerung aufwiegeln und jene, die ihn ans Kreuz genagelt hatten, mit seiner Rache verfolgen würde. Auch damit bestand erneut die Gefahr eines Blutbads.

Die dritte, wenn auch nicht ausgesprochene Möglichkeit, schien nicht weniger beunruhigend: Der Allmächtige hatte in diese dunkle Geschichte eingegriffen, und Jesus war tatsächlich auferstanden. Eine grauenhafte Vorstellung, denn in diesem Fall wäre es nicht nur um Kaiphas und den gesamten Hohen Rat, sondern auch um Jerusalem und die römischen Legionen geschehen. Die Apokalypse.

Diese letzte Möglichkeit widersprach zwar dem gesunden Menschenverstand, aber wie soll man sich als religiöser Mensch auf seinen gesunden Menschenverstand verlassen? Vor allem, wenn man es mit einem Mann zu tun hatte, der schon einmal einen anderen aus dem Grab geholt hatte: Lazarus von Magdala.

Mit fortschreitender Zeit verdüsterte sich die Stimmung von Kaiphas, seinem Gefolgsmann Gedalja, seinem Schwiegervater Annas und vielen anderen zunehmend.

Die Bediensteten, die sich offensichtlich wie ihre Herren über die drei besorgniserregenden Möglichkeiten Gedanken machten, schlichen vorsichtig durchs Haus, immer darauf gefasst, an der Ecke eines Flurs das Schreckgespenst des heiligen Mannes auftauchen zu sehen, den ihr Herr hatte kreuzigen lassen.

Als Gegensatz dazu – der vielleicht vom Bösen geschürt wurde – zog ein appetitanregender, verlockender Duft nach gedünsteten Zwiebeln durch das Patrizierhaus. Die Angst kam nicht gegen das unanständige Kribbeln des Hungers an.

»Wenn dieser Unruhestifter überlebt hat«, rief Annas, »dann nur dank der Hilfe von Josef von Arimathäa und Nikodemus. Im Übrigen haben sie bei Pilatus die Herausgabe des Leichnams gefordert. Diese Dreistigkeit müsste durch Steinigung bestraft werden«, keifte er. »Man muss sie suchen und festnehmen.«

Kaiphas musterte ihn verdrossen. »Sie sind Mitglieder des Hohen Rats«, herrschte er ihn barsch an. »Das kommt gar nicht infrage.«

»Ich lasse sie festnehmen.«

»Vater, du tust nichts dergleichen. Das hieße Öl ins Feuer gießen. Gut ein Drittel des Hohen Rats ist ihnen treu ergeben, ganz zu schweigen von Gamaliel und einigen anderen. Wir können uns nicht noch ein Problem aufladen.«

»Was willst du dann tun?«

»Versuchen herauszufinden, was mit dem Leichnam geschehen ist.«

Einer der beiden Kundschafter, die mit der Beobachtung der Grablegung beauftragt gewesen waren, wurde losgeschickt. Gegen Mittag kehrte er zurück und berichtete Kaiphas, Annas und Gedalja, was er gesehen hatte: Die Grabstätte war leer und der Stein zur Seite gerollt.

»Aber du hattest uns doch gesagt«, sagte Kaiphas, »dass Josef von Arimathäa und Nikodemus den Leichnam in die Grabstätte getragen und sie verschlossen hatten.«

»Ja, Herr. Mein Kamerad Alif und ich haben es mit eigenen Augen gesehen.«

»Wie habt ihr das sehen können, es war doch stockfinstere Nacht?«

»Die Bediensteten hatten eine Fackel angezündet.«

»War das Leichentuch vernäht?«

»Nein, Herr.«

»Und dann? Sind Josef und seine Männer danach nach Hause gegangen?«

»Ja, das heißt, wir haben gesehen, wie sie den Weg nach Jerusalem einschlugen. Sie hatten uns erklärt, sie würden nach dem Passahfest zum Grab zurückkehren, um den Leichnam zu waschen.«

Eine unglaubliche Geschichte. Zuerst eine Bestattung gegen die Vorschriften, ohne Waschung der Leiche und ohne Vernähen des Leichentuchs, und dann das Verschwinden des Gekreuzigten und des Leichentuchs.

»Geh zu Nikodemus«, befahl ihm Kaiphas, »und sag ihm, dass ich ihn und Josef von Arimathäa sehen will.«

Nur wenig später sprachen die beiden Männer vor. Sie waren kurz zuvor aus Bet-Basi zurückgekehrt, und Kaiphas' Ersuchen hatte sie keineswegs überrascht.

Angesichts der Umstände wirkten sie auf den Hohepriester erstaunlich gelassen. Und in der Tat waren sie gut vorbereitet. Gleich nach ihrer Ankunft in Jerusalem hatten sie erfahren, dass Sauls Schergen ihre Bediensteten ausgefragt und nur vage Antworten erhalten hatten. Jetzt würde Kaiphas versuchen, ihnen die Würmer aus der Nase zu ziehen.

Er empfing sie höflich, aber nicht herzlich.

»Ich habe euch kommen lassen, meine Brüder, um einen Punkt aufzuklären, der mir Kummer bereitet«, sagte er. »Als ihr in jener Nacht den Leichnam von Jesus bar Josef in der Grabstätte ungewaschen und in einem nicht vernähten Leichentuch zur Ruhe legtet, habt ihr meinen Männern erklärt, dass ihr heute dorthin zurückkehren wollt, um das Bestattungsritual zu beenden. Seid ihr zurückgekehrt?«

»Nein«, erwiderte Nikodemus, »wir wurden davon unterrichtet, dass das Grab leer sei. Darauf entsandte ich einen Bediensteten, der es mir bestätigte.«

»Und das überrascht euch nicht?«

»Das kann nur Folgendes bedeuten, verehrter Hohepriester: Entweder wurde der Leichnam von gottlosen bösen Menschen aus Gründen, die uns unbekannt sind, entwendet, oder der Herr Jesus ist auferstanden, wie die Gerüchte besagen.«

»Ihr glaubt an ein solches Gerücht?«

»Warum sollte es uns überraschen, dass ein Mann, der Lazarus aus dem Grab geholt hat, sich selbst daraus befreien kann?«, erwiderte Nikodemus.

»Aber das ist ein gefährliches Gerücht«, kreischte Kaiphas.

»Gefährlich für wen? Sicher nicht für seine Jünger.«

Der Hohepriester unterdrückte seinen Ärger. Diese beiden Männer machten sich über ihn lustig. Er setzte eine strenge Miene auf.

»Habt ihr nicht bedacht, dass ihr euch der Unreinheit aussetzt, wenn ihr euch am Tag vor dem Passahfest in ein heidnisches Haus begebt und zudem noch einen Leichnam berührt?«

Sie hatten damit gerechnet, dass er sich eine solch günstige Gelegenheit, sich für ihre Unterstützung Jesu zu rächen, nicht entgehen lassen würde.

»Es wäre ein viel schwerwiegenderes Vergehen gewesen, verehrter Hohepriester«, entgegnete Josef, »einen heiligen Mann die ganze Nacht den wilden Tieren auszusetzen oder durch die Hände von Götzendienern in das Gemeinschaftsgrab werfen zu lassen. Wir haben uns nach dem Gebot unseres Herrn gerichtet, das besagt, dass das Gesetz für den Menschen gemacht ist und nicht der Mensch für das Gesetz.«

Sein Ton duldete keinen Widerspruch, und Kaiphas war weder in der Stimmung, einen schwelenden Streit aufflammen zu lassen, noch sich auf Debatten über den Talmud einzulassen.

Man hörte, wie im Nebenraum jemand hüstelte: Annas, der die Unterhaltung belauschte.

»Ihr wart zu acht für eine Grablegung?«, erkundigte sich Kaiphas.

»Und keiner davon war zu viel, denn die Abnahme vom Kreuz war sehr beschwerlich.«
»*Sechs* Diener?«, bohrte Kaiphas nach.
Josef und Nikodemus nickten.
»Was macht dir Sorgen?«, fragte Josef.
»Nun, das Verschwinden des Leichnams, ... wie ihr euch denken könnt.«
Josef bemerkte beiläufig: »Ich sehe darin nichts Besorgniserregendes. Wenn er nun in einem Gemeinschaftsgrab ruht, werden wir es nie erfahren. Wenn er im Himmel ist, werden wir es erleben. Seine Lehre und seine Wohltaten jedoch sind unsterblich.«
Daraufhin verabschiedeten sich die Besucher vom Hohepriester und überließen ihn seinen Befürchtungen.

23

Die Entrückung

„Judas?"

Der Klang des Namens kam ihm irgendwie vertraut vor. Mehr als die Stimme, die ihn ausgesprochen hatte. Judas? Wie aus weiter Ferne kam ihm etwas in den Sinn: Dieses Wort musste einen Sinn haben, aber welchen? Es spielte keine Rolle. Im Übrigen, was ergab schon irgendeinen Sinn außer der spirituellen Einheit mit seinem Herrn?

Ein Gesicht mit besorgtem Blick beugte sich über ihn, aber es war nicht das des Herrn. Ein störendes Bild, das er aus seinem Bewusstsein zu verscheuchen versuchte.

Er war im Bund mit dem Herrn. Er verschmolz mit ihm. Er war der Herr. Er sonnte sich in der Glückseligkeit des Geistes.

»Judas?«

Der Geist ist die Güte, kann nicht im Bösen handeln, kennt nicht den Zorn. Aber dieses »Judas« war ihm lästig. Er musste sich anstrengen, dann würde er es nicht mehr hören. Judas? So hatte er geheißen. Aber was bedeutete schon ein Name? Es gab ihn nicht mehr, es gab keinen Namen mehr, im Licht des Glaubens gab es kein Individuum mehr ...

Durch die spirituelle Vereinigung wurde er zum gekreuzigten Herrn, hingerichtet im Glorienschein und in dem Hochgefühl, das Opferlamm zu sein, Isaak zu sein, den die Hand seines Vaters Abraham erwürgen würde, um ihn der Gottheit zu opfern ...

Der Klang seines Namens verschwand und damit auch das Gesicht.

Herr, du hast mich die Selbstvergessenheit im Aufsteigen der Flamme gelehrt ... Herr, ich teile deine Wunden mit dir, denn nichts anderes zählt als die Glückseligkeit, die du am Kreuz erlebt hast ...

»Judas?«

Schon wieder. Diesmal war es eine andere Stimme. Er blinzelte mühsam, der wunderbare Schmerz pochte in seinen Handgelenken und seinen Füßen. Der Schmerz des geliebten Herrn, der Schmerz der Nägel, die seine Handgelenke und Füße durchbohrt hatten ... ein Schmerz, der seine brennende Flüssigkeit im ganzen Körper ausbreitete. Judas breitete die Arme aus, streckte die Füße von sich.

Ein Schrei ertönte.

O mein Geist, wie schwierig ist es, die Zwischenfälle des Lebens zu ertragen, Lärm, Gerüche und Bilder! Herr, nimm mich zu dir ... Erlöse mich von dieser Welt, erlöse mich aus dem Reich des Bösen. Dein Schmerz ist meiner, ich bin Du, ich bin endlich Du!

Wieder sah er ein Gesicht, vertraut wie das vorherige.

»Lazarus«, rief es.

Lazarus? Was für ein seltsamer Name.

»Lazarus, sieh nur, seine Handgelenke. Seine Füße!«

Er vernahm Schluchzen und erstickte Ausrufe. Worte und eilige Schritte.

»Nein, berühr ihn nicht.«

Mein Herr, ich sehe dich, ich bin Du, ich steige auf ... Du bist der Glanz des Himmels.

»Judas, ich bin's, Maria, erkennst du mich nicht?«

Sie sah seine Augen, die sie nicht wahrnahmen.

Sie und Lazarus verweilten einen Moment lang, fasziniert von

diesem Gesicht, das sie zu kennen glaubten und das sich verklärt hatte, als würde es von innen durch eine unerhörte Kraft erleuchtet.
Die der göttlichen Liebe.

»Dieser Mann ist von den Toten auferstanden«, verkündete Procula, die Gemahlin von Pontius Pilatus beim Abendessen.
Seit seiner Ankunft im Orient hatte Pilatus viele Märchen, ungewöhnliche Berichte, die als wahr ausgegeben wurden, Geschichten über Magie, den bösen Blick und vor allem über Wunder vernommen, vollbracht von den heiligen Männern dieser Region. Apollonius von Tyana konnte sich unsichtbar machen und stellte Talismane her, die vor der Pest, dem Blitz und dem Ertrinken schützten, Simon der Magier flog über die Häuser, Dositheus der Samariter erweckte Tote … Aber dass der Mann, den er höchstpersönlich vor drei Tagen befragt hatte, aus dem Reich der Toten zurückgekehrt sein sollte, erschien ihm höchst unglaubhaft. Wenn dieser Jude über derart ungewöhnliche Kräfte verfügte, dass er andere und sich selbst vom Tod erwecken konnte, warum hatte er sich dann nicht rechtzeitig aus der misslichen Lage befreit, in die er geraten war? Und wenn er unbesiegbar war, warum verwandelte er dann nicht diese alte Eule von Kaiphas in ein Gewölle?
»Ich glaube es erst, wenn ich es mit eigenen Augen gesehen habe«, erwiderte er lakonisch und kostete den ersten Schluck eines ausgezeichneten Weins aus Galiläa, von dem ihm der Tetrarch Herodes Antipas zwei Krüge nebst sechs mit goldenen Paspeln verzierten Glasbechern aus Syrien hatte schicken lassen.
»Du glaubst also nur das, was du siehst?«
»Ja.«
»Dann gibt es Rom nicht.«
Er lachte. Doch diese außergewöhnliche Angelegenheit

betraf seine Aufgabe als Statthalter von Judäa. Die Berichte der Kundschafter zeugten von einem zunehmenden Aufruhr in der Stadt, seit sich das Gerücht von der Auferstehung verbreitet hatte. Statt die Gemüter zu beruhigen, hatte die Kreuzigung Reaktionen hervorgerufen, deren Heftigkeit nichts Gutes ahnen ließ.

Es wäre gut, Kaiphas darüber zu befragen. Und sei es nur, um ihm das Leben schwer zu machen. Dieser Abschaum und sein altersschwacher Schwiegervater hatten darauf bestanden, Jesus ans Kreuz zu nageln. Gut, dann sollten sie jetzt auch die Folgen tragen.

Aristomenos, ein griechischer Arzt aus Cäsarea, bewirtete einige Tage später seinen ehemaligen Schüler Demetrios, der inzwischen als sein Kollege in Scythopolis arbeitete und sein Freund war.

Da es ein milder Apriltag war, hatten die beiden Männer beschlossen, ihre Mahlzeit auf der Terrasse mit Blick aufs Mittelmeer und auf den Sonnenuntergang einzunehmen. Die Meeresbrise wehte ihnen die Düfte der ersten Rosen des Jahres zu, die die Balustraden schmückten.

Auf dem Tisch, dessen Decke im Licht der Fackeln zu zucken schien, standen marinierte Heringsfilets, heiße Würste, Linsen in Knoblauch, gebratene Tauben, gebackene Garnelen und zwei Weine.

Den Nachmittag über hatten die beiden Ärzte Rezepte für Salben und für Mittel gegen Vergiftungen ausgetauscht, über die Behandlung chronischer Krankheiten gesprochen und darüber, wie man Brüche vermeiden konnte.

Während des Essens unterhielten sie sich jedoch über alltägliche Dinge.

»Stell dir vor«, sagte Aristomenos, »heute Morgen wurde ich von der Familie einer jüdischen Dame gerufen, die in eine Art

Ohnmacht gefallen war, nachdem man ihr aus Jerusalem eine außergewöhnliche Nachricht überbracht hatte. Ein gewisser Prophet, der letzten Freitag gekreuzigt worden war, sei am Samstag vor Morgengrauen vom Tod auferstanden.«

Er kicherte. Demetrios schüttelte den Kopf.

»Ich habe unterwegs dieselbe Geschichte gehört. Und, hast du ein Mittel gegen das religiöse Gefühl dieser Frau gefunden?«

Die Frage brachte beide zum Lachen.

»Demis, du weißt ganz genau, dass der Erfinder eines solchen Mittels auf der Stelle als Feind der menschlichen Rasse umgebracht werden müsste. Was würden wir tun ohne Religion? Wir wären wie wilde verzweifelte Tiere.«

»Du hast recht«, stimmte ihm Demetrios zu. »Die Götter machen es möglich, eine unverständliche Welt zu erklären. Aber woher rührt das Bedürfnis der Juden nach einem neuen Gott? Denn ich zweifle nicht daran, dass dieser Prophet letztlich in die Reihe der Götter aufgenommen wird. Wenn er auferstanden ist, dann ist er für das Ewige Leben bestimmt.«

»Ich weiß es nicht, aber anscheinend brauchen sie das. Ihre letzten Propheten sind bereits Geschichte und sie kennen sie in- und auswendig. Jedenfalls erschaffen sie sich jedes Mal, wenn sie das Bedürfnis danach haben, einen neuen Gott.«

Demetrios verzehrte Lauch in Öl und einen Taubenschenkel, nahm dann einen großen Schluck von dem Wein aus Galiläa.

»Wenn ich dich recht verstehe, genügt ihnen ihr alter Gott nicht mehr?«

»Er war nicht gerade sehr effizient«, bemerkte Aristomenos. »Er sollte eigentlich ihr Beschützer sein, aber seit sieben Jahrhunderten werden sie nun von fremden Herren unterjocht. Erst von den Babyloniern, dann von den Persern, den Griechen und jetzt von den Römern. Die erste Fremdherrschaft war die schlimmste. Sie wurden deportiert, Jerusalem und ihr Tempel zerstört. Man muss zugeben, dass dieser Gott seine Aufgabe nicht erfüllt hat.«

»Haben etwa wir Griechen uns neue Götter geschaffen, als uns erst die Spartaner und dann die Römer unterwarfen?«

»Nein. Wir haben die der anderen übernommen.«

Über diese Bemerkung mussten sie beide wieder lachen.

»Ja«, gab Demetrios zu, »wir haben, wie die Römer, Isis von den Ägyptern und Mithra von den Persern übernommen. Wir haben Apollo und Horus verschmolzen und daraus Horapollo gemacht ...«

»Und damit ist es sicherlich noch nicht zu Ende.«

»Also kann man die Schlussfolgerung ziehen, dass die Götter unsere Geschöpfe sind?«

Diese Aussage entlockte Aristomenos ein Glucksen.

»Mein lieber Demis, ich sehe, der Orient hat deinen attischen Geist nicht abgestumpft. Natürlich sind die Götter unsere Auserwählten. Ihre Situation ist furchtbar: Wir übertragen ihnen die Allmacht und beauftragen sie, unsere Wünsche zu erfüllen. Und wenn sie sich Zeit lassen, wenden wir uns an ihre Rivalen oder vertreiben sie von unseren Altären. Die Götter mögen mich davor bewahren, Gott zu sein.«

Das Meer färbte sich purpurfarben, wie es Homer einst beschrieb, und um diese Verwandlung zu feiern, leerten sie ihre Becher, die von den Dienern immer wieder aufgefüllt wurden.

»Aber die Juden ...«, fuhr Demetrios fort, ohne den Satz zu beenden.

»Ihr Dilemma ist leicht zu begreifen. Ich habe mir beim Tetrarchen Herodes die griechische Übersetzung ihrer fünf heiligen Bücher angesehen. Einst hatten sie sich einen allmächtigen und starken Gott gegeben. Er war einsam und allein, in seinen Ansprüchen viel furchterregender als unser Zeus. Er beherrschte im ganzen Universum das Gute und das Böse. Offensichtlich hat er ihnen ein mysteriöses Vergehen übel genommen, denn er hat sie, wie ich schon sagte, über Jahrhunderte der Knechtschaft ausgeliefert. Es überrascht mich also nicht, dass sie auf einen anderen warten, wie diesen Gekreuzigten vom Freitag letzter Woche.«

»Aber dieser war doch ein Mensch.«

»Na und? Haben wir uns nicht auch menschliche Götter erfunden? Nimm nur den armen Herakles, Sohn des Zeus und einer Sterblichen.«

»Armer Teufel«, sagte Demetrios. »Schließlich landete er wegen der Heimtücke seiner Frau Deianeira auf dem Scheiterhaufen. Die Frauen haben ihm kein Glück gebracht, weder Hera noch Deianeira.«

»Ja, und was für eine Idee, die Menschheit von allen Übeln zu befreien, der Hydra von Lerna, den Vögeln des Stymphale-Sees, den Ställen des Augias, den Pferden von Diomedes, dem Wildschwein von Erymanthus. Apropos Schwein, diese Würste sind köstlich.«

»Dank der Römer gibt es in diesem Land noch Schweinezüchter. Die Juden zettelten einen Aufstand an, als sie erfuhren, dass diese Tiere erneut gezüchtet werden sollen, aber die Römer blieben eisern, denn sie wollten ihren Soldaten den Schinken gönnen.«

»Sag, kennt man den Namen dieses neuen Gottes?«

»Geduld, noch ist er es nicht. Sein Name? Ja, warte … Jesus.«

»Jesus?«

»Das ist die hellenisierte Form eines alten hebräischen Namens. Josua, Joshua. Es heißt, das bedeute ›Gott ist mit uns‹.«

»Ach ja, der, dessen Posaunen die Mauern von Jericho einstürzen ließen …«

Die beiden Ärzte verloren sich in der Beschaulichkeit des Abends, der das Meer und den Himmel in einer mystischen Hochzeit vereinte. Ein Stern funkelte, wie ein Auge, das sich über das Gesicht eines geliebten Menschen beugt. Dann noch einer. Der Wein aus Galiläa belebte die zwei Männer auf wunderbare Weise. Sie hatten das Gefühl, eine Nachtgottheit ergreife ihre Hand und führe sie aufs Meer, wo ihre Füße den Schaum berührten, die Brise und die Gischt sie streichelten. Nur widerstrebend lösten sie sich aus ihrer Entrückung.

Die unendliche Kraft der Entrückung liegt darin, für einige Zeit den Mühen des Lebens entfliehen zu können. Und die Geheimwaffe der Götter, der Tyrannen und der Verführer ist es, ihre Opfer der Freiheit zu berauben.

Die Arglist des Schöpfers aber besteht darin, dass er seinen Kreaturen das Leben und die Freiheit geschenkt hat, ein Leben, dessen Mühen sie erschöpft, und eine Freiheit, die sie quält.

24

»Er ist der Messias, der uns vom Herrn gesandt wurde!«

Trotz meiner Bitten hat er es abgelehnt, Jerusalem zu verlassen«, sagte Lazarus mit trauriger Stimme, während die Bediensteten das Gepäck auf die Esel luden. Weder Maria noch Martha erwiderte etwas.

Seit dem erschütternden Montag, an dem Lazarus und seine Schwestern im Haus des Nikodemus' die Stigmata an den Handgelenken und Füßen von Judas entdeckt hatten, waren drei Tage verstrichen. Nikodemus und Josef von Arimathäa waren auf ihre Ländereien zurückgekehrt, und genau wie sie verließen Lazarus und seine Schwestern die Stadt, um dem überschwänglichen und gefährlichen Treiben der Jünger Jesu zu entfliehen. Sie brachen nach Bethanien auf, wo sie auf Nachrichten aus Syrien warten wollten. Mehrere Jünger waren wiederholt zum Tempel gegangen, um die Gläubigen aufzufordern, im Gedenken an den Mann, der den Tod besiegt hatte, an den Messias, den Nachfolger Davids, Hosianna zu singen. Dies hatte zu Wortwechseln geführt, nicht nur mit den Leviten, sondern auch mit den Juden, die sich an die Priester und Rabbiner hielten, welche die Auferstehung vehement bestritten. Weder Lazarus noch seine Schwestern wollten sich zu unbedachten Handlungen hinreißen lassen. Diese könnten am Ende zu einer Reaktion des Kaiphas führen, wenn nicht gar des Pilatus.

Judas würde also in Jerusalem bleiben, in der Obhut von sieben Bediensteten des Nikodemus, die dessen Haus hüteten und ihn versorgen würden.

»Ich mache mir Sorgen um ihn«, sagte Maria, während die Gruppe das Essenertor durchschritt, in entgegengesetzter Richtung wie die Bauern, die auf Eseln ihre Lebensmittel zu den Märkten in der Stadt brachten. »Die Gespräche mit Johannes und Jakobus, aber auch mit Petrus und den anderen zeigen, dass sie den Sinn seines Besuchs bei Kaiphas nicht verstanden haben. Obwohl du ihnen das Gegenteil versichert hast, scheinen sie zu glauben, dass Judas seinen Herrn verraten hat. Sie zählen ihn nicht mehr zu ihrer Gruppe. Als ich gestern Thomas sah, unterhielten sie sich darüber, ihn durch einen der Zweiundsiebzig, Matthäus oder Barsabbas, zu ersetzen. Ich befürchte, dass sie ihm Übles wollen.«

Lazarus seufzte.

»Und die Zweiundsiebzig und alle anderen. Sie werden einen Sündenbock suchen, und der wird zweifellos Judas sein«, fügte Maria hinzu.

»Wir konnten ihn aber doch nicht mit Gewalt mitnehmen.«

»Warum nicht?«, bemerkte Martha. »Wir hätten ihn nach Bethanien bringen und dort behalten sollen, bis er wieder zu sich gekommen wäre.«

»Judas wird nicht wieder zu sich kommen«, sagte Lazarus düster. »Sein Geist wurde verwirrt, weil er auf Befehl seines Herrn diesen verraten musste. Er hatte sich mit dessen Tod abgefunden und erlebte dann seine Auferstehung. Das war zu viel für ihn. Er befindet sich jetzt in einer Sphäre, aus der ihn außer Jesus selbst niemand herausreißen kann.«

»Sein Heil liegt also in Jesu Händen«, sagte Maria.

Lazarus nickte. Es war eine seltsame Vorstellung, dass ein Jünger unfähig war, ohne seinen Herrn weiterzuleben. Am Ende war

Judas mit Jesus verschmolzen. Er war nur mehr ein Schatten seiner selbst. Er hatte sein Los nicht mehr in der Hand, er hatte nur noch ein Schicksal.

»Auferstanden. Von den Toten auferstanden, verstehst du, was das heißen soll?«

Der Mann in der kleinen Gruppe, die auf dem Marktplatz der Unterstadt, zwischen weißen Rüben und Salat, Matthäus zuhörte, zwinkerte. Seine Lippen formten zwar ein Ja, doch offensichtlich fand er diese Worte unsinnig. Dieser Jesus, der im Tempel gepredigt hatte, war zum Tod am Kreuz verurteilt worden. Und er soll lebend das Grab verlassen haben?

»Das ist der Beweis, dass der Herr uns sein göttliches Wesen offenbaren wollte«, rief Matthäus, den die Zwölf an die Stelle des verschwundenen und verdächtigten Judas gesetzt hatten.

Drei alte Frauen, von denen eine behauptete, durch die Berührung von Jesu Sandale von ihrem Gliederreißen geheilt worden zu sein, gaben unverständliche, aber lebhafte Laute der Zustimmung von sich.

Die achte Stunde des Vormittags war soeben verstrichen, und Dienerinnen und Hausfrauen, die ihre Einkäufe erledigt hatten, blieben stehen, zuerst neugierig, dann verwirrt und schließlich völlig verstört über das Eindringen mächtiger Kräfte des Universums in ihren erbärmlichen Alltag.

»Er ist der Sohn des Herrn«, verkündete Matthäus jetzt. Neben ihm stand Andreas als Ratgeber.

Die Zahl der Zuhörer wuchs immer mehr. Allein der seltsame Ausdruck »Sohn des Herrn« genügte, um in die Ohren zu dringen und weitere Neugierige anzulocken. Er weckte in den Anwesenden den Sinn für Wunder, umso heftiger, als sie den Auferstandenen in Jerusalem, aber auch in Bethanien, in Bet-Pegor und in Bet-Schemesch gesehen hatten. Und allein schon aus diesem Grund beteiligten sie sich an der Verkündigung der himmlischen Macht, der Geburt des Königs.

»Ja, der Sohn des Herrn«, rief ein junger Mann, den niemand kannte. »Der Sohn des Herrn ist gekommen, um uns zu erlösen. Er ist der Messias, auf den wir warten.«

»Er ist der Messias, der uns vom Herrn gesandt wurde.«

»Um uns zu erlösen«, setzte Andreas hinzu.

»Um uns aus der Sklaverei zu erlösen.«

»Aus der Sklaverei der Sünde und des Irrtums«, berichtigte Matthäus.

»Aus der Sklaverei der Sünde und der Gottlosigkeit.«

Um die neunte Stunde drängte sich eine regelrechte Menschenmenge um Matthäus. Die Öl- und Weinhändler begannen sich Sorgen zu machen. Sie ahnten, worum es ging: die Hinrichtung und mutmaßliche Auferstehung eines Propheten aus Galiläa, dem sie vorher nicht allzu viel Aufmerksamkeit geschenkt hatten. Ereignisse, die sie anfangs unterschätzt hatten. Heute Morgen liefen die Geschäfte schlecht. Vielleicht hatten die Menschen keinen Hunger mehr.

Sauls Schergen beobachteten die Szene und versuchten, die Aufwiegler ausfindig zu machen. Eine schwierige Aufgabe. Plötzlich erhitzten sich die Gemüter, und irgendwelche Gaffer begannen ebenfalls, den unsterblichen Jesus, den Messias der Juden, zu preisen. Schließlich machte sich einer der Söldner auf den Weg, um seinen Vorgesetzten Ben Sifli zu informieren. Dieser wiederum überbrachte die Informationen seinem Herrn Saul. Beide horchten auf bei dem Begriff »Messias«.

Saul wirkte verwirrt. Obwohl er für gewöhnlich umsichtig war, hatte er die Kraft der Woge, die der Galiläer Jesus mit seinem Einzug in die Stadt am Tag vor Beginn der Passahwoche ausgelöst hatte, falsch eingeschätzt. Das traf ihn zutiefst. Er hätte sich gern mit einer kompetenten Person unterhalten, einem

Rechtsgelehrten, aber der einzige, den er kannte, nämlich Gamaliel, brachte ihm eine Zurückhaltung entgegen, die an Verachtung grenzte. Was bedeutete dieser neue Begriff »Messias«?

Da ihm nichts Besseres einfiel, beschloss er, Kaiphas aufzusuchen. In der Vorhalle und auf dem Hof des hasmonäischen Palasts wimmelte es von aufgescheuchten Menschen, Rabbinern, Honoratioren, Familienvätern, die die Aufruhrstimmung, die ihr geordnetes Leben durcheinanderbrachte, zu erklären oder herunterzuspielen versuchten. Würde man erleben müssen, dass sich das Schisma der Samariter wiederholte?

Annas, Kaiphas, Gedalja und ergebene Rabbiner mischten sich unter die Menge, gaben Erklärungen ab und wurden bald von Menschen umringt.

»Ein Schwindel«, erklärte Annas mit kräftiger Stimme und ließ ein sonores Lachen hören. »Meine lieben Brüder, wie konnte nur einer von euch auch nur einen Augenblick lang dieser Geschichte über eine Auferstehung Glauben schenken?«

»Aber wie erklärst du es?«, fragte ein kleinwüchsiger Mann mit einem Bart, der halb so lang war wie er selbst.

»Der Leichnam wurde entwendet, das ist alles. Nur labile oder einfältige Menschen glauben im Übrigen an solche Wunder.«

»Aber entwendet von wem?«

»Von finsteren Geschöpfen, die die Hölle ausgespuckt hat.«

»Einen Leichnam zu entwenden, allerhand!«

»Sie reden von einem Messias.«

»Was ist denn ein Messias, Hohepriester?«, fragte Saul, der die Gelegenheit beim Schopf ergriff.

»Das, was das Wort besagt, jemand, der die Salbung zum König und Hohepriester erhalten hat.«

»Aber er hat sie nicht erhalten?«

»Offensichtlich nicht.«

»Überall erzählt man sich, dass dieser Jesus Wunder wirkt?«, bemerkte einer der Honoratioren.

»War jemand der Anwesenden Zeuge? Und wer kann mit Herz und Gewissen behaupten, dass diese Wunder nicht das Werk von Dämonen waren?«

»Gott bewahre uns«, rief ein anderer. »Aber inzwischen sind diese Geschichten in ganz Jerusalem und den umliegenden Weilern in aller Munde.«

»Wir werden damit aufräumen«, erklärte Kaiphas, der die letzten Worte vernommen hatte.

Als die Menschen zufriedengestellt waren oder zumindest diesen Eindruck erweckten, bat Kaiphas Gedalja und Saul ins Innere des Hauses.

»Wir müssen hart durchgreifen«, erklärte er und nahm auf einem der beiden Ehrensitze Platz, der andere war seinem Schwiegervater vorbehalten. »Pilatus macht uns jetzt für den Aufruhr, der in Jerusalem herrscht, verantwortlich. Das kann nicht so weitergehen. Man muss diesem Römer das Maul stopfen. Zuerst einmal müssen wir herausfinden, was mit diesem Leichnam geschehen ist. Oder ob dieser Jesus überlebt hat. Wenn ja, nageln wir ihn wieder ans Kreuz und überzeugen uns davon, dass er wirklich stirbt. Falls der Leichnam tatsächlich entwendet wurde, müssen wir herausfinden, wo er sich befindet.«

»Wenn sie ihn *irgendwo* begraben haben, zum Beispiel im Wald, wird das nicht so einfach sein«, bemerkte Gedalja und setzte sich auf einen der niedrigeren Stühle.

Saul, gereizt, ohne genau zu wissen, weshalb, nahm ebenfalls Platz, etwas, das er noch nie zuvor getan hatte, ohne dazu eingeladen worden zu sein. Aber schließlich war er ein herodianischer Fürst. Die Blicke des Hohepriesters, von dessen Schwiegervater und von Gedalja zeigten ihm, dass sie bemerkt hatten, dass er seinem Rang gebührend behandelt werden wollte.

»Zweitens«, sagte Kaiphas, »müssen alle möglichen Zeugen und folglich Mittäter dieser Machenschaft befragt werden.«

»Josef von Arimathäa und Nikodemus haben bei Pilatus um die Überlassung des Leichnams gebeten ...«, begann Saul, als er von Annas unterbrochen wurde.

»Wir haben sie bereits befragt. Sie behaupten, sie wüssten nichts. Meinem Gefühl nach lügen sie, aber wir können nichts gegen sie ausrichten. Doch die Grablegung, für die sie verantwortlich waren, erscheint mir verdächtig. Sie hätten sich, so sagen sie, mit sechs Bediensteten dorthin begeben. Ich weiß nicht, was das bedeutet, aber es erscheint mir seltsam. Zwei oder drei hätten genügt. Also waren die übrigen in Wahrheit keine Bediensteten.«

»Auf jeden Fall waren Lazarus und seine Schwester Maria nicht dabei«, warf Saul ein, »meine Männer haben das Haus überwacht, in dem sie sich aufhielten, Nikodemus' Haus. Sie waren die ganze Nacht dort.«

»Wer dann um Himmels willen?«, brüllte Kaiphas sichtlich gereizt.

Diesem Ausbruch folgte ein unangenehmes Schweigen. Man hätte an diesem strahlenden Apriltag eine Stecknadel fallen hören können.

Die Blicke richteten sich auf Saul.

»Wo befinden sich Maria von Magdala, ihre Schwester und ihr Abschaum von Bruder jetzt?«, erkundigte sich Gedalja.

»Sie sind heute Morgen mit ihrer Schwester Martha aufgebrochen, offensichtlich nach Bethanien«, erwiderte Saul.

»All diese Personen verhalten sich auf jeden Fall merkwürdig«, bemerkte Gedalja. »Dieser Herr, den sie zum König krönen wollten, wurde ans Kreuz geschlagen, die entehrendste Hinrichtungsart von allen, dann verschwand sein verehrter Leichnam wenige Stunden nach der Bestattung aus dem Grab. Das sind zwei Ereignisse, die für sich erschütternd sind. Und was tun sie?

Sie machen sich seelenruhig auf zu ihren Gütern. Es wäre damit zu rechnen gewesen, dass sie die Überreste des angeblichen Messias suchen oder sich zumindest an den aufrührerischen Aktionen seiner Jünger beteiligen, aber nein. Sie ziehen sich aufs Land zurück!«

»Das ist tatsächlich befremdlich«, räumte Kaiphas ein.

»Ihr habt Nikodemus und Josef befragt, aber keine Aufklärung erhalten. Von Lazarus und seinen Schwestern hätten wir noch weniger erfahren, da sie Jerusalem nicht verlassen hatten«, konterte Saul.

»Und Maria, die Mutter Jesu, und seine Geschwister?«, wollte Gedalja wissen.

»Unsere Kundschafter haben nur Josef, Nikodemus und sechs weitere Männer an der Grabstätte gesehen, aber keine Frau. Das schließt Maria und ihre Töchter aus«, fuhr Kaiphas fort.

»Das Mysterium ist also vollkommen«, rief Annas in ungeduldigem Ton aus.

Die vier Männer schwiegen, überließen sich ihren Mutmaßungen, während die Fliegen sie umschwirrten.

»Und Judas, der Jünger, der uns seinen Herrn ausgeliefert hat?«, fragte Gedalja.

»Weit und breit keine Spur von ihm. Vielleicht hat er sich in irgendeinen Weiler geflüchtet.«

»Wenn bekannt wird, was er getan hat«, sagte Saul, »droht ihm ein hartes Los.«

»Es ist schon seltsam«, fuhr Kaiphas fort, »er ist nicht einmal aufgetaucht, um sein Geld abzuholen.«

25

Judith und die Reinigung

Laute Schreie hallten durch die Straße vor Nikodemus' Haus.
»Er ist der Messias.«
Ein Zug von etwa fünfzig Personen, die Männer vorneweg, die Frauen hinterdrein, skandierte überschwänglich den Refrain, während er sich auf das Ephraimtor zubewegte.
»Jesus ist der Messias.«
Täglich erlebte man in Jerusalem nun ein oder zwei Aufmärsche dieser Art: Jesu Anhänger versammelten sich in der Unter- oder der Oberstadt und schlugen den Weg nach Golgatha ein, um ihre Klagen herzusagen und neue Loblieder zum Ruhm des verschwundenen und zukünftigen Königs zu singen.

Diese Kundgebung war die erste, die am Haus des Nikodemus vorbeiführte.

Der Krach riss Judas aus seiner Benommenheit. Die Bediensteten, die in Jerusalem geblieben waren, um das Haus des Nikodemus zu hüten, öffneten die Tür zur Straße, um das Geschehen zu beobachten. Sofort erspähten sie auf der anderen Straßenseite zwei von Sauls Schergen, die schon am Vortag bei ihnen angeklopft hatten, um sie auszuhorchen. Aus welchem Grund bewachten sie immer noch das Haus? Judas warf einen Blick über die Schulter der Diener. Er entdeckte zwar nicht die Schergen, dafür ein paar der Zweiundsiebzig. Missbilligend schüttelte er den Kopf. Er hielt es nicht für nötig, sich zu zeigen, er würde ohnehin nur mit ihnen streiten. Jetzt, da alles getan war, spielten sie die großen Maulhelden. Vor dem Urteil des Pilatus hatten sie sich deutlich zurückgehalten.

Die Fragen, die ihn seit Jesu Abreise ständig quälten, blieben ohne Antwort: Was wäre geschehen, wenn Pilatus die Freilassung Jesu verfügt hätte? Wäre der Prophet Jesus zum König und Hohepriester gesalbt worden? Ein Bürgerkrieg wäre die Folge gewesen, und vom Himmel wäre mit gewaltigem Getöse die Bestrafung der gottlosen Priester gekommen ...

Plötzlich sah Judas drei Essener, die ebenfalls den Zug beobachteten. Man erkannte sie an ihrer schmucklosen Kleidung, die für alle gleich war, ein Gewand aus grobem Hanf in verwaschenem Braun. Judas kannte es gut: Er hatte es in der Wüste getragen, genau wie sein Herr. Sie kamen sicher aus ihrem Viertel unweit des hasmonäischen Palasts. In diesem Viertel, in dessen Mitte sich ein weitläufiges Gebäude befand, widmeten sie sich der Töpferei und dem Kopieren der Heiligen Schrift. Die Tempelwächter duldeten sie widerwillig, weil sie es für sinnlos hielten, einen Streit anzufachen, bei dem sie vermutlich Federn lassen würden, und weil die Römer nicht bereit waren, diesen Ketzern den Zugang zur Heiligen Stadt zu verbieten.

Ihre Anwesenheit beschäftigte Judas. Was hielten sie von den Ereignissen der letzten Tage? Jesus hatte einst zu ihnen gehört. Dann hatten sie sich wegen bestimmter Sätze in der Thora entzweit. Sollte Judas es wagen, sie zu fragen? Aber wozu sollte das gut sein? Alles war gesagt, alles war vollbracht.

Er wendete sich ab, um sich in sein Zimmer im hinteren Teil des Hauses zurückzuziehen, das auf den Innenhof ging, in dem die Oleanderblüten sich in der Brise wiegten. Sein Zimmer glich eher einer Zelle, ausgestattet mit einem einfachen Strohsack und einem Wasserkrug. Judith, die Tochter eines der Diener, sechzehn oder siebzehn, warf ihm einen Blick zu, der ihn verharren ließ.

Vor ein paar Tagen hatte er sie aus dem Gedränge im Tempel gerettet. Sie standen sich gegenüber, und sie betrachtete ihn mit einer Keckheit, die an Unverschämtheit grenzte.

»Willst du mir was sagen, Mädchen?«, fragte er sie schließlich stirnrunzelnd.

Sie ließ sich Zeit mit ihrer Antwort. »Warum missachtest du deinen Körper?«

»Wie das?«

»Deine Hände und Füße sind dunkel von einem geheimnisvollen verkrusteten Blut. Deine Augen tränen, deine Haare erinnern an eine Wildschweinmähne. Du isst kaum etwas. Du scheinst dich auf einen frühzeitigen Tod einzustellen. Willst du in diesem Zustand dem Tod entgegentreten? Hältst du dich deines Herrn für würdig?«

Die Autorität und die Offenheit der Worte des Mädchens, das es nicht einmal gewagt hätte, die Augen zu ihrem Bruder zu erheben, erstaunten ihn.

»Was weißt du über mich? Und warum interessierst du dich für mich?«, fragte er verlegen.

Es war das erste Mal seit Jesu Abreise, dass er mit jemandem sprach.

»Bin ich nicht eine Dienerin des Nikodemus? Sind wir nicht alle hier Jünger des Herrn? Hast du mir nicht geholfen, damit ich im Tempel nicht niedergetrampelt wurde? Du erbarmst mich. Ich weiß nicht, woher deine Wunden stammen, aber manche sagen, du hättest sie dir selbst zugefügt. Unser Herr ist die Hoffnung, und du bist das Bild der Verzweiflung.«

Judas wurde wütend. Mit welchem Recht machte dieses naseweise Ding ihm Vorwürfe? Man hätte ihr sagen müssen, dass sie sich gefälligst um ihre eigenen Angelegenheiten kümmern sollte, aber er überlegte es sich anders. Ihre Absicht war nicht böswillig; im Gegenteil, sie bewies Interesse, ja Nächstenliebe für ihn, und der Vorwurf traf tiefer, als es schien. *Unser Herr ist die Hoffnung, und du bist das Bild der Verzweiflung.* Du lieber Himmel, war es möglich, dass dieses Mädchen die Botschaft des Herrn besser verstanden hatte als er? Besser als er?

Er wollte ihr antworten, aber sie schnitt ihm das Wort ab.

»Du solltest frohlocken«, sagte sie. »Unser Herr lebt.«

»Schweig, du vorlautes Ding.«

»Nichts von dem, was in diesen Mauern gesprochen wird, dringt nach draußen. Ich wiederhole es: Unser Herr lebt, freue dich!«

Er betrachtete sie einen Moment lang ungläubig. Um seinen Stolz zu retten, kehrte er ihr den Rücken zu und ging auf sein Zimmer.

Aber was blieb ihm anderes übrig, als sich den berechtigten Vorhaltungen von Judiths Worten zu stellen? Er kämpfte eine Weile mit sich selbst und erkannte schließlich die nüchternen Tatsachen. Er musste ein tristes Bild abgeben, machte seinem Herrn Schande, der weder am Morgen noch am Abend auf seine Reinigung verzichtete und dessen Kamm regelmäßig sein Haar und seinen Bart glättete. In Qumran hätte es niemand gewagt, zum Abendessen zu erscheinen, ohne sorgfältig gebadet und gekämmt zu sein. Selbst die Männer, die auf dem Feld arbeiteten, waren immer darauf bedacht, die Erde unter den Fingernägeln zu entfernen.

Wie hatte er nur so tief sinken können?

Ja, warum war er denn verzweifelt? Wenn es, seit Adam und Eva unter dem lautstarken Spott des Schöpfers aus dem Paradies vertrieben worden waren, einen verzweifelten Mann gab, dann musste es ja wohl der Herr selbst sein.

Missmutig kam er zu dem Schluss, dass er verzweifelt war, weil er eine zu hohe Meinung von sich selbst hatte.

Er musste sich unbedingt der Reinigung unterziehen. Doch

er hatte weder eine Waschschüssel noch Seife oder eine Bürste zur Hand. Er hatte irgendwo seinen Beutel liegen lassen. Vielleicht im Haus von Simon von Joschafat. Oder unterwegs. Er beschloss, Hicham, den Majordomus, einen stolzen, aber liebenswürdigen Mann, um diese Dinge zu bitten.

»Ich kann dir auch heißes Wasser bringen«, erwiderte Hicham sofort.

Ein beredter Vorschlag. Offensichtlich fand auch Hicham, es sei höchste Zeit, dass sich Judas einer Reinigung unterzog. Das warme Wasser würde den Schmutz, der sich seit Tagen in den Haaren und an den Füßen des auserwählten Jüngers festgesetzt hatte, besser lösen. Hicham bot sogar seine Hilfe an. Judas nahm sie an, bedauerte es jedoch bald darauf.

Unter den wachsamen Augen des Majordomus saß er in einem engen Bottich und entfernte mit einer Bürste behutsam den Schorf an seinen Füßen und seinen bläulich verfärbten Handgelenken.

»Du bist aber nicht gekreuzigt worden?«

»Nein, das sind zufällige Wunden.«

Was hätte er anderes sagen sollen? Hatte ihm Judith nicht gerade berichtet, dass er sie sich nach Meinung mancher Bediensteter selbst zugefügt hatte?

Hicham schrubbte mit der rauen Seife energisch den Rücken, und Judas kümmerte sich um den restlichen Körper. Fast hätte er sich das wollüstige Vergnügen vorgeworfen, mit dem er sich im lauwarmen Wasser die Haare wusch, das Gesicht und die Ohren, und sich dabei kleiner heimtückischer Verkrustungen entledigte, die sich durch den Dreck gebildet hatten. Das war keine Waschung mehr, sondern eine Taufe, bei der die Seele sich verjüngte, wiedergeboren wurde und mit dem Körper auferstand.

Ja, warum war er verzweifelt?, fragte er sich erneut und seifte behutsam seine Zehen ein. Weil die Erwartung der Liebe seines

Herrn unerträglich geworden war? Weil er insgeheim danach gestrebt hatte, seinem Herrn in den Tod zu folgen? Weil er nicht mit ihm verschmelzen konnte?

Weil er nicht Jesus war?

Der Majordomus schüttete frisches Wasser über ihn. Judas erhob sich und trocknete sich ab.

»Ich habe dir saubere Kleidung gebracht.«

Ein Gewand, ein Lendentuch und ein Hemd lagen bereit. Der Majordomus bedachte Judas mit einem mitleidigen Blick. War er etwa die Schande im Haus des Nikodemus, ein Schwein, wie Judith angedeutet hatte? Auf jeden Fall schämte er sich. Er band sich das Lendentuch, schlüpfte in Hemd und Gewand und wusch seine mit Erde verschmutzten Sandalen mit dem Wasser des Bottichs. Er seifte sich die Zähne ein, rieb sie mit dem Finger, spülte den Mund mit frischem Wasser aus und spuckte den dickflüssigen Speichel in den Bottich. Sogar die Luft roch nun ganz anders.

Hicham reichte ihm einen Kamm. Judas griff danach, tat einen ungeschickten Schritt nach vorn und kam kurz ins Taumeln; die Wunden bereiteten ihm immer noch Schmerzen. Hicham betrachtete seine Füße.

»Du hast viel gelitten.«

Judas blickte dem Diener in die Augen. Dieses Mitleid wurde ihm unerträglich, obwohl es keineswegs verächtlich war. Missvergnügt und verlegen kämmte er sich gründlich Haare und Bart.

Hicham rief nach einem Diener. Ein junger Mann tauchte auf, zog den Bottich zur Tür zum Innenhof und leerte ihn in die Rinne, die zur Straße lief, dann zur Stadtmauer und weiter den Hügel hinunter. Da unten sog die Erde die Unreinheit der Menschen auf. Dann sammelte er die schmutzigen Kleidungsstücke ein, um sie zum Waschen zu geben.

»Du hast mehr gelitten als wir alle«, wiederholte Hicham.

»Du bist geschwächt. Du hast in letzter Zeit viel zu wenig gegessen, das musst du jetzt aufholen.«

»Was redet ihr über mich, wenn ihr unter euch seid?«, fragte Judas und folgte dem Majordomus in die Küche.

»Mein Herr und Lazarus haben dich uns anempfohlen, bevor sie sich auf den Weg machten. Manchmal reden wir über deine Prüfungen.«

Judas wurde sich der Tatsache bewusst, dass die Männer es nicht gewagt hatten, ihm Vorhaltungen zu machen; es war Judith, die diese Aufgabe übernommen hatte. Er ließ sich überreden, eine Schale Milch zu sich zu nehmen, einen Salat, etwas Rindfleisch und Getreidebrei.

Die Natur, die er in den letzten Tagen so übel vernachlässigt hatte, forderte ihren Tribut: Nach dem bescheidenen Mahl, das für ihn opulent gewesen war, fiel er in einen tiefen Schlaf, wie er ihn schon lange nicht mehr genossen hatte.

Eine Vision schreckte ihn auf: In der Dunkelheit erkannte er die Umrisse einer Gestalt, die eine Lampe über seinen Kopf hielt. Wer war das? Kam dieser Schatten aus dem Scheol, dem Jenseits, um ihn zu rufen? Er stieß einen Schrei aus. Die Gestalt erzitterte.

»Wir haben dich am Abend nicht gesehen, deshalb habe ich mir Sorgen gemacht«, sagte sie.

Judith! Ein Blick zur Dachluke bewies Judas, dass es bereits Nacht war. Er hatte viele Stunden geschlafen. Die Stille im Haus zeigte ihm, dass alle schliefen, wie die Stadt.

Er setzte sich auf dem Strohsack auf und atmete tief durch. Sie stellte die Lampe auf den Boden neben einen Wasserkrug, den sie gebracht hatte.

»Der ist für die Nacht«, sagte sie.

»Ich danke dir.«

Er stand auf, verwirrt. Was er für Mitleid gehalten hatte,

schien liebevolle Fürsorge zu sein. Dieses Mädchen hatte ihn dem allmählichen Tod entrissen, einem Erlöschen durch zunehmende Mumifizierung, dem allgemeinen Verblassen von Bedürfnissen und Wünschen.

Als er sich bückte, um den Krug hochzuheben, schoss ihm ein scharfer Schmerz in seinen Fuß und er verlor das Gleichgewicht. Halt suchend klammerte er sich an das Mädchen. Sie fasste ihn unter die Achseln, um ihn zu stützen und wieder aufzurichten. Die Nähe ihres Körpers erregte ihn. Mit seinen fast vierzig Jahren hatte er seit seiner Jugend, als er die Prostituierten der angrenzenden Stämme aufgesucht hatte, keine Frau mehr angefasst. Nicht in Qumran, wo die Enthaltsamkeit eine stillschweigende Vorschrift war, wo es keine jungen Mädchen gab und die Paare getrennte Quartiere bezogen. Und auch später nicht, als er dem Herrn gefolgt war. Er lebte jetzt weit von Kariot entfernt, und der Brauch wollte es, dass er sich nur dort eine Frau suchen durfte. Die vielen Reisen verhinderten außerdem, dass er sich überhaupt eine Frau nahm.

Aber es war auch nicht wichtig gewesen.

Sie standen sich gegenüber, in einer Dunkelheit, die von der schwachen Flamme der Lampe kaum durchbrochen wurde. Ein zartes Kinn, leuchtende Augen, in denen tausend Funken sprühten.

Er drückte sie an sich. Sie lehnte die Stirn gegen seine Schulter. Er streichelte ihren Hals, fuhr über ihre Brüste. Er hatte ganz vergessen, wie ein Frauenkörper beschaffen war, wie er sich anfühlte, spürte aber, dass er sich bald daran erinnern würde. Ungeschickt schob er seine Hände unter ihr Hemd, um auf weitere Erkundung zu gehen. Ihr Mieder war vorn spitzenbesetzt, er löste den Knoten. Sie ließ ihn gewähren. Er war verwirrt, als ihre Brüste zum Vorschein kamen. Er liebkoste sie, seine Bewegungen wurden fordernder. Judith drängte sich an ihn, hob ihm ihr

Gesicht entgegen. Er beugte sich zu ihr hinunter. Gegenseitig saugten sie die Seele des anderen ein.

Als er aus seinem Gewand schlüpfte und sie seine Brust streichelte, wurde er zu Wachs in ihren Händen.

Sie entkleideten sich.

Kein Alkohol …, dachte er, ohne den Satz zu beenden. Als sie sich vereinten, löste Judas sich auf. Eine heiße Flamme durchlief ihn von Kopf bis Fuß, wand sich und stieg zum Himmel empor. Ihre Asche wirbelte hoch in die Luft, dann verstreute sie ein unbekannter Wind im Licht. Seine Seele löste sich vom Körper, und bald darauf löste sie sich auf. Nur der Geist blieb übrig, der das Denken außer Kraft setzte. Judas hatte die Sinne verloren. Auch Judiths zarte Haut wurde von der Flamme verzehrt, ihr Gewand aus Haut, Samt und Seide wurde von den Zuckungen der Seele erfasst und dann wieder freigegeben.

Und doch hatten sie den Wein der Erlösung nicht getrunken. Aber vielleicht floss er aus einer anderen Quelle. Vor dem Einschlafen erinnerte sich Judas schwach an sehr alte gemurmelte Worte, an Berichte, denen zufolge heilige Prostituierte ein Getränk der Erlösung servierten und sich in Flammen verwandelten … Sehr deutlich waren ihm hingegen die Worte des Herrn im Gedächtnis: *Der Körper ist nur ein Übergang, aber er ist nicht unrein. Nur die Seele kann unrein sein.*

Im Schein eines Lichts, das er nicht kannte, ließ er sich treiben, eine Hand auf der Brust, die ihn entzückt hatte.

Die kühle Luft des Morgens weckte ihn. Er war allein und verwirrt. War er einem Dämon ausgeliefert gewesen? Der Blick auf den Krug belehrte ihn eines Besseren. Er erinnerte sich, dass Judith und er daraus getrunken hatten. Er kleidete sich an und eilte in die Küche, um ihn wieder zu füllen. Auf dem Weg sah er Judith, die im Garten seine Kleider wusch, und sein Herz schlug höher. Doch es waren einige Bedienstete zugegen, und es ging sie nichts an, was in der Nacht geschehen war.

Etwas später kam sie zu ihm.

»Lazarus sagt, du seiest der innig geliebte Jünger Jesu. Also wirst du zweimal innig geliebt.«

Ihr Gespräch wurde durch laute Stimmen in der Vorhalle, gefolgt vom Zuschlagen einer Tür, unterbrochen. Judith verließ Judas, um sich nach der Ursache des heftigen Wortwechsels zu erkundigen.

Zur selben Stunde blickte Herodes Antipas in Cäsarea mit dunkel umrandeten Augen auf das silberglänzende Meer. Der Vorhang vor der blumengeschmückten Terrasse flatterte im Wind.

Er hatte letzte Nacht kein Auge zugetan.

Am Vortag hatte er es erfahren: Jesus ruhte nicht im Grab, und es hieß, dass er auferstanden sei.

Panische Angst hatte den Tetrarchen ergriffen. Der Gekreuzigte würde erscheinen und Rache für den Tod des Täufers fordern. Deshalb war Teleon, der persönliche Astrologe, Arzt und Magier des Potentaten, gekommen, um die Formeln zu sprechen, die Dämonen und andere Kreaturen des Scheol abwehren sollten. Aus demselben Grund hatten die Lampen die ganze Nacht gebrannt und hatte der Majordomus zu Füßen seines Herrn geschlafen.

Als ob die Wahrsagungen, die Lichter und der Majordomus einen Propheten in Schach halten könnten, der dem Grab entstiegen war.

Ein Diener trat ein und brachte den ersten Imbiss des Tages. Einen Becher Mandelmilch, Sesambrote mit Rosinen und mit Nelken gespickte Datteln. Herodes musterte ihn verschlafen, trank einen Schluck Milch und knabberte an einer Dattel.

»Ruf Teleon«, befahl er schließlich.

Wenige Augenblicke später kam der Mann, der sich mit den Dingen des Jenseits beschäftigte, herbeigeeilt. Honigsüß überschüttete er seinen Herrn, dem man die schlaflose Nacht ansah, mit Komplimenten und allen guten Wünschen. Teleon, ein beleibter Grieche mit syrischen Wurzeln, der mehrere Sprachen des dunklen Orients beherrschte, wusste, dass die große Schwäche der Mächtigen der Glaube an ihre Macht war. Herodes Antipas hatte immer gedacht, die Gunst Roms garantiere sein Glück, doch plötzlich versetzte ihn der Einbruch der Religion in das Leben des einstigen Königreichs seines Vaters in Panik.

Er fürchtete, Jesus würde ihm seine Besitztümer nehmen. Und Teleon verfügte über eine Macht, die der Tetrarch nicht besaß: das Wissen um das Unaussprechliche. Deshalb beherrschte er den Potentaten selbst.

»Wiederhole mir, was du gestern über Kaiphas' Feinde unter den Juden berichtet hast.«

Teleon setzte sich auf einen Schemel, der deutlich niedriger war als Herodes' Sitz.

»Herr, was genau hat deine Aufmerksamkeit erregt?«

»Das mit den falschen Göttern.«

»Das ist einfach. Der Gott, der das Universum geschaffen hat, hat auch das Gute und das Böse geschaffen. Beide Bereiche haben ihren jeweiligen Herrn. Die Juden huldigen dem Schöpfer. Ihre Gegner werfen ihnen vor, sowohl das Böse als auch das Gute anzubeten.«

»Und das ist der Fall bei diesem Jesus, den sie ans Kreuz genagelt haben?«

»Ja, Herr.«

»Aber welcher dieser Götter besitzt die Macht?«

»Der Schöpfer.«

»Und der Gott des Guten?«

»Er beherrscht den Geist.«

»Das nutzt ihm nichts, solange er machtlos ist!«

»Genau das ist der Punkt. Er ist nicht machtlos: Er verstößt alle aus seinem Reich, die ihn nicht angebetet haben.«

»Und was passiert mit ihnen?«

»Sie kommen in das schreckliche Scheol, wo sie für immer dahinvegetieren.«

Nach dieser düsteren Anschauung stellte Herodes Antipas sein Glas Mandelmilch zurück und rülpste.

»Dieser gute Gott regiert also nur in der anderen Welt«, schlussfolgerte er mit gesundem Menschenverstand und griff nach einem Rosinenbrötchen.

»Nein, Herr, ihrem Propheten Jesus zufolge macht er diese Welt hier unten dem Gott des Bösen streitig und wirkt durch Vermittlung des Heiligen Geistes Wunder.«

Der Tetrarch fühlte sich erneut beunruhigt. Der Täufer und Jesus waren Diener des guten Gottes und besaßen folglich ebenfalls diese Macht.

»Glaubst du, dass ein Mensch auferstehen kann?«

»Wenn er der Diener des Geistes ist, wird er dann nicht durch die unbegrenzte Macht seines Gottes unterstützt?«

Dieser Gedanke quälte Herodes Antipas, der sich nicht von allen anderen Machthabern dieser Welt unterschied: Die Vorstellung einer Macht, der sie nichts anderes entgegenzusetzen vermochten als Tricks und Beschwörungen von Zauberern, hatte die gleiche Wirkung auf ihn wie der Blick eines Hundes auf eine Katze. Er verdrehte die Augen und zuckte die Schultern.

»So haben also die Juden eine schlechte Wahl getroffen?«

»Die Zukunft wird es zeigen, Herr.«

»Die Zukunft. Was sagen denn die Sterne? Und warum tauchen diese Schwärmer gerade jetzt auf?«

An diesem Morgen hatte Teleon keine leichte Position: Wie sollte er seinem Herrn die Wahrheit sagen, ohne dessen Zorn zu entflammen? Er setzte alles auf eine Karte: »Die Juden haben seit dem Sieg von Babylon, der Zerstörung des Tempels und ihrem Exil in Asien das Gefühl, dass ihr Gott der Antike sie verlassen hat. Einige von ihnen haben daraus geschlossen, dass er nicht der gute Gott sei, und sich einem anderen zugewandt. Das ist der Gott, den der Mann predigte, den Pilatus ans Kreuz schlagen ließ. Die Sterne, Herr, künden seit vielen Jahren eine lange Zeit des Leidens für das Volk Israels an. Saturn, sein Beschützer, ist in der Neige.«

Herodes kaute nachdenklich an seinem Brot. Ja, es war nicht zu leugnen, dass erst Alexander, dann die Römer das ehemalige Königreich Israel in eine Provinz verwandelt hatten.

Aber schließlich war Jesus nicht gekrönt worden. Und Herodes konnte sich nicht vorstellen, dass Pilatus damit einverstanden gewesen wäre.

26

Die Falle

»Da ist jemand im Haus des Nikodemus, der nicht zu den Bediensteten gehört, die das Haus hüten sollen, solange ihr Herr abwesend ist«, sagte der Kundschafter.

Saul sah ihn an und kaute auf einigen Sesamkörnern herum, die vom Frühstücksbrot übrig geblieben waren.

»Diese Dienerschaft«, fuhr der andere fort, »vier Männer und drei Frauen, soll darauf achten, dass immer ausreichend Lebensmittel vorhanden sind, für den Fall, dass Nikodemus überraschend von seiner Reise zurückkehrt oder Freunde vorbeischickt, wie es bei Maria von Magdala und den Ihren der Fall war. Wir kennen alle männlichen Bediensteten, denn wir haben sie über ihren Ausflug in der Nacht vor dem Passahfest befragt. Gestern haben sie sich alle an der Tür versammelt, um zuzusehen, wie ein Zug von Anhängern des Jesus bar Josef am Haus vorbeizog. Und mein Kamerad und ich haben hinter ihnen einen fünften Mann entdeckt, der uns unbekannt ist.«

»Vielleicht gibt es einen weiteren männlichen Bediensteten und ihr wisst es nur nicht«, bemerkte Saul.

Der Kundschafter schien nicht recht daran zu glauben. »Auf deinen Befehl hin überwachen wir dieses Haus seit der Abreise von Nikodemus. Später verließen es auch seine Frau und seine beiden Söhnen sowie Lazarus, Maria von Magdala und ihre Schwester Martha. Wir kennen alle Bewohner.«

»Hat er nie das Haus verlassen?«
»Nein. Genau das macht uns stutzig. Alle anderen, Männer wie Frauen, gehen ab und zu aus dem Haus, um Holz, Lebensmittel, Wein und was weiß ich zu kaufen, aber nicht er.«
»Und es kann nicht Jesus sein?«
»Nein, den kennen wir genau«, rief der Kundschafter.
»Fragt doch die Frauen.«
»Wir haben es versucht, aber sie haben uns zum Teufel gejagt.«
Saul war aufgebracht. Keine Macht in Jerusalem würde ihm gestatten, aufgrund einer vagen Vermutung in das Haus eines angesehenen Mannes einzudringen. Und da er nicht wusste, wer sich in dem Haus befand, konnte er auch keinerlei Hilfe anfordern. Wenn sein Späher die Wahrheit sagte, und Saul kannte ihn gut genug, um ihm zu vertrauen, beherbergte eine der Schlüsselfiguren beim mysteriösen Verschwinden der Leiche Jesu einen Mann, der nicht weniger rätselhaft war. Vielleicht konnte dieser Unbekannte das Verschwinden Jesu erklären. Und worin das Geheimnis seiner Anwesenheit im Heim des Nikodemus bestand.
»Hör zu«, sagte er, »wir unternehmen jetzt Folgendes.«

»Mein Herr«, sagte Hicham kurz nach dem Disput in der Vorhalle, der das Gespräch zwischen Judith und Judas unterbrochen hatte, »anscheinend sind böse Mächte über deine Anwesenheit in diesem Haus unterrichtet und darüber beunruhigt.«
Judas war überrascht.
»Sauls Schergen sind gerade aufgetaucht, um sich zu erkundigen, wer sich hier verbirgt. Es waren dieselben, die uns letzten Sonntag über die Bestattung Jesu befragt haben. Wir haben sie schon damals kurz abgefertigt. Und jetzt sind sie wieder gekommen. Wir haben ihnen geantwortet, dass sie sich täuschen müss-

ten, dass niemand hier sei. Doch ihre Neugier spricht für sich. Unser Herr Nikodemus hat uns erklärt, dass von diesen Männern nichts Gutes kommen kann. Kein Einziger von uns wird ihnen auch nur die geringste Information geben. Aber ich warne dich. Verlasse nicht das Haus! Du wirst bereits von den Jüngern gesucht, die nicht wissen, wie sehr du am Propheten hängst.«

»Werde ich mein ganzes Leben lang hier bleiben müssen?«

»Nein. Unser Herr und Lazarus haben uns Anweisungen gegeben: Wenn der Tag gekommen ist, geleiten wir dich höchstpersönlich nach Bethanien.«

Judas dankte ihm und verbarg seine Bestürzung.

Warum nur hatte er es abgelehnt, Lazarus und Maria nach Bethanien zu folgen? Warum hatte er in Jerusalem bleiben wollen? Hier hatte er jetzt nur noch Feinde. Auch wenn Lazarus ihn vehement verteidigt hatte, war die Haltung von Jakobus und Thomas bei ihrer letzten Begegnung aufschlussreich gewesen. So wie die übrigen Jünger und die Zweiundsiebzig misstrauten sie ihm, ja verdächtigten ihn, Jesus verraten zu haben.

Er hatte sich entschieden, in Jerusalem zu bleiben, da er in seiner Verlassenheit nicht in einem gemütlichen Heim einer Freundin, wie dem von Maria, wohnen wollte. Die Zuneigung wäre ihm lästig. Er wollte allein sein. Das Haus des Nikodemus sollte sein Zufluchtsort sein. Er würde kein Mitleid und keinen Trost mehr ertragen. Er konnte und wollte nicht mehr reden. Er würde erst an dem Tag seinen Frieden wiederfinden, an dem er seinen Herrn wiedersah.

Aber würde er ihn wiedersehen? Syrien war weit weg.

Und jetzt war er ein Gefangener dieses Hauses und Jerusalems.

Er bedauerte, dass Judith ihn aus der Vorhölle geholt hatte, in der er geschwebt hatte.

Er ging in den Innenhof hinaus. Judith goss gerade den Oleander. Er war gerührt: Sie hatte seine Seele getränkt. Als sie zu ihm hochblickte und ihn anlächelte, fühlte er sich wie ein Schilfrohr, das im Wind hin und her geschüttelt wird. Sie ging auf ihn zu und schenkte ihm einen intensiven samtweichen Blick.

»Ist es in dir Tag geworden?«, fragte sie ihn schließlich.

Wie konnte dieses Mädchen über seine Nacht Bescheid wissen?

»Du selbst bist schön wie der strahlende Tag«, erwiderte er.

»Du willst damit sagen, dass deine Nacht lang ist. Hab Hoffnung, Judas. Wir werden ihn wiedersehen. Er hat gesiegt. Oder bist du über seinen Sieg unglücklich?«

»Judith, ich denke an mein Schicksal. Ich bin ein Gefangener dieses Hauses.«

Sie schüttelte den Kopf. »Ich weiß, was Hicham zu dir gesagt hat. Wenn es so weit sein wird, wirst du unbeschadet aus dem Haus kommen. Wenn du Jerusalem unbedingt vorher verlassen möchtest, werden Hicham und seine Männer dich begleiten, vorausgesetzt, ihr brecht vor dem Morgengrauen auf.«

»Der Herr segne dich«, sagte er.

Wann immer er bekümmert war, fand sie die richtigen Worte. Sie drückte ihm die Schulter, eine Geste der Zuversicht, und widmete sich wieder ihren Aufgaben.

Jerusalem verlassen? Von dieser Stadt hatte er so wie zuvor sein Herr nur Feindseligkeit zu erwarten. Ihre Feinde hatten hier ein Netz erbitterten Hasses gewoben. In seinem Fall kam noch der seiner ehemaligen Freunde hinzu. Aber diese Stadt war auch der Ort, an dem sich alles erfüllt hatte. Hier hatte sich Judas gereinigt. Er konnte sich nur schwer an den Gedanken gewöhnen, sich von ihr zu trennen, wie der Reisende, der es nicht übers Herz bringt, seine zerrissenen Sandalen wegzuwerfen, da sie ihm geholfen haben, alle Widrigkeiten des Weges zu überwinden.

Gern hätte er sich ein letztes Mal nach Golgatha begeben, um dort oben zu beten.

Er dachte darüber nach, wie unvorsichtig das wäre, und seufzte. Es blieb ihm nichts anderes übrig, als auf die Nachricht von Maria zu warten, in der sie ihn auffordern würde, sich auf den Weg nach Bethanien zu machen, wo sein Herr ihn erwartete.

Am nächsten Tag um die neunte Stunde drang von der Straße erneut der Lärm einer Menschenmenge ins Haus, doch dieses Mal waren auch wütende Rufe zu vernehmen. Schimpfworte erklangen, und allem Anschein nach gab es sogar eine Prügelei.

Judas rannte in die Vorhalle, wo die Bediensteten versammelt waren. Hicham weigerte sich, die Tür zu öffnen, die unter heftigen Stößen erbebte. Offensichtlich wurde in dem wilden Getümmel immer wieder mal jemand dagegen gestoßen.

»Sie sind direkt vor dem Haus«, erklärte er. »Wenn ich die Tür aufmache, schwappen sie herein.«

Sie stiegen in die erste Etage hinauf, um das Geschehen von dort oben zu beobachten.

Zwei- bis dreihundert Männer, einige mit Stöcken bewaffnet, waren in ein brutales Handgemenge verwickelt, begleitet von lautstarken Schmähungen. Es war unmöglich, die beiden Lager zu unterscheiden. Es gab bereits Verletzte, die weggetragen wurden.

»Was ist denn da los?«, wunderte sich einer der Diener.

Die Frage erübrigte sich: Offensichtlich kämpften Anhänger Jesu gegen Tempelwächter, die über deren Jubelrufe in Rage geraten waren.

Sie sahen, wie ein Mann vor ihrer Haustür zu Boden ging und zwei andere über ihn herfielen. War es ein Anhänger Jesu? Oder des Tempels? Wie auch immer, das Ganze artete aus. Hicham wurde ärgerlich. Er ging hinunter, gefolgt von den anderen, um dem Massaker ein Ende zu setzen.

Hicham öffnete die Tür und wurde, zusammen mit den anderen Bediensteten, augenblicklich zurückgedrängt. Die Eindringlinge verteilten sich im Haus, musterten die Hausbewohner, und auf Befehl eines von ihnen wurde Judas von drei Schergen gepackt und brutal auf die Straße geschubst. Die Bediensteten, empört und überrumpelt, versuchten vergeblich dazwischenzugehen.

Kurz danach ließen die Prügeleien nach und hörten dann ganz auf. Der Verletzte, der noch kurz zuvor in den letzten Zügen gelegen zu haben schien, erholte sich erstaunlich schnell und machte sich aus dem Staub.

Es war eine Falle gewesen.

Verstört sah Judith, wie Hicham die Tür wieder schloss und sich den betroffenen Gesichtern seiner Leute zuwandte.

27

Der Schakal des Himmels

Judas begriff nicht, was los war, bis er in ein fremdes Haus gedrängt wurde, wo ihn eine bekannte Person in Empfang nahm: Saul. Am Abend des geheuchelten Verrats hatten sie sich in Kaiphas' Haus gesehen.

»Das ist er«, sagte das Haupt der Entführer.

Saul nickte.

»Was bedeutet das alles?«, erkundigte sich Judas.

Saul deutete ein Grinsen an. »Was bedeutet deine heimliche Anwesenheit im Haus des Nikodemus?«, fragte er.

Judas musterte Saul und verschränkte die Arme vor der Brust als Zeichen, dass er nicht antworten würde.

Nach einer Weile fuhr Saul fort: »Judas, du wirst antworten, entweder mir oder Kaiphas' Männern. Und wenn nicht ihnen, dann eben denen von Pilatus.«

Er hätte seine Drohung ebenso gut über eine Statue ergießen können.

Plötzlich wurde er auf Judas' Narben aufmerksam und bückte sich schnell, um sie zu untersuchen.

»Bist du gekreuzigt worden?«, rief er in höchstem Maß erregt. »Du? Und du bist davongekommen? Bist lebend vom Kreuz gestiegen? Rede, rede im Namen des Allmächtigen.«

Da Judas eisern schwieg, ergriff Saul eine seiner Hände und untersuchte das Handgelenk. Seine Verblüffung nahm noch zu.

»Wann bist du gekreuzigt worden?«

Wieder keine Antwort.

Saul rief nach einem Söldner. »Geh sofort zu Gedalja. Sag ihm, dass ich eine ungewöhnliche Entdeckung gemacht habe. Er soll auf der Stelle herkommen.«

Mit einer Handbewegung schickte er den Mann fort und wandte sich wieder Judas zu.

Die beiden Männer, der eine stoisch, der andere außer sich, starrten sich einen Moment lang an, dann begann Saul auf und ab zu laufen. In dem Raum gab es zwei Türen, von denen die eine zum Eingangsbereich, die andere auf einen Innenhof führte, drei Sitzgelegenheiten, einen Tisch und eine Lampe, die an der Decke befestigt war.

Schließlich traf Gedalja ein, mit gefurchter Stirn und der verstimmten Miene eines Würdenträgers, den man wegen nichts und wieder nichts störte. Er grüßte Saul und ließ dann den Blick erstaunt auf Judas ruhen.

»Du hast mich rufen lassen«, sagte er zu Saul, »wegen dieses Mannes?«

»Ja.«

»Ich kenne ihn, das ist Judas.«

»Und weißt du auch, dass er sich im Haus von Nikodemus versteckt hielt?«

»Von Nikodemus?«

»Das ist noch nicht alles. Schau dir seine Füße an.«

Gedalja machte große Augen, bückte sich und berührte die Narben. Als er sich wieder aufrichtete, musterte er Judas und wandte sich völlig verblüfft Saul zu.

»Und jetzt wirf mal einen Blick auf seine Handgelenke.«

Gedalja ergriff erst das eine, dann das andere und murmelte: »Beim Allmächtigen ... Kann er gehen? Geht er?«

»Wie du siehst, habe ich dich nicht umsonst kommen lassen.

Ich würde darauf schwören, dass dieser Mann das Geheimnis um das Verschwinden des Leichnams des Galiläers kennt. Mit Sicherheit kennt er auch noch weitere.«

Sie schauten sich fragend an.

»Das ... all das«, murmelte Gedalja, »ist von größter Wichtigkeit ... Man muss ihn zu Kaiphas bringen.«

Kurz danach sprachen sie im Haus des Hohepriesters vor.

Als Kaiphas erschien, war er verwundert, Judas unter der Bewachung zweier Söldner und in Begleitung des Kommandanten der Miliz und seines Vertrauensmanns zu sehen. Saul und Gedalja fassten die Lage zusammen, und das Verhör begann von Neuem.

»Bist du gekreuzigt worden?«

Judas entschied, dass es viel grausamer war, ihnen die Wahrheit zu sagen, zumindest einen Großteil davon.

»Im Geiste, ja.«

»Im Geiste?«, wiederholte Kaiphas verdutzt.

»Die Wunden sind aufgetreten, als ich der Hinrichtung meines Herrn zusah.«

Die drei Männer sahen sich fassungslos an. Für sie gab es nichts Bedrohlicheres als das Übernatürliche. Kaiphas ging daher auf Judas' Antwort nicht näher ein.

»Was hast du im Haus des Nikodemus gemacht?«

»Ist es verboten, sich dort aufzuhalten?«

»Man sollte meinen, dass es das für den Mann ist, der uns den falschen Messias ausgeliefert hat, den Meister dieser verwirrten Seelen.«

»Sie wissen alle, dass ich auf seinen Befehl hin gehandelt habe.«

»Auf wessen Befehl?«

»Den meines Herrn.«

Erneute Verblüffung.

»Willst du damit sagen, Jesus hätte dir befohlen, ihn zu verraten?«

»Genau das.«

»Du machst dich wohl über uns lustig?«

Judas schüttelte verneinend den Kopf. »Nein, er hat sich Jahwe als Opfer dargebracht.«

Kaiphas schluckte schwer. Soweit er über die Lehre des Galiläers unterrichtet war, waren Judas' Aussagen einleuchtend. Deshalb also hatte Nikodemus dem Mann, den Kaiphas für einen Verräter gehalten hatte, Unterschlupf gewährt.

»Wusste er, dass er dazu verurteilt würde, am Kreuz hingerichtet zu werden?«

»Er wusste nicht, ob es das Kreuz oder der Stein sein würde.«

Die drei Männer waren wie vor den Kopf gestoßen. Sie hatten geglaubt, die Fäden in der Hand zu halten, dabei waren sie lediglich die Spielfiguren gewesen.

»Wo befindet sich Jesus jetzt?«

»Zur Rechten Jahwes.«

»Er ist also tot?«

»Nein, denn er ist aus dem Grab erstanden.«

»Wie hat er das geschafft?«

»Ich weiß nicht.«

Mehr würde er niemandem verraten, nicht einmal, wenn er ausgepeitscht würde. Weder Maria noch Lazarus, noch sonst jemandem …

»Ihr habt ihn in der Nacht vor dem Passahfest in der Grabstätte eingeschlossen. Daraus konnte er nicht lebend entkommen.«

»Wir wollten am nächsten Tag wiederkommen, um das Begräbnisritual zu Ende zu führen, aber man hat uns benachrichtigt, dass das Grab leer sei.«

»Du hast also zu jenen gehört, die ihn in das Grab gebracht haben?«

Judas nickte.

In diesem Augenblick betrat Annas, den man benachrichtigt hatte, lautlos den Raum und nahm Platz.

Kaiphas verlor die Nerven: »Du bist einer von denen, die die verdammte Wahrheit über das Verschwinden des Leichnams kennen. Ich kann dich auspeitschen lassen, um dich zu zwingen, sie auszuspucken!«

»Ja, das kannst du tatsächlich, aber das würde an der Wahrheit nichts ändern.«

»Gib zu, dass ihr den Leichnam während der Nacht entwendet habt.«

»Deine Männer, Hohepriester, haben doch gesehen, wie wir den *dopheq* vors Grab gerollt haben, um die Grabstätte zu verschließen, oder nicht? Sie haben bestimmt auch beobachtet, wie wir nach Jerusalem zurückgekehrt sind.«

Es war verwirrend.

»Aber du weißt, wer den Leichnam entwendet hat?«, beharrte Annas.

»Ich weiß nichts davon, dass man einen Leichnam entwendet hat, und ich wüsste auch nicht, warum jemand eine solche Schändung begehen sollte.«

»Wie habt ihr erfahren, dass das Grab leer ist?«

»Maria von Magdala hatte sich im Morgengrauen dorthin begeben. Sie kam zurück und berichtete uns, was passiert war.«

»Hat sie den Leichnam entwendet?«

Judas erlaubte sich ein Grinsen, was Kaiphas und Annas noch gereizter machte.

»Sie hat sich allein auf den Weg gemacht und ist auch allein zurückgekehrt. Ich kann mir nicht vorstellen, dass eine Frau ohne Hilfe einen *dopheq* zur Seite rollen oder einen Leichnam entwenden kann. Außerdem sehe ich keinen Grund, warum sie das hätte tun sollen. Und ihre Aufregung bewies eindeutig, dass das, was sie sagte, der Wahrheit entsprach.«

All dies ließ nur den einen Schluss zu, dass Jesus auferstanden war. Judas wusste, dass allein diese Vorstellung sie auffraß, wie ein Schakal ein noch lebendes Lamm verschlingt. Er war der Schakal des Himmels.

Gedalja nahm Saul zur Seite: »Dieser Mann trägt an Händen und Füßen die Zeichen der Kreuzigung, wofür er uns unwahrscheinliche Erklärungen liefert. Wir müssen überprüfen, ob nicht er anstelle des Galiläers gekreuzigt wurde.«

Saul schüttelte den Kopf. »Gedalja, Jesus ist wirklich gekreuzigt worden, denn meine Männer sind bei der Hinrichtung nicht von der Stelle gewichen. Und Jesus und Judas ähneln sich nicht. Die Möglichkeit einer Verwechslung ist auszuschließen. Auch gibt es keinen Grund, weshalb Pilatus ihn zum Kreuzestod hätte verurteilen sollen. Auf jeden Fall wäre er nicht lebend vom Kreuz gestiegen.«

»Und was ist mit den Wunden an Füßen und Handgelenken?«

Saul hob die Arme zum Himmel, um kundzutun, dass er keine Ahnung hatte. Der andere zog ein langes Gesicht. Dann kehrten sie zu Kaiphas und Annas zurück. Sie mussten sich eingestehen, dass sie sich in einer Sackgasse befanden. Die Entdeckung des geheimnisvollen Gastes im Haus des Nikodemus brachte sie keinen Deut weiter. Und was sollten sie mit Judas nun anstellen? Sie konnten ihm nichts zur Last legen, waren also gezwungen, ihn freizulassen.

Judas verlagerte unmerklich sein Gewicht von einem Fuß auf den anderen, wobei er darauf achtete, dass der Schwerpunkt auf den Fersen lag, und beobachtete die Männer, einen nach dem anderen. Kaiphas, eine wuchtige dunkle Masse aus Verbitterung, eingehüllt in einen bestickten Mantel; Annas, ein galliger alter Mann, verhärtet durch seinen Fanatismus; Gedalja, ein Wachhund mit gierigen Fangzähnen; und der Letzte, Saul, ein Zwerg mit einem großen Kopf auf dem Körper eines von der Natur benachteiligten Kindes. In seinem Kopf summte es nur so von all den finsteren Gedanken, die er ausbrütete.

Er atmete die Angst ein, die von ihnen ausging, und ihren Zwangsgefährten, den Hass. Er hatte sie gezwungen, das Undenkbare zu denken: Es war vermutlich, nein, sogar mit Sicherheit, ein Irrtum gewesen, Jesus in den Tod zu schicken.

Sie hatten das gleiche Verbrechen begangen wie Herodes Antipas, als er dem Mord an Johannes dem Täufer zugestimmt hatte. Sie hatten einen gerechten Mann in den Tod geschickt. Aber ihr Fehler war noch größer: Der gekreuzigte Prophet war vom Allmächtigen dazu ausersehen worden, den Tod zu besiegen.

Er war also das Leben.

Was sollten sie den Gläubigen sagen? Wären sie zu dem Albtraum verdammt, eine Revision der Heiligen Schrift vorzunehmen?

»Du kannst gehen«, sagte Kaiphas schließlich zu Judas.

Als Judas, nachdem er sie mit einem rätselhaften Blick bedacht hatte, den Raum verlassen hatte, befahl der Hohepriester Saul: »Deine Männer sollen ihn im Auge behalten. Es würde mich wundern, wenn er nicht früher oder später seine Komplizen benachrichtigte.«

Saul nickte ohne Überzeugung. Einmal mehr zeigte sich, dass er die Situation falsch eingeschätzt hatte.

Das hier war keine irdische Angelegenheit.

Kaum war Judas durch das Tor von Kaiphas' Residenz geschritten, da entdeckte er auf der anderen Straßenseite Judith. Unter dem trüben Blick des Wachpostens rannte sie auf ihn zu. Sie war in Tränen aufgelöst und zitterte wie Espenlaub. Dass ihr Verhalten die Aufmerksamkeit einer Gruppe von Passanten erregte, entging sowohl ihr als auch Judas.

»Der Herr sei gelobt!«, murmelte sie. »Du bist heil und gesund.«

Der Gegensatz zwischen der düsteren Atmosphäre voller Gifte und stickiger Dämpfe, die er gerade hinter sich gelassen hatte, und dem Anblick dieser blutjungen Frau in der warmen Aprilsonne, deren Herz von Zärtlichkeit überfloss, ergriff ihn. Innerhalb weniger Augenblicke wechselte er von den Gefilden der Rache in die der Liebe, so wie man aus einem Albtraum in einen Traum hinübergleitet.

»Woher wusstest du, dass sie mich zu Kaiphas gebracht haben?«

»Jerusalem ist ein Spinnennetz, in dessen Mitte Kaiphas thront. Und Hicham meinte, Pilatus hätte dich nie und nimmer auf diese hinterlistige Art holen lassen, er hätte einen Zenturio und Legionäre beauftragt.«

»Und warum bist du hier?«

»Hicham wollte nicht selbst hierher kommen, um nicht die Aufmerksamkeit auf dich zu lenken. Zudem hätten sich Anhänger Jesu wohl gewundert, was er vor dem Haus des Kaiphas zu suchen hätte. Deshalb hat er mich als Kundschafterin gesandt. Aber gehen wir weg von hier«, forderte sie ihn auf.

Sie schlugen den Weg zur Stadtmauer ein. Die Hügel Jerusalems waren unter einem silberfarbenen Himmel in goldenes Licht getaucht. Judas blinzelte, geblendet von seiner ersten Begegnung mit dem weiten Horizont, seit er seine Nacht hinter sich gelassen hatte. Er wurde von der Ewigkeit angehaucht. Er hatte nicht den Wein der Erlösung getrunken, aber dieser floss vom Himmel, Tropfen um Tropfen, in seine Augen, die Nase, den Mund ... Worte stiegen in seiner Brust empor. *Elaouia, Ela-*

ouia, limash baganta! Endlich schwemmte der Frieden seine Angst hinweg, und seine Augen wurden feucht. Er blickte in die Ferne, dorthin, wohin das Auge nicht reichte – dort, jenseits des Galiläischen Meeres, erstreckte sich Syrien, dort sammelte sein Herr seine irdischen Kräfte.

Es war ein Tag ohne Ende, den er betrachtete, ein Tag, den keine Nacht mehr verdunkeln würde. Der Herr hatte die Nacht für immer verbannt. Die Brust des Jüngers weitete sich, und sein Herz wurde leicht, verließ den Leib und stieg auf.

»Judas, ich werde dich begleiten.«

Sie hatte erraten, wohin der Blick des geliebten Mannes schweifte. Ihre kühne Erklärung brachte ihn in Verlegenheit. Bis vorgestern, in der Nacht, hatte er nie eine Heirat erwogen, Liebesbeziehungen waren ihm abstrakt erschienen, fremd. Wenn er Judith nach dem Verlassen von Kaiphas' Haus nicht wiedergesehen hätte, wäre er einige Tage später einfach zu dem Schluss gekommen, dass ihre leidenschaftliche Nacht eine Art Verirrung gewesen war. Im selben Moment wurde er sich der Tatsache bewusst, dass er völlig unerfahren im Umgang mit dem anderen Geschlecht war. Die einzige Geste, die ihm in den Sinn kam, war, den Arm seiner Begleiterin zu drücken. Er rang sich ein Lächeln ab.

»Judith, ich weiß nicht, wohin mein Weg mich führen wird. Der Herr hat uns aufgetragen, sein Wort überall zu verbreiten. Was wäre das für ein Leben für dich?«

»Hat nicht Maria es akzeptiert? Und was wäre es für ein Leben für mich ohne dich?«

Dieses Argument brachte ihn aus der Fassung. Maria, ja … Was für eine Art Ehefrau war sie für Jesus?

»Du hast mich genommen«, sagte sie, »aber du wusstest nicht, dass ich mich dir hingab.« Der Mund dieses Mädchens war eine Quelle der Überraschungen. »Ich bewunderte dich bereits.

Du hast mir das Leben gerettet. Du lebst anderswo, ... ich weiß nicht ... im Geist.«

Das Gegenteil von Salome, überlegte er. Sie hatte den Täufer begehrt, aber seine Zurückweisung hatte sie gedemütigt. Die Frauen werden also von den Söhnen des Lichts angezogen. Warum wunderte er sich darüber? War Maria von Magdala nicht das beste Beispiel dafür?

»Du hast mich aus der Nacht befreit, du hast mich gereinigt, und du hast mir zu trinken gegeben«, erwiderte er. »Du hast mich also zur Welt gebracht.«

»Und du hast mein Licht entzündet«, sagte sie, den Kopf gesenkt, als schäme sie sich dieser Worte.

Erneut wandte er den Blick zum Himmel.

»Judith, ich möchte nicht mehr in Jerusalem bleiben. Wir brechen morgen nach Bethanien auf.«

Sie betrachtete die Füße dieses Mannes. Würde er gehen können? Hicham würde sich darum kümmern. Sie kehrten zum Haus des Nikodemus zurück. Sie waren so in ihre Gedanken vertieft, dass sie nicht auf eine Gruppe von Männern achteten, die vom Ephraimtor her kam.

28

Die Rache des Allmächtigen

Nur, jene Männer, die sicherlich auf Golgatha gebetet hatten, folgten nicht ihrem Weg, sondern Judas und Judith. Sie holten dicht auf, und als Judas sie direkt hinter sich schnaufen hörte und sich verwundert umdrehte, war es zu spät, da hatten sie ihn schon überwältigt.

»Bist du Judas der Iskariot?«, fragte einer von ihnen.

»Ja, was ...?«

Judith protestierte, doch einer der Männer stieß sie grob zurück. Sofort trat sie wieder nach vorn, da schleuderte ein zweiter Schlag sie gegen eine Mauer. Einer der Männer zückte ein Messer. Judas wehrte sich, aber ein Fausthieb ins Gesicht betäubte ihn, und Judith schrie auf. Als der Mann mit dem Messer auf sie zustürzte, rannte sie Hals über Kopf davon.

Die Straße war menschenleer.

Judas' neue Peiniger machten kehrt und zogen ihn in Richtung Stadtmauer. Wohin wollten sie mit ihm? Einen Augenblick später gelangten sie zum Ephraimtor. Der Mann mit dem Messer, der sicherlich erriet, dass ihr Gefangener versucht sein würde zu schreien, um die Wachen auf sich aufmerksam zu machen, stupste ihm mit einem bitterbösen Blick die scharfe Klinge in die Seite. Die Legionäre ließen sie unbehelligt passieren. Sobald sie außer deren Sichtweite waren, banden sie Judas die Hände auf den Rücken. Er unterdrückte einen Schrei, da sie keine Rücksicht auf seine Wundmale nahmen. Dann schlugen sie den Weg nach Golgatha ein. Judas musterte die Gekreuzigten – einer von ihnen war erst vor Kurzem ans Holz geschlagen worden –, kannte sie aber nicht. Wollten ihn seine Häscher kreuzigen? An welchem Kreuz?

Aber sie stiegen nicht nach Golgatha hinauf, sie blieben unten stehen.

»Schau genau hin«, brummte einer der Entführer. »Schau, an ein solches Kreuz wurde unser Herr durch deine Niederträchtigkeit genagelt.«

Was sollte er erwidern? Wie sollte er es erklären?

»Wir haben gesehen, wie du vorhin das Haus des Kaiphas verlassen hast«, sagte ein anderer. »Du bist wohl oft dort, was?«

»Kaiphas ließ mich entführen, so wie ihr es gerade tut, und zu sich bringen«, sagte er bestimmt.

»Ah ja? Und warum?«

»Er wollte wissen, wo unser Herr ist.«

Ein Schlag in den Nacken ließ ihn taumeln.

»Ich verbiete dir, ›unser Herr‹ zu sagen, du widerlicher Verräter. Du hast ihn verraten, wir wissen es.«

»Ihr irrt euch«, murmelte Judas. »Fragt Lazarus.«

»Wir brauchen niemanden zu fragen, wir wissen, was wir wissen.«

Sie bogen auf den Weg nach Bethfage ein, folgten ihm aber nur ein kurzes Stück.

»Da«, wies der Mann, der ihr Anführer zu sein schien, den Weg, und sie bogen ab zu einem bewaldeten Hügel und hielten nach ungefähr hundert Schritten unter alten Eichen. »Judas«, sagte er, »wegen deiner Schandtat und deines niederträchtigen Verrats an unserem Messias Jesus verurteilen wir dich zum Tod.«

Sie gebärdeten sich wie brünstige wilde Tiere.

»Ihr habt keinerlei Macht über Leben und Tod«, erwiderte

Judas ruhig, »und euer Urteil verdammt euch selbst in den Augen unseres Herrn. Er hat gesagt: *Richtet nicht, und ihr werdet nicht gerichtet werden.*«

»Ha«, rief einer der Entführer, »jetzt erinnert er sich an die Lehre des Herrn.«

»Wir richten dich nicht«, erläuterte ein anderer, »wir opfern dich der göttlichen Gerechtigkeit, bevor der Zorn des Allmächtigen, hervorgerufen durch deine Freveltat, auch uns trifft.«

Er, Judas, war also das Opferlamm. Der Allmächtige triumphierte über Jahwe. Die Rächer hatten nichts begriffen.

»Nie würde Jahwe euch eure Hände von meinem Blut reinwaschen lassen«, erwiderte er.

»Genug der Ausflüchte«, rief der Anführer.

Sein Arm schoss nach vorn, und Judas stieß einen Schmerzenslaut aus. Der Schächter hatte ihm das Messer in den Leib gerammt und schlitzte ihn von oben bis unten auf.

Judas versagte der Atem. Als Letztes sah er Jerusalem, unten zwischen den Bäumen ...

»Der Gerechtigkeit wurde Genüge getan!«, rief der Mörder.

»Der Gerechtigkeit wurde Genüge getan«, wiederholten die anderen.

Sie betrachteten den Leichnam zu ihren Füßen. Blut sprudelte daraus hervor. Sie traten zurück, damit es nicht ihre Füße befleckte.

»Das hier ist nicht beredt genug«, meinte der Anführer. »Die Leute, die hier vorbeikommen, könnten denken, er sei ermordet worden. Man muss ihnen deutlich machen, dass er von Gewissensbissen zernagt wurde und sich selbst das Leben genommen hat. Hängt ihn auf.«

»Aber du hast ihn doch aufgeschlitzt«, wandte einer der Männer ein.

»Das waren natürlich die wilden Tiere.«

Das Werkzeug des Allmächtigen stieß sein Messer in die Erde und holte ein Seil aus der Tasche, band es zu einer Schlinge und legte sie um den Hals des Toten. Dann warf er einen Blick nach oben, zerrte den Leichnam unter einen großen Eichenast und warf das andere Ende des Seils darüber. Wie ein Lumpenbündel hob sich der Tote in die Höhe und baumelte dort einen Moment lang. Seine Eingeweide quollen hervor. Der Henker befestigte das Seil an einem Baumstumpf und nahm sein Messer wieder an sich. Er wischte das Blut mit Blättern vom Boden ab und löste die Fesseln um die Handgelenke des Opfers. Dann steckte er es mit zufriedener Miene ein.

»Gehen wir«, forderte er die anderen auf.

Nachdem sie sich entfernt hatten, stahl sich ein Sonnenstrahl durch die Zweige, fiel auf Judas' Gesicht und verweilte auf seiner Stirn. Dann wanderte die Sonne weiter.

Sie hätten den Leichnam, erzählten sie, bei ihrer Rückkehr von Bethfage entdeckt und als einen der ehemaligen Jünger Jesu erkannt, Judas den Iskariot. Laut und deutlich ließen sie vernehmen, dass sie über seinen Selbstmord nicht überrascht seien, da er seinen Herrn für dreißig Silberlinge verraten habe. Einige Neugierige begaben sich zu der Stelle und wunderten sich über einen Gehängten mit aufgeschlitztem Leib. Die Tempelwächter vernahmen den Bericht übellaunig, da ihre Gerichtsbarkeit sich nicht über den Umkreis der heiligen Stätte hinaus erstreckte. Sie verständigten den Statthalter. Dieser ließ eher halbherzig nach den Schuldigen suchen.

Hicham klagte: »Wir haben die Aufgabe, die uns Nikodemus und Lazarus übertragen haben, nicht erfüllt.«

»Wer sorgt für sein Begräbnis?«, fragte Judith.

Am nächsten Tag machten sie sich zu siebt auf den Weg, ausgestattet mit einer Schaufel, einem Leichentuch, einem Beutel voller Gewürze und Stöcken. Kein Rabbiner war bereit, über dem Grab eines Toten, um den sich Gerüchte des Selbstmords rankten und der zudem ein Jünger des verabscheuungswürdigen Jesus gewesen war, Gebete zu sprechen.

Die Stöcke dienten dazu, die Wölfe und die Raubvögel zu vertreiben, die begonnen hatten, den Leichnam zu zerfleddern. Eine Grube wurde ausgehoben, Judas vom Baum abgenommen und auf das Leichentuch gebettet. In dem Zustand, in dem er sich befand, konnte man ihn nicht waschen. Hicham streute die Gewürze über seinen Körper. Judith und zwei weitere Dienerinnen vernähten das Leichentuch. Sie sprachen die Totengebete, dann bedeckten sie ihn mit Erde.

Einer der Diener wies darauf hin, dass jene, die den Leichnam berührt hatten, sich dem Ritual der Reinigung unterwerfen müssten.

»Nein«, wandte Hicham ein. »Wir haben einen reinen Mann bestattet. Es genügt, dass wir uns die Hände waschen.«

Einige Tage später, als Maria, Martha, Lazarus, Josef von Arimathäa und Nikodemus Jesus bei Dositheus in Syrien aufsuchten, berichteten sie ihm von dem Mord. Sein Blick verdüsterte sich.

»Das ist die Rache des Allmächtigen«, sagte er. »Er wollte ebenfalls ein Opfer haben und hat dafür meinen innig geliebten Jünger gewählt.«

Nachwort

Fast zweitausend Jahre lang gehörte der Verrat des Judas zu den düstersten sowie berühmtesten Episoden des Schrifttums und der christlichen Ikonografie. Doch dann drangen 2005/ 2006 zwei Informationen durch den Nachrichtendschungel einer in Aufruhr befindlichen Welt, in der die Religion eher als Vorwand für blutige Konfrontationen denn als Einssein in der Transzendenz diente.

Die erste Nachricht betraf die Entdeckung eines Textes, dessen Existenz nur einige wenige Gelehrte geahnt hatten: das »Evangelium des Judas«. Wenn es je existiert hatte, so ihre Überlegung, wäre es schon vor langer Zeit der Wut der ersten Christen zum Opfer gefallen, wie es mit vielen anderen Texten geschah, die den Aussagen der Urkirche widersprachen. Doch ein Exemplar war in der Wüste Ägyptens gefunden worden. Gewiss, es war in Mitleidenschaft gezogen, aber die Fragmente, die den Wirren der Zeit und der Gier der Manuskripthändler entgangen waren, wiesen noch immer genug Kohärenz auf, um die Legende des Verräters Iskariot zu entkräften.

Die zweite Nachricht, ein paar Wochen später, war nicht weniger brisant: Die Londoner *Times* vom 12. Januar 2006 verkündete in Schlagzeilen, dass der Vatikan sich anschicke, den Fall Judas neu zu überdenken.

Ein Evangelium von Judas? Allein die Worte tun den Ohren weh. Evangelium bedeutet »frohe Botschaft«. Wie, muss sich ein gläubiger Mensch fragen, könnte man eine frohe Botschaft von diesem Verräter erwarten? Doch Tatsache ist: Judas war ein Apostel und nie und nimmer ein Verräter.

Der Text selbst, darüber sind sich die Experten einig, hat keinen anderen historischen Wert – im modernen Sinn dieses Adjektivs –, als das Vorhandensein einer christlichen Strömung zu beweisen, die von Judas' Unschuld überzeugt ist. Er entstand wie die meisten anderen Evangelien in der zweiten Hälfte des zweiten Jahrhunderts und gründet auf – zweifellos überarbeiteten – mündlichen Überlieferungen einer einflussreichen Richtung des Judentums und des Urchristentums, der Gnosis. Auch wenn er verstümmelt ist, nimmt er im Corpus der christlichen Apokryphen bereits einen ungewöhnlichen Platz ein, vergleichbar mit dem »Evangelium nach Thomas« und dem »Protoevangelium des Jakobus«.

Er ist ein weiteres Zeugnis für den großen Irrglauben bezüglich der Ursprünge des Christentums, das im Gegensatz steht zu der von anstößigen Stellen befreiten eindimensionalen Version der modernen Kirche. Er fügt sich reibungslos in die historische Analyse der Ereignisse jener Zeit ein und ergänzt meiner Ansicht nach weit frühere Schlussfolgerungen: Jesus war ein jüdischer Gnostiker, geformt durch die Essener, die vom Deuteronomium inspiriert waren. Und Judas war das Instrument eines Plans, der darauf abzielte, den Kult der Elohim durch den eines spirituellen Gottes der Güte abzulösen.

Zu diesem Buch hat mich jedoch nicht die Entdeckung des Judasevangeliums inspiriert; es war seit Langem in Arbeit und basierte auf anderen Gedanken: Der Iskariot ist die zweitwichtigste Person des Christentums. Denn hätte er nicht »verraten«, wäre Jesus nicht gekreuzigt worden und hätte sich das Christentum völlig anders entwickelt.

Genau betrachtet sind, was den Verrat des Judas betrifft, die Berichte der Apostel sehr eigentümlich, von Geheimnissen umhüllt und durch Lücken und Widersprüche gekennzeichnet – und aus historischer, psychologischer und theologischer Sicht unverständlich.

Auf welche Weise konnte Judas der Iskariot Jesus verraten? Nachdem Jesus an jenem Sonntag, der dann »Palmsonntag« genannt wurde, seinen triumphalen Einzug in Jerusalem gehalten hatte, war er in der ganzen Stadt bekannt. Er begab sich zum Gebet in den Tempel. Er zog die Mengen an, und überdies verfügte der Tempel über die Miliz unter Sauls Kommando, die die Priester ständig über den Aufenthaltsort Jesu unterrichten konnte, wenn er in Jerusalem weilte. Die Priester waren in keiner Weise auf Judas' Verrat angewiesen.

In welchem Augenblick hätte Judas wohl beschlossen, Jesus zu verraten? Matthäus zufolge war es nach dem Abendessen bei Simon dem Aussätzigen in Bethanien, wo Maria von Magdala wohlriechendes Öl über Jesus goss. Judas soll sich aus »Geiz« über die Verschwendung von dreihundert Dinaren für Öl empört haben. Mit diesem Geld hätte man besser die Armen unterstützt. Marias Geste war eine Extravaganz, die lediglich aller Welt die Leidenschaft einer sehr reichen Frau aus Magdala für den Propheten zeigen sollte, dem sie seit drei Jahren folgte.

Warum hätte Judas deswegen seine Meinung radikal ändern sollen? Nach dreijähriger treuer Anhängerschaft? Nicht Jesus hatte sich die Öle über den Kopf gegossen, und er war keineswegs verantwortlich für das Verhalten der verliebten Frau.

Zum letzten Abendmahl heißt es im Matthäusevangelium:

… Doch weh dem Menschen, durch den der Menschensohn verraten wird. Für ihn wäre es besser, wenn er nie geboren wäre. Da fragte Judas, der ihn verriet: Bin ich es etwa, Rabbi? Jesus sagte zu ihm: Du sagst es. (26, 20–25)

Wenn man sich der herkömmlichen Sicht der Dinge anschließt und das »Evangelium des Judas« unberücksichtigt lässt, sind diese Verse noch rätselhafter: Jesus, der Allwissende, weiß, dass Judas der Iskariot ihn verraten wird, und ergreift keinerlei Gegenmaßnahme? Und was noch seltsamer ist: Die Apostel genauso wenig? Es wäre doch einfach gewesen, Judas aus der Gruppe zu entfernen, wenn nicht gar in die Obhut einer vertrauensvollen Person zu geben. Auch das Folgende ist höchst seltsam, wenn nicht gar unwahrscheinlich: Jesus befindet sich mit seinen Jüngern im Garten Gethsemane und verkündet ihnen abermals, dass er verraten werden wird.

Warum unternimmt er nichts, um der bevorstehenden Festnahme zu entgehen? Und warum empfängt er den »Verräter«, jenen Mann, über den er gesagt haben soll, dass es besser für ihn gewesen wäre, nicht geboren worden zu sein, mit dem Wort »Freund« (Matthäus, 26, 47–50)?

Der Grund für Judas' angeblichen Verrat soll Habgier gewesen sein: eine Belohnung von dreißig Silberlingen. Nebenbei: Damit wurde der Judenhass der Christen geschürt. Man weiß nicht, was die Gemeinschaftskasse der Apostel enthielt, aber es drängt sich der Gedanke auf, dass Judas, der allem Anschein nach ihr Verwalter gewesen war, viele Gelegenheiten gehabt hätte, mit dem Geld zu entfliehen. Also warum für Geld den Herrn verraten, dem er seit ungefähr drei Jahren aus ganz anderen als pekuniären Gründen gefolgt war?

> Einer von euch wird mich verraten … Der ist es, dem ich den Bissen Brot, den ich eintauche, geben werde. Dann tauchte er das Brot ein, nahm es und gab es Judas, dem Sohn des Simon Iskariot. Als Judas den Bissen Brot genommen hatte, fuhr der Satan in ihn. Jesus sagte zu ihm: Was du tun willst, das tu bald! Aber keiner der Anwesen-

den verstand, warum er ihm das sagte. Weil Judas die Kasse hatte, meinten einige, Jesus wolle ihm sagen: Kaufe, was wir zum Fest brauchen!, oder Jesus trage ihm auf, den Armen etwas zu geben. Als Judas den Bissen Brot genommen hatte, ging er sofort hinaus. Es war aber Nacht. (13, 18–30)

Der eingeschobene Satz »Als Judas den Bissen Brot genommen hatte, fuhr der Satan in ihn« ist ein apologetisches Element, das sowohl der Logik als auch der Wahrscheinlichkeit entbehrt: Warum hätte Judas das Brot nehmen sollen, da er doch wusste, dass ihn diese Geste bloßstellen würde? Diese Einzelheit soll das Offensichtliche überdecken: Jesus hat Judas tatsächlich den Befehl erteilt, seine Festnahme vorzubereiten.

Aber das Unverständnis der Jünger stellt alles in den Schatten: Jesus erklärt ihnen unmissverständlich, dass derjenige, dem er das Brot geben wird, der Verräter sein wird. Und nachdem Judas es genommen hat, glauben sie, dass Jesus ihn zum Einkaufen geschickt hat? Wenn das nicht ein Beweis für die abgrundtiefe Dummheit der Apostel ist, dann ist es eine haarsträubende Absurdität, und man brauchte nicht mehr das »Evangelium des Judas« abzuwarten, um zu dem Schluss zu kommen, dass die Evangelien diesen entscheidenden Punkt verschleiert haben.

Zweifelhaft ist auch, ob Jesus bei der Fußwaschung nach seiner Antwort an Petrus tatsächlich noch hinzugefügt hat, dass nicht alle Jünger rein seien, auch wenn sie sich gewaschen hätten. »Er wusste nämlich, wer ihn verraten würde« (Johannes, 13, 11).

Doch dieser Bericht erhellt die vorhergehende Rede Jesu, die dieser Aussage entspricht: »Einer unter euch muss mich festnehmen lassen, denn das ist in der Heiligen Schrift vorhergesagt.«

Die Aufdeckung eines tatsächlichen Verrats hätte völlig anders ausgesehen: Der Verräter wäre dingfest gemacht, verprügelt und unschädlich gemacht worden. Punkt.

Der Verfasser des Johannesevangeliums spielt auf Judas' Empörung über die Verschwendung von dreihundert Dinaren an, die Maria von Magdala für Öle ausgibt: »Das sagte er aber nicht, weil er ein Herz für die Armen gehabt hätte, sondern weil er ein Dieb war; er hatte nämlich die Kasse und veruntreute die Einkünfte« (Johannes, 12, 6). Eine völlig unmotivierte Anklage: Hätte Judas Geld veruntreut, hätte man ihm die Gemeinschaftskasse entzogen und einem anderen anvertraut, zum Beispiel Matthäus dem Zöllner. Auch wenn Jesu Nachsicht noch so groß gewesen sein mag, hätte er keinesfalls einen Schatzmeister behalten, der Geld stahl. Johannes' Kommentar ist eher ein Affront gegen den gesunden Menschenverstand Jesu.

Was den Kuss des Judas angeht, ein sehr beliebtes Motiv der christlichen Mythologie, so ist er schlichtweg unwahrscheinlich. Judas brauchte lediglich auf Jesus zu deuten, um ihn zu verraten. Der Evangelist Johannes lässt im Übrigen diesen Kuss in seinem Bericht über die Festnahme weg. Worauf geht also diese berühmte Szene zurück? Es erscheint viel wahrscheinlicher, dass Jesus seinem Jünger den Kuss gab, als dieser ihm berichtete, dass er seinen Befehl ausgeführt habe. Die Zeugen sahen es zwar umgekehrt, allerdings schliefen sie beim Eintreffen der Häscher und deren Auftauchen versetzte sie in Panik. Der Wert ihrer Aussagen ist also zweifelhaft.

Über die Unwahrscheinlichkeiten und Widersprüche der Evangelien hinaus gibt es in der Judasgeschichte zwei Aspekte, die sich aus theologischer Sicht aufdrängen: Wenn der Iskariot entsprechend dem Willen Jesu – wie die Kirche es im Nachhinein einzuräumen scheint – der Vollstrecker eines kosmischen Plans war, kommt seinen persönlichen Motiven keinerlei Bedeutung zu. Die kanonischen Evangelien stellen den »Verrat« als widerlichen Akt dar, der den Lauf eines heiligen Dramas unterbrach. Warum soll man nicht in Betracht ziehen, dass die Passion Jesu das Ergebnis einer menschlichen Schicksalswende, der Niedertracht eines Apostels und der Passivität der anderen sein könnte? Man darf sich auch die Frage stellen, was ohne diese Episode geworden wäre.

Und wenn Jesus in seiner Allwissenheit seine bevorstehende Passion als Erfüllung von Gottes Willen versteht, kann Judas, Instrument dieses Willens, kein Verräter sein, sondern ist vielmehr der Erfüllungsgehilfe des höchsten Plans. Jesus kann sich also nicht gleichzeitig diesem Willen unterwerfen und den, der dessen Instrument ist, als Verräter bezeichnen.

Auf jeden Fall zeigt Johannes Folgendes deutlich auf: Keiner der anwesenden Jünger hat die rätselhafte Szene mit dem Brot verstanden. Die elf Apostel wissen nicht einmal, dass Judas mit der schrecklichen Aufgabe betraut worden war: Nur Judas hat deren Sinn erfasst. Auf den kryptischen Befehl seines Herrn: »Was du tun willst, das tu bald!« verlässt er die Runde, um seine Aufgabe zu erfüllen. Die einzig mögliche Erklärung ist die, dass die Darreichung des Brotes ein abgesprochenes Zeichen ist.

Abgesehen vom »Evangelium des Judas« bringt kein einziges apokryphes Evangelium Licht in die Angelegenheit.

Der Beweis scheint eindeutig zu sein: Judas hatte keinen Verrat begangen, und der Umschwung des Vatikans zweitausend Jahre später zeigt, dass es nicht mehr möglich war, die Mystifizierung aufrechtzuerhalten. Jesus hat seine eigene Festnahme organisiert, genauso wie er seinen königlichen Einzug in Jerusalem inszeniert hat.

Jesus hat von Judas eine grenzenlose Liebestat gefordert: Er musste die abscheuliche Handlung des angeblichen Verrats auf sich nehmen, um die Heilige Schrift zu erfüllen.

Aber weshalb hat Jesus Judas gewählt? Warum ihn?

Gemäß der Gnosis – ein weitläufiger Strom, der das religiöse und philosophische Denken der Antike durchläuft und sich bis heute erstreckt – unterscheidet sich der Schöpfergott, der Weltenschöpfer, vom guten Gott, den der Mensch anbeten muss. Im Rahmen des Judentums handelt es sich nicht, wie man glauben könnte, um eine nebensächliche Richtung, die von einigen Andersdenkenden genährt wird: Sie ist vielmehr im Fünften Buch des Pentateuch, in der Thora oder dem Mosaischen Gesetz verankert. Häufig wird auf diesen Seiten darauf angespielt.

Vom Christentum völlig ignoriert, kann die Vorstellung von eben jenem Unterschied – mehr noch der Antinomie – zwischen dem Schöpfer und dem guten Gott überraschen, wenn nicht sogar Anstoß erregen. Dieser Unterschied ist deswegen nicht weniger formell: Jahwe ist ein Sohn des Allmächtigen, und er ist nicht identifizierbar mit seinem Schöpfer, dem unverständlichen, ungerechten und verrückten Gott, dem grausamen Gott des Ezechiel, Jeremias und Elias.

So erklärt sich das Vorhandensein von zwei der vier Strömungen, die der Ausarbeitung des Pentateuch[1] vorangegangen sind: derjenigen, die Gott Jahwe nennt, und jener, die ihn Elohim nennt, eine Pluralbezeichnung, die mehrere Götter einschließt und deren Exegese den Rahmen dieses Nachworts übersteigt. Die theologischen Folgerungen, die man daraus ziehen sollte, sind enorm und sprengen ebenfalls den Rahmen dieses Buches. Und man kann die Aufregung verstehen, die die Juden ergriff, als beim Wiederaufbau des Tempels unter der Regentschaft von Josias im sechsten Jahrhundert vor unserer Zeit in dessen Fundament die Rollen des Deuteronomiums gefunden wurden.

Die Unterscheidung zwischen dem Allmächtigen Schöpfer und Jahwe, zwischen der materiellen Welt hier unten und der spi-

---

[1] »Die Bibel. Altes und Neues Testament«, Einheitsübersetzung, Freiburg im Breisgau 2001.

rituellen oben, ist genau die der Essener, die in der Welt die Söhne des Lichts den Söhnen der Finsternis gegenüberstellen. Darauf bezieht sich Jesus, wenn er vom »Fürst dieser Welt« spricht, offensichtlich Satan, und erklärt: »Mein Reich ist nicht von dieser Welt.«

Seine wiederholten Behauptungen, er sei göttlicher Herkunft, sind gewissermaßen der wichtigste Prüfstein der Gnosis, in allen Religionen: Die Kreatur kann durch spirituelle Erhöhung mit der Gottheit verschmelzen und sich mit ihr identifizieren. Der Mensch wird somit zu Gott.

Der Konflikt zwischen dem guten Gott Jahwe und dem Allmächtigen zieht sich in der Geschichte des jüdischen Volkes bis zum Antagonismus zwischen den Essenern und dem Klerus von Jerusalem hin und wird von den ersten der gottlosen Priester beschrieben. Jesus nimmt diesen Streit wieder auf, indem er die Priester mit Schmähungen überhäuft und sogar erklärt, er könne den Tempel zerstören und in drei Tagen wieder aufbauen.

Im Rahmen dieses Konflikts werden die Passion Jesu und die Rolle des Judas klar verständlich. Jesus predigt gemäß dem Deuteronomium und Jahwe, dem spirituellen Gott der Güte, der dem vielfachen Gott Elohim gegenübersteht, welcher den Fürsten dieser Welt mit einschließt. Er vermutet, dass die Vorrangstellung der Elohim-Priester Jerusalem und das jüdische Volk dem drohenden Zorn Jahwes aussetzt. Der königliche Einzug in Jerusalem ist die Vorankündigung der bevorstehenden Ankunft Jahwes, und zwar durch die Vermittlung seines Gesandten. Kaiphas und der hohe Klerus des Tempels sind im höchsten Maß alarmiert. Um den Zorn Gottes zu besänftigen, bietet sich Jesus als Opfer an und wird am selben Tag gekreuzigt, an dem das Osterlamm geopfert werden muss. Was für eine Symbolik!

Lediglich ein Eingeweihter konnte Jesu Absichten dienen: Judas. Eines der Hauptinteressen des »Evangeliums des Judas« besteht darin, diesen Punkt zu unterstreichen:

> Geheimbericht der von Jesus gemachten Enthüllung während eines Gesprächs mit Judas dem Iskariot, das acht Tage dauerte. Drei Tage vor Begehung des Osterfestes ... sagt Jesus: »(Komm), damit ich dich in geheimen Dingen unterweise, die noch niemand gesehen hat. Denn es gibt ein großes, unbegrenztes Reich, (in dem) der große unsichtbare Geist wohnt, den kein Engel je gesehen, kein Herzensgedanke je geküsst hat und der noch nie mit einem Namen benannt wurde.« ...
> Da Jesus wusste, dass Judas noch über den Rest der sublimen Realitäten nachdachte, sagte er zu ihm: »Trenn dich von den anderen, und ich verrate dir die Geheimnisse des Reiches. Es wird dir möglich sein, dorthin zu gelangen, doch um den Preis vieler Bekümmernisse. Denn ein anderer wird deinen Platz einnehmen, damit die zwölf (Jünger) wieder vollständig mit ihrem Gott vereint sind.«

Die Einweihung in den Apokryphentext, die Jesus Judas anbietet, entspricht den gnostischen Prinzipien der transzendentalen Erkenntnis; sie führt zur Verschmelzung mit Gott, jenseits jeglicher menschlicher Vorstellung.

Judas spielt die Rolle, die ihm sein Herr zuwies, und das Opfer fand also statt, zumindest, was den ersten Teil betraf, denn der zweite wurde ja nicht erfüllt, da Jesus überlebte.

Dieses beispielhafte Opfer stellt den Höhepunkt des kosmischen Konflikts zwischen dem Geist, Jahwe und dem gleichgültigen Weltenschöpfer dar, El, dem Erhabenen, laut dem Deuteronomium Vater von Jahwe und der Elohim.

Aber wurde Judas, wie es das nach ihm benannte Evangelium versichert, wirklich eingeweiht? Historisch gesehen ist dies mehr als zweifelhaft. Die gnostische Initiation erforderte eine viel längere Vorbereitung, wie die Essener sie in der Wüste praktizierten. Darauf beruht meine Hypothese, dass Judas einer der Essener-Gemeinschaften angehörte, höchstwahrscheinlich der von Qumran.

Was bedeutet der Name »Iskariot?« Er ist weder hebräisch noch aramäisch. Eine Hypothese besagt, dass er vielleicht eine phonetische Verzerrung des lateinischen *sicarius* sei: gedungener Mörder. Ich selbst vermutete früher, dass Judas einer der Zeloten war, dieser Terroristen, die die Römer angriffen. In diesem Fall hätte es sich nicht um einen Namen gehandelt, sondern um einen Spitznamen, der jedoch kaum vom Vater auf den Sohn übergeht, und Judas' Vater wurde ja auch Iskariot genannt.

Viel wahrscheinlicher scheint es daher, dass dieser Name vom Ort Karioth Yearim in Transjordanien abgeleitet ist. Judas, »der aus Karioth«, war also ein Judäer, der die ersten Lebensjahre in der Nähe des Toten Meeres verbrachte.

Sein fürchterliches Privileg kann nur auf alte Verbindungen mit Jesus zurückzuführen sein, von denen die anderen elf Apostel nichts wissen. Am wahrscheinlichsten ist seine Zugehörigkeit zu einer jüdischen Gemeinde, die am Ostufer des Toten Meeres in der Gegend von Qumran lebte und deren Bekanntheit seit der Entdeckung der berühmten Manuskripte Mitte des zwanzigsten Jahrhunderts immer weiter zunahm.

Dass Jesus zu dieser Gemeinschaft gehört haben soll, die dem Klerus von Jerusalem und dem offiziellen Judentum höchst feindlich gegenüberstand, wird stillschweigend im Johannesevangelium durch die Taufe bestätigt, die ihm der Prophet Johannes erteilt: Die Taufe – der Eintritt des Neulings in die Gemeinschaft – war ein Ritus, den ausschließlich die Essener praktizierten.

Seit der Entdeckung der Schriftrollen vom Toten Meer haben viele Arbeiten die anderen Punkte aufgezeigt, die den Einfluss des Essener Mystizismus auf Jesus bezeugten.

Die historische Metamorphose des Judas ist also ein wichtiges Ereignis. Seine Wandlung vom niederträchtigsten Verräter der Religionsgeschichte zu einer Hauptperson der Geschichte Jesu zeigt diese in einem ganz neuen Licht. Sie erklärt letztlich den ansonsten unverständlichen Konflikt zwischen Jesus und jenen, die sowohl von den kanonischen als auch den apokryphen Evangelien als »Pharisäer« bezeichnet werden und die Jesus seltsamerweise stets mit Schmähungen überschüttete und als »ausgebleichte Gräber« und »Vipern« betitelte.

Denn die Evangelien beschreiben immer nur den Konflikt und bieten nicht die geringste Erklärung an. Sie sind Erzählungen a posteriori für jene, die die Geschichte bereits kennen.

Die Deutung des Schreis, den Jesus am Kreuz ausgestoßen hat, *Elaouia, Elaouia, limash baganta!*, den Matthäus und Markus (aber nicht Lukas und Johannes) als *Eli, Eli, lama sabbachtani* oder in anderen Versionen als *Eloi, Eloi, lama sabbachtani!* überlieferten, dürfte einige Leser vielleicht überraschen. Sie ist nicht meine Erfindung. Sie stammt von Prof. John Allegro, Experte für semitische Sprachen, der zum ersten Team gehörte, das die Manuskripte vom Toten Meer entzifferte, und der sie in seinem Buch »Der Geheimkult des heiligen Pilzes«[1] analysiert.

---

[1] Wien/München/Zürich 1971. Prof. Allegro bietet eine breite Skala linguistischer Entzifferung zahlreicher Wörter aus dem Alten und Neuen Testament an, unter anderem die Worte Jesu, die auf dem sumerischen Ritus des Verzehrs des Panther-Knollenblätterpilzes gründen.

Dieser Ausruf ist in doppelter Hinsicht einzigartig. Erstens wird er von Matthäus und Markus nur phonetisch transkribiert, was in den Evangelien, die Jesu Worte in derselben Sprache wie den übrigen Text wiedergeben, einmalig ist. Daraus ergibt sich die Frage, ob Jesus am Kreuz – zumindest in den Ohren dieser beiden Evangelisten – eine andere Sprache gesprochen hat als für gewöhnlich. Dieser Ausruf soll laut Matthäus bedeuten: »Mein Gott, mein Gott, warum hast du mich verlassen?« Abgesehen davon, dass dieser Ausruf aus theologischer Sicht eine tiefe Verzweiflung ausdrücken muss, wurde er im Übrigen von den Zeitgenossen gar nicht verstanden. Laut Matthäus (27, 47) und Markus (15, 36) sollen sie gesagt haben: »Siehe, er ruft den Elias.«

Für Allegro ist es die »falsche Interpretation« einer sumerischen Ritualformel, *Elaouia, Elaouia, limash ba(la)ganta*, die bei der Einnahme eines heiligen Getränks, der *soma* oder *haoma*, gesprochen wurde; dieses enthielt den halluzinogenen Panther- oder Braunen Knollenblätterpilz (Amanita pantherina), der bei den Zeremonien sehr vieler Religionen in der Antike, darunter auch in den gnostischen Sekten, verwendet wurde, um mystische Ekstase zu erlangen. *Limash ba(la)ganta* ist die Bezeichnung für diesen göttlichen Pilz, der genauso wie die Gottheit angerufen wird, weil er die Seele befreit. Die jüdischen religiösen Kreise kannten diese Riten, weshalb Jesus im Talmud Bar Pandera genannt wird.

Nichts weist daraufhin, dass Jesus vor der Kreuzigung diesen heiligen Trank zu sich nahm. Dennoch muss man sich an ein bestimmtes Detail in den Evangelien erinnern: an das Getränk, das Jesus angeboten wird. Matthäus berichtet, dass man Jesus »Wein vom Gallapfel« gereicht habe, den zu trinken er sich jedoch weigerte (27, 34). Laut Markus war »Myrrhe im Wein« (15, 23). Nach Lukas haben die römischen Soldaten Jesus zum

Spott ihren sauren Wein angeboten (23, 36); eine merkwürdige Interpretation, denn wenn die Soldaten für gewöhnlich sauren Wein tranken, wäre ihr Angebot keineswegs spöttisch gemeint gewesen. Nach Johannes wiederum hat Jesus am Kreuz gesagt, er habe Durst, worauf einer der Legionäre einen Schwamm in einen Krug sauren Weins getaucht und an Jesu Lippen geführt hat, worauf dieser seinen letzten Atemzug tat (19, 28–30).

Es gibt keine Konkordanz in diesen vier Versionen, lediglich über einen Punkt herrscht Einigkeit: Es gab auf Golgatha sauren Wein, der vermutlich eine Droge enthielt. In dieser Angelegenheit scheint Markus der Wahrheit am nächsten zu kommen. Die frommen Damen Jerusalems boten den Gekreuzigten einen mit Drogen versetzten Wein an, um die Schmerzen zu lindern.

Meine Hypothese lautet nun, dass die Trunkenheit, die dieser Wein bei Jesus hervorgerufen hat, ihn an die *soma*, den Wein der Erlösung des Geistes, erinnerte. Daher der Ausruf, der im Grunde genommen ein feierliches Ritual bedeutet.

Die Umstände des Todes von Judas berichten nur Matthäus und die Apostelgeschichte, und zwar auf sehr widersprüchliche Weise.

Laut Matthäus wollte der von Gewissensbissen gequälte Judas die dreißig Silberlinge dem Hohepriester zurückbringen, der sie jedoch ablehnte. Daraufhin warf Judas sie in den Tempel und erhängte sich. Da die Priester das Geld nicht in die Tempelkasse zurücklegen konnten, kauften sie davon das Feld eines Töpfers, um einen Friedhof für Fremde anzulegen, Töpfersacker und Blutacker (27, 3–9) genannt.

Der Apostelgeschichte zufolge, die im Allgemeinen Lukas zugeschrieben wird, hat Petrus den Aposteln berichtet, dass Judas selbst mit dem Geld einen Acker gekauft habe. Infolge eines Sturzes aber »barst er mitten entzwei« und »wurden seine Eingeweide ausgeschüttet«. Deshalb wurde das Land Blutacker oder Haceldama (I, 17–20) genannt. Es werden jedoch weder Gewissensbisse noch ein Selbstmord erwähnt.

Die Version der Apostelgeschichte ist unwahrscheinlich: Man hat schließlich noch nie jemanden gesehen, der infolge eines Sturzes »entzweigeborsten« wäre. Beide Berichte zusammen erwecken den starken Eindruck, dass Judas von den Anhängern Jesu, die die wahre Rolle des Apostels nicht kannten, brutal hingerichtet wurde.

Es ist leider nur allzu gut bekannt, dass der Glaube die Grausamkeit beim Menschen anstachelt, bis er sich auf die Stufe begibt, die ungerechterweise dem Tier zugeschrieben wird. Denn Tiere töten nur, um zu überleben.

Die Person des Saul, des späteren heiligen Paulus, dürfte, so wie ich ihn dargestellt habe, nur jene Leser überraschen, die mein Buch »Ein Mann namens Saulus«[1] nicht kennen. Weitere Recherchen haben meine Schlussfolgerungen nur noch bekräftigt: Saul, Mitglied der Familie der Herodianer, war der Hauptmann einer Miliz, die analog zu den Tempelwächtern damit beauftragt war, die Andersdenkenden, die sich um Jesus geschart hatten, zu verfolgen. Paulus hat die Botschaft Jesu nicht verstanden, wie zahlreiche Abschnitte seiner Briefe bezeugen, zum Beispiel dieser: »Denn wen der Herr liebt, den züchtigt er, er schlägt mit der Rute jeden Sohn, den er gern hat« (Heb. 12, 6). Der Gott, auf den er sich hier bezieht, ist der schreckliche und rächende Gott des Tetrateuch und nicht der gute Gott des Deuteronomiums, der die Arme dem Menschen öffnet, der sich verirrt hat. Nicht zu reden von den Widersprüchen, wie man sie im Brief an die Galatäer findet, in dem er schreibt: »Einer trage des anderen Last,

---

[1] »Ein Mann namens Saulus«, München 1992.

so werdet ihr das Gesetz Christi erfüllen«, (6, 2) und drei Zeilen weiter: »Denn jeder wird seine eigene Bürde zu tragen haben.« (6, 5).

Der Leser dieser Seiten wird die Unterschiede zu den Berichten der Evangelien bemerkt haben, insbesondere in der Szene, in der Jesus vor Pilatus erscheint. Ganz offensichtlich wurde dieses Gespräch für eine spätere Zuhörerschaft aus Vorstellungen zusammengesetzt, denn kein Apostel hat das Treffen zwischen Jesus und dem Statthalter von Judäa miterlebt. Der Beweis besteht darin, dass sie sich alle voneinander unterscheiden. Bei Matthäus (27, 13) soll Pilatus Jesus gefragt haben: »Hörst du nicht, wie hart sie dich verklagen?« Der Römer konnte nicht wissen, was man Jesus vorwarf, da der Prozess erst kurz zuvor stattgefunden hatte und ihm die Anklagen nicht mitgeteilt wurden. Bei Johannes (18, 35) dagegen soll er gefragt haben: »Was hast du getan?«

Diese entscheidende Diskrepanz zwischen den Berichten der Evangelisten – und vergessen wir nicht, dass es sich um Berichte handelt, die als Quellen anerkannt sind – bestätigt, was man seit langem weiß: Die Evangelien sind spätere literarische Rekonstruktionen auf der Basis heterogener Einzelheiten, die mündlich überliefert wurden und deshalb dem Verdacht der Änderungen und Ungenauigkeiten unterliegen.

Die Episode der Abnahme vom Kreuz und der provisorischen Bestattung Jesu, eine der berühmtesten ikonografischen, hagiografischen und mythologischen Geschichten des traditionellen Christentums, erregt so, wie sie in den Evangelien dargestellt ist, großes Erstaunen.

Zwei Honoratioren, Josef von Arimathäa und Nikodemus, sollen Pontius Pilatus aufgesucht und den Leichnam Jesu gefordert haben. Josef soll Jesus in ein frisches Grab gelegt haben, nachdem er ihn in ein neues Leichentuch gehüllt und mit Gewürzen bedeckt hatte. Eine seltsame Ehrerbietung. Sie würde voraussetzen, dass diese beiden Juden zwei der wichtigsten Vorschriften für die Feier des Passahfests missachteten: erstens das Gebot der rituellen Reinheit, das vierundzwanzig Stunden vor Ostern jeglichen Kontakt mit einem Leichnam untersagt, und zweitens das Verbot, die Schwelle eines heidnisches Hauses zu übertreten.

Die beiden Männer haben sich jedoch in das Prätorium oder in die Residenz des Pilatus begeben – ihre erste Übertretung. Da den Evangelien zufolge Jesus tot war, als er vom Kreuz genommen wurde, hätten sie zudem wissentlich den Kontakt mit einer Leiche in Kauf genommen, und das wenige Stunden vor Sonnenuntergang, bei dem sie sich pflichtgemäß innerhalb der Mauern des Großen Jerusalems befinden mussten. Da die Reinigungsriten einen ganzen Tag dauern, begingen die beiden Honoratioren, ganz zu schweigen von ihren Dienern, das schwere Vergehen, Ostern in Unreinheit zu begehen. Das scheint höchst zweifelhaft.

Die Kreuzesabnahme als solche beinhaltet sonderbare Aspekte, die trotz ihrer grundlegenden Bedeutung bei Exegeten und Historikern wenig Aufmerksamkeit erregt haben. Wenn man den Evangelien Glauben schenkt, hätten Josef von Arimathäa, Nikodemus und ihre Komplizen sich auch hier dazu entschließen müssen, jüdische Riten zu missachten, indem sie Jesus in ein Leinentuch hüllten, ohne dass er zuvor gewaschen worden wäre, und das Leichentuch nicht zunähten, was sowieso nicht jeder durfte. Das sind zwei Widersprüche, die auf ihr Geheimnis hindeuten: Sie wussten, dass Jesus lebte, und beeilten sich, ihn zu der Grabstätte auf dem Ölberg zu bringen, um der Überwachung des Tempels zu entgehen.

Die wahre Geschichte Jesu unterschied sich also stark von der, die während der letzten zwanzig Jahrhunderte überliefert und unter Androhung fürchterlicher Strafen den Gläubigen aufgezwungen wurde. Die Geschichte seines Apostels Judas wird sie in einem völlig neuen Licht zeigen. Es wird nun nicht mehr möglich sein, die eine ohne die andere darzustellen. Ich hoffe, dass ich den Leser davon überzeugt habe. Dies ändert nichts an Jesu Lehre, stellt aber viele Punkte einer Tradition auf den Kopf, die auf Dogmen begründet ist.

Paris, Juni 2006

Gerald Messadié
Die Kinder der Isis

Ein Roman voller Leben, Farbe und Exotik

Kairo um 1950: Jasmin und Magnolien erfüllen die Luft mit betörendem Duft. Fernab von den Wirren der Nachkriegszeit feiern privilegierte Araber und Europäer rauschende Feste oder treffen sich in Clubs. Dennoch ist zu spüren, dass sich alles verändern wird.

In dieser Zeit kreuzen sich die Schicksale von sechs Menschen. Sybilla, Ehefrau eines englischen Diplomaten, hat eine leidenschaftliche Affäre mit dem jungen Ägypter Ismael. Nadja, die Tochter eines Richters, verliebt sich in den Trotzkisten Lutfi. Ihre ehrgeizige Schwester Soussou dagegen heiratet einen reichen Maharadscha. Und Siegfried, der immer auf der Suche nach Liebe und Sinnerfüllung ist, kann seine Träume nie ganz verwirklichen …

392 Seiten, ISBN 978-3-7844-2878-9
Langen*Müller*

Lesetipp

BUCHVERLAGE
LANGENMÜLLER HERBIG NYMPHENBURGER
WWW.HERBIG.NET